KB274263

北海氷宮
북해빙궁

무조 新무협 판타지 소설

북해빙궁 2

무조 新무협 판타지 소설

초판 1쇄 찍은 날 § 2006년 10월 24일
초판 1쇄 펴낸 날 § 2006년 11월 4일

지은이 § 무조
펴낸이 § 서경석

편집장 § 문혜영
편집책임 § 최하나
편집 § 문정흠

펴낸곳 § 도서출판 청어람
등록번호 § 제1081-1-89호
등록일자 § 1999. 5. 31
어람번호 § 제2-1042호

주소 § 경기도 부천시 원미구 심곡1동 350-1 남성B/D 3F (우) 420-011
전화 § 032-656-4452 팩스 § 032-656-4453
http://www.chungeoram.com
E-mail § eoram99@chollian.net

ⓒ 무조, 2006

ISBN 89-251-0371-0 04810
ISBN 89-251-0369-9 (세트)

무조 新무협 판타지 소설

Fantastic Oriental Heroes

북해빙궁

2

곤륜성지

도서출판
청어람

목차

第一章

가슴속에 담아두지

1

"도망쳤습니다."

단 한 마디였지만 딱 부러지게 절도있는 말투였다.

무거운 침묵이 흘렀다.

보고를 듣고 있는 다섯 명의 얼굴에는 아무런 변화도 없었다. 시간이 지나감에 따라 보고한 자의 이마에 송골송골 땀방울이 맺히기 시작했다.

서로를 마주하고 앉은 다섯 명의 기도는 거암(巨巖)을 연상케 했다. 몸집은 제각기 달랐지만 감히 범접할 수 없는 기운을 뿜어냈다.

보고를 올린 정풍 진인(庭楓眞人)은 그들이 입을 열 때까지

침 한 번 꿀꺽하지도 못한 채 긴장을 해야 했다.

배분으로 따지면 장문인보다 한 배분 더 위인, 그야말로 현 곤륜(崑崙)의 최고 배분이라 할 수 있는 다섯 명의 도인. 어쩔 땐 장문인보다도 더 큰 위력을 발하는 인물들이기도 했다.

이번 사안이 그랬다.

장문인의 손에서 해결해야 마땅한 일이었지만 가볍게 넘어갈 수 없는 큰 사안이기에 여기 모인 다섯 명의 앞으로 나설 수밖에 없었다.

향 한 자루… 두 자루가 타는 시간. 팽팽한 긴장감을 요구하던 정풍 진인의 두 다리에 점점 힘이 풀려가던 그때, 마침내 무거운 침묵이 깨어지며 노도인들이 떠들기 시작했다.

"일 났군."

나이에 걸맞지 않게 풍채가 가장 좋은 노인이 입을 열었다.

"일 났지. 어디 보통 일인가? 곤륜이 뿌리째 흔들리게 생겼어."

"곤륜만 흔들리면 괜찮게? 세상이 발칵 뒤집어지지 않으면 다행이지."

"분명히 그 수다쟁이가 동네방네 떠들고 다닐 텐데."

"무량수불(無量壽佛), 무량수불……."

저들끼리 주고받는 말이었지만 정풍 진인의 등 뒤에는 식은땀이 흘러내리고 있었다. 노도인들의 대화가 마치 자신을 질책하고 있는 듯했다.

그러한 정풍 진인의 마음을 아는지 모르는지 노도인들은 대화를 멈추지 않았다.

"그래도 이해는 해줘야 할 것 아닌가. 얼마나 답답했으면 견디지 못하고 도망을 쳐?"

"고기라도 몇 점 먹게 해줬으면 도망갈 일은 없었을 텐데. 쯧쯧!"

"그깟 고기가 문젠가? 나 같아도 그런 괴팍한 늙은이랑 같이 살라고 한다면 숨막혀서 뛰쳐나가겠구먼."

"추워서 도망간 거라니까. 왜 하필이면 곤륜산에 그런 장소가 있어 가지고선."

"날도 따뜻해지는데 조금만 더 참지 그걸 못 참고. 어리석은 녀석 같으니라고."

"무량수불, 무량수불⋯⋯."

도를 숭배하는 도사들답지 않은 말투. 혀를 끌끌 차는 노도인들의 말투는 자신들의 신분을 망각한 듯했다.

이들을 처음 대하는 사람들은 모두 인상을 찌푸렸지만 오랫동안 같이 지내온 사람들에게는 익숙했다. 말은 저렇게 하고 있지만 이들의 도심(道心)과 무공은 함부로 대할 수 없는 경지에 올라 있다.

중원의 그 누구도 이들 다섯 곤륜오성(崑崙五星)을 무시하지 못했다.

"꿀꺽―!"

너무도 긴장한 나머지 마른침을 꿀꺽 삼키던 정풍 진인은 자신의 행동에 흠칫 놀라며 숨을 멈췄다.

갑자기 조용해진 대청에 정풍 진인의 침 삼키는 소리가 천둥처럼 크게 들린 것은 물론 곤륜오성의 눈길이 그에게로 향했다.

"목이 마르나 본데?"

"긴장해서 그렇지, 뭐. 그러니까 눈에 힘 좀 풀라니까. 다 나이 들어서 눈에 힘은 왜 줘?"

절로 민망해진 정풍 진인의 얼굴이 벌겋게 달아올랐다.

"허허! 그래, 우리 정풍 진인께서는 이 일을 어찌 해결할 생각이오?"

곤륜오성은 그들만의 대화를 거두고 정풍 진인에게 물음을 던졌다.

정풍 진인은 사십 년을 넘게 살아오면서 이토록 긴장되기는 처음이었다. 그가 맡은바 임무를 제대로 이행하지 못해 벌어진 사건이니 무언가 조치를 취해야 했다. 여차하면 목숨까지 내걸어야 할지도 몰랐다.

하지만 그 누구라도 신성한 곤륜산에서 목숨을 쉽게 여겼다간 호된 질책을 당했기에 함부로 입에 담을 수가 없었다.

"모두 다 제 부주의 때문에 생겨난 일입니다. 해서… 면벽(面壁) 구 년에 들어가겠습니다."

정풍 진인은 두 눈을 질끈 감았다.

말이 구 년이지 그 얼마나 길고 외로운 시간이겠는가.

"면벽 구 년이래. 어떻게 생각하나?"

"너무 약해. 솔직히 말하면 파문(破門)감이잖아."

'……!'

파문이라는 말에 정풍 진인은 가슴이 철렁 내려앉았다.

"그래도 아까운 인재인데……."

"아깝긴 아깝지. 단 한 번의 실수로 파문은 좀 심하지. 너 그러이 봐주자고."

곤륜오성은 또다시 자신들의 대화에 빠져들었다.

"그럼 면벽 구 년으로 하라고 해?"

"면벽 구 년은 사람이 할 짓이 못 되지. 반년만 해도 정신이 오락가락하는데 면벽 구 년이면… 정신병자 만들 일 있나?"

"차라리 사공필(史孔畢) 대신 그 노인네한테 보내는 건 어떤가?"

정풍 진인의 두 눈이 부릅뜨였다.

그것만은 안 된다고, 차라리 파문을 시켜달라는 말이 목구멍까지 솟아올랐다.

만약 도망친 사공필 대신 그 노인의 밑으로 들어간다면, 들어간다면…….

"그것도 좋은 방법이긴 하군."

"아서. 사람 죽일 일 있나? 웬만한 음한지기가 없으면 한 시진도 안 돼서 얼어 죽을 걸세.”

정풍 진인은 삶과 죽음의 경계를 오락가락하는 기분이었다.

도마 위에 놓인 생선의 기분이 이러할까?

노도인들이 말한 그 노인네도 문제였지만 음한곡(陰寒谷)에 들어설 생각만 해도 온몸에 소름이 돋았다. 그곳은 정말이지 사람이 살 곳이 아니다.

정풍 진인은 작게 안도의 한숨을 내쉬었지만 긴장을 풀 수는 없었다. 괴짜 노도인들이 입을 열 때마다 이마에 맺히는 땀방울이 두려움과 공포를 대변해 주었다.

농을 건네듯 말하고는 있지만 곤륜오성이 내리는 벌은 결코 가볍지만은 않을 게다. 그만큼 정풍 진인은 큰 실수를 저질렀다.

“그 주화입마에 빠진 노인네… 염양제(炎陽帝)의 상태는 어떠한가?”

질문이 다시 정풍 진인에게로 돌아왔으나 그가 입을 벙긋하려던 찰나 다른 노도인이 대답을 가로챘다.

“어떻게 되긴, 분명 길길이 날고 뛰고 오만가지 욕설을 퍼붓고, 그것도 모자라 곤륜산을 불태워 버리겠다고 했겠지.”

정풍 진인이 진술할 필요도 없이 노도인의 대답은 마치 눈으로 본 듯 정확했다.

“정말 큰일이네. 곤륜파가 약조 하나 제대로 지키지 못하는 문파로 전락해 버리는 건가……."

부풀려 말하길 좋아하는 곤륜오성이지만 이번만은 절대 그냥 웃어넘길 수가 없었다.

'음한곡만 없었어도…….'

정풍 진인은 어금니를 으스러져라 악물었다.

음한곡은 곤륜산의 재앙인가, 축복인가.

지리적인 위치로 따지자면 음한곡이라는 존재가 있어서는 안 된다. 정말 말도 안 되는 일이다.

만년한빙굴을 불사케 하는 음한곡은 인간의 능력으로는 견디기 힘든 음기(陰氣)로 가득한 곳이다. 그 음기가 가득한 장소가 놀랍게도 곤륜산 한구석에 떡하니 자리 잡고 있었다.

곤륜파의 역사가 한두 해도 아닌데 그 누구도 아무도 음한곡의 존재를 몰랐다.

더욱이 우스운 것은 음한곡을 처음 발견한 사람이 외부인이라는 점이다.

남해태양궁(南海太陽宮)의 전대 궁주인 염양제.

이 년 전, 염양제가 서장(西藏)을 돌아 곤륜파에 잠시 들른 적이 있었다.

곤륜파 장문인과 만남의 시간을 가질 때까지만 하더라도 아무런 문제가 없었다. 하나 그가 곤륜산을 내려갈 때 사건은 너무나도 우연히 그의 앞에 나타났다.

곤륜산 여기저기에 기거하고 있는 도인들의 수만 해도 어림잡아 삼천여 명. 그들을 모두 곤륜파라 칭하지만 실상은 각기 행동하는 도인들일뿐이었다.

염양제가 왔다는 소식을 접한 곳곳의 도인들이 그를 배웅하기 위해 나왔고, 염양제도 그들 한 명 한 명과 인사를 나누며 곤륜산을 내려갔다.

산 중턱쯤 내려갔을 때 우연히 마주친 소동(小童) 하나가 토끼 시체만 가지고 놀지 않았더라도 지금과 같은 상황까지 치달리지는 않았을 것이다. 육식에 관심이 없는 도인들이 한낱 생물의 죽음을 그대로 방치시킨 것이 원인이었다.

흔히 있는 동물의 죽음. 하지만 소동의 행동을 꾸짖으려 다가간 염양제는 죽은 토끼에게서 범상치 않은 시기(屍氣)를 느꼈다.

그의 직감이었을지도 모른다.

토끼의 발바닥에 남겨져 있던 차가운 기운은 시간이 지나도 쉬이 사그라지지 않았다. 그것도 한여름에.

남해태양궁은 화공(火功)을 다루는 집단이다. 양공(陽功)에 있어서 중원에선 최고로 알아주는 곳이 바로 남해태양궁.

염양제는 그의 마음 한구석에 자리한 직감을 그대로 믿고 태양신공(太陽神功)을 극성으로 끌어올렸다.

사람이 한 가지 방면으로 뛰어나면 그 방면밖에 모르는 경우가 있다. 하지만 너무도 뛰어나면 그 이상의 것도 보게 된다.

염양제가 그랬다. 양기와는 정반대의 음기를 찾는 것. 따로 동기감응(同氣感應)이 필요치 않았다.

그는 태양신공의 효과로 토끼가 죽은 지점으로부터 삼십여 장을 걸어가 울창한 수풀에 가려진 절벽을 발견했다.

보기만 해도 아찔한 절벽.

염양제는 도인들의 만류에도 불구하고 그 절벽을 맨손으로 타고 내려갔다.

절벽의 반 정도를 내려갔을 때 그는 발견했다. 그 많은 도인들 중 아무도 발견하지 못한 그곳,

음한곡을…….

음한곡의 존재에 대한 소문은 삽시간에 곤륜산 전체로 퍼져 나갔다.

장문인은 물론 장로들도 펄쩍 뛰었다.

곤륜산은 신성한 도인들의 성지다. 대놓고 양공을 무시하는 것은 아니었지만 음공 또한 중원에서는 저급의 무공으로 분류되고 있었다. 그런데 음한곡이 곤륜산에 존재한다는 것은 자칫 신성한 성지에 먹칠을 하는 결과를 초래할 수도 있지 않은가.

이 사실이 중원에 퍼지게 된다면 음한곡의 기운을 빌어 음공을 익히겠다는 무인들이 벌 떼처럼 몰려들 것은 자명한 일.

실로 중요한 사안이 아닐 수 없었다.

대책 회의는 몇 달간 지속되었다.

음한곡의 실체를 파악하기 위해 들어갔던 도인들은 다시 돌아 나오지 못했다. 음한곡이 가진 음기는 정순한 내공을 연마한 도인들로선 감당키 어려운 기운이었던 것이다.

모두가 고민하고 있었지만 그렇지 않은 사람이 딱 한 명 있었다.

염양제는 무공에 대한 욕심이 대단한 사람이었다.

평생을 양공을 익히는 데 몸바쳐 왔지만 환경이 그를 양공을 익히게끔 만들었을 뿐, 다른 무공을 배우고 싶다는 욕망이 그의 이지를 상실하게 했다.

사대궁 중 하나로 자리매김한 남해태양궁의 전대 궁주.

따로 놓고 보면 무시할 수 없는 세력이지만 항상 그들과 비교되는 것은 피하지 못했다.

바로 북해빙궁이다.

철천지원수를 맺은 것도 아니지만 남해태양궁과 북해빙궁은 다른 궤를 달리고 있으면서도 서로를 의식했다.

그런 북해빙궁의 빙공과 필적할 음공을 익힐 수 있는 음한곡을 발견했으니 염양제가 가만히 있을 리가 없었다.

해결은 간단했다.

곤륜의 도인들이야 알아서 입을 다물어줄 테니 걱정할 필요가 없었다.

실상 곤륜파는 염양제의 입만 막으면 되었다. 하지만 세상엔 영원한 비밀은 없는 법. 최선의 방법은 살인멸구. 하지만 무슨 수로 남해태양궁의 전대 궁주를 죽일 수 있겠는가. 그것도 도인이라고 자칭하는 자들이 합당치 않은 명분으로.

그해 겨울, 염양제는 중원에서 자취를 감췄다. 남해태양궁 사람들조차도 염양제의 행방을 알 길이 없었다.

염양제는 그 후부터 쭉 곤륜산 음한곡에 머물렀다.

앞마당에 묻혀 있는 보물을 이웃 사람이 차지한 격이었다.

"욕심 많은 늙은이가 제 명을 단축시키려고 발버둥친 게지. 주화입마가 무슨 애들 장난인 줄 알아?"

양기와 음기가 부딪친다면?

당연히 주화입마다.

곤륜파 도인들이 걱정한 부분도 그거였고, 결국 염양제는 보기 좋게 주화입마에 걸렸다. 하지만 워낙에 쌓아온 내공이 탄탄해서인지 폐인까지는 되지 않았다.

주화입마에 걸린 그가 필요로 한 것은 사람이었다.

음기가 가득한 사람.

곤륜파는 염양제의 요구를 거절할 수가 없어 사람을 찾았다.

그가 바로 얼마 전에 곤륜산에서 도망친 사공필이었다.

사공필이 도주한 이유도 어느 정도는 이해가 갔다. 주화입마에 걸린 염양제의 뒤치다꺼리를 해주랴, 매일같이 손상당한 진기를 다독이며 추궁과혈을 해주랴.

게다가 극도의 한기는 사공필을 더 이상 견딜 수 없게 만들었을 게다.

안타까운 일이 아닐 수 없었다.

사공필이 원해서 데리고 온 것도 아니었지만 그가 중원에 나가 음한곡의 존재를 발설할 시에 닥칠 일들도 만만치 않은 것이었다.

그리고 평소 사공필의 성격으로 미루어보았을 때, 이미 지금쯤 소문이 퍼지고 있을지도 몰랐다.

일이 이러니 항상 음한곡을 지키던 정풍 진인이 두 눈 멀쩡히 뜨고 사공필을 놓쳤다는 것은 대죄에 속하는 것이었다.

그는 긴장을 풀고 조용히 시립한 채 처분을 기다렸다. 긴장해 봤자 간단하게 넘어갈 리는 만무했으니까.

"이보게, 정풍 진인. 이거 우리 늙은이들에게 뒤처리를 부탁하는 건 너무한 거 아닌가?"

곤륜파는 무슨 수를 써서라도 퍼져 나갈 소문을 수습해야만 했다.

"송구합니다. 뭐라 드릴 말씀이 없습니다."

정풍 진인의 고개가 절로 숙여졌다.

"난감하게 되었군. 이를 어쩐다?"

"어쩌긴 뭘 어째. 사공필부터 잡아야 할 것 아닌가. 염양제, 그 인간이 더 날뛰기 전에."

“지속된 추궁과혈을 못한다면 얼마 버티지 못할 텐데 말이야.”

“적어도 두 달? 그 안에는 어떻게든 해결해야지.”

“당장에 필요한 사람을 구할 수는 있겠지만 음한곡의 존재를 아는 사람이 많아지면 좋지 않아. 우선은 사공필을 잡는 것이 시급한 것 같네.”

“이미 추적대를 선발하여 보냈습니다.”

정풍 진인은 자신이 할 수 있는 말이 이것밖에 없다는 데에 심한 자괴감을 느꼈다.

“그렇다면 이렇게 하지. 이번 일은 정풍, 자네가 책임을 지고 사공필을 잡아들이게. 파문? 면벽 구 년? 다 필요없네. 우리가 왜 염양제 때문에 이런 고생을 해야 하는지 정말 알 수가 없군.”

정풍 진인이 고개를 쳐들었다.

중벌이 내려질 줄 알았건만 곤륜오성은 그에게 또 한 번의 기회를 주었다.

“사공필은 우리가 구한 사람이란 걸 명심하게. 절대 만만히 보아선 안 돼. 북해빙궁과는 다르겠지만 빙공의 실력은 어느 누구에게도 못지않다는 것을.”

“잘 알겠습니다.”

“만약 목숨이 경각에 달하는 지경에 이른다면 사공필을… 죽이게. 우리의 인재를 잃기는 싫으니까.”

곤륜오성의 눈빛이 순식간에 바뀌었다.

농을 건네던 모습은 온데간데없이 사라지고 금방이라도 화염이 뿜어져 나올 것 같은 다섯 쌍의 눈빛이 정풍 진인을 바라보고 있었다.

어쩌면 이것이 곤륜오성의 본모습일지도 모른다.

"…그렇게 하겠습니다."

"무량수불, 무량수불!"

정풍 진인은 고개를 깊이 숙이고 자리에서 물러났다.

묵직한 분위기 속에서 빠져나온 정풍 진인은 밖으로 나오자마자 곤륜산 아래를 향해 비호처럼 몸을 날렸다.

2

만물 소생의 계절, 봄.

중원은 푸르름을 가졌다. 싸늘하던 겨울 날씨가 한껏 사그라지고 새싹이 땅 위로 모습을 드러내기 시작했다.

굶주림과 추위에 시달리던 사람들의 얼굴도 환하게 펴졌다. 일 년을 시작하는 새로운 마음가짐은 모든 이들에게 의욕 또한 불러일으켰다.

저벅저벅!

땅을 밟는 기분이 좋았다. 발바닥을 통해 전달되는 흙을 밟는 그 느낌이 그렇게 좋을 수가 없었다.

산새들의 지저귐은 반갑게 들려왔다. 졸졸 흐르는 시냇물
소리와 어우러져 마치 노랫가락처럼 흥겨웠다.

동쪽에서 솟아오르는 태양은 세상을 환하게 비쳤다. 어둠
을 밀어내며 생명들을 깊은 잠에서 깨웠다.

동이 틀 무렵, 단여랑은 감숙성(甘肅省) 동남쪽에 위치한
맥적산(麥積山)에 올랐다.

"후웁!"

폐부 깊숙이 맑은 공기를 들이마셨다.

중원의 따스한 공기는 허기진 배도 부르게 했다. 마음에 여
유가 생기고, 고향에 온 듯 편안했다. 단여랑은 산길을 따라
부지런히 걸었다.

그는 정오가 되기 전 목적지에 다다를 수 있었다.

예완평지묘(芮腕平之墓).

"……."

초라한 석비 앞에서 단여랑은 한동안 말없이 서 있었다.

가슴 한 켠이 아려왔다. 알 수 없는 묘한 감정이 전신을 감
쌌다. 그러면서도 마음 한구석에선 다행이라는 생각이 들었
다.

석비는 당연히 있을 줄 알았다. 없었더라면 예서하에게 실
망했을지도 몰랐다.

예완평은 보리마군의 본명이다.

보리마군이 감숙성 사람이었다는 막부동의 말을 잊지 않았다. 그가 기거하던 곳이 맥적산 정상이라는 것도.

같은 감숙성에 자리한 공동파(崆峒派)도 보리마군의 근거지가 맥적산이라는 사실을 몰랐다. 맥적산 석굴의 수만 해도 근 이백여 개에 달하니 그걸 일일이 뒤지지 않고서야 모를 만도 했다.

단여랑은 손으로 석비를 쓰다듬었다.

예서하가 다녀갔다.

그녀가 이곳에 왔다 갔을 거라는 직감은 정확하게 들어맞았다. 예서하는 양부에게 마지막까지 해야 할 일이 무엇인지 잘 알고 있었다.

단여랑은 허리춤에 매달아두었던 호리병을 들어 마개를 열었다.

독한 화주 향이 후각을 자극했다.

화주 때문에 보리마군과 싸웠던 생각을 하면 아직도 웃음이 새어 나왔다. 하지만 지금은 기억 한구석에 빼내려야 빼낼 수 없을 정도로 각인되었다. 비록 추위를 이겨내기 위한 방편이었지만 그가 가장 좋아하던 술이었으니까.

단여랑은 호리병의 허리 부근을 잡고는 석비에 조금씩 뿌렸다. 액체가 천천히 석비에 스며들고, 마르면 다시 뿌리고…….

호리병에 담긴 술이 바닥나자 단여랑은 석비 옆에 털썩 주저앉았다.

고개를 들고 시선을 산 너머로 던졌다.

"북해를 탈출하게 해준다고 약속해 놓고선 결국 나 혼자 나와 버렸어."

북해빙궁에서 빠져나온 지 어느덧 삼 개월이 지났다.

절벽에서의 투신.

그 선택에 있어서 후회는 하지 않았다.

오래도록 생각했다. 자신이 궁주가 된다면 그의 조부나 단여랑, 둘 중 하나는 목숨을 위협받을 거라는 걸 예감했다.

빙백신공이라는 무공 하나 때문에 사람 목숨이 아무렇지도 않게 보였던가? 단여랑도 빙백신공을 얻기 위해 보리마군의 목숨과 바꾸었으니 할 말은 없었다.

속죄하는 마음에 절벽에서의 투신을 결정했다.

빙궁에서는 어떻게 생각하고 있을까.

그들은 자신의 죽음을 믿지 않을 게 분명하다. 미리 깨어놓은 얼음들, 발견해 내지 못한 시신.

어쩌면 그들은 단여랑 스스로가 빙궁을 떠나길 바라고 있었을지도 모른다. 다시는 돌아오지 않기를 바라며…….

하지만 언젠가는 돌아가야 한다.

궁주가 되기 위해서는 아니다. 아직은 궁주가 될 생각은 없다. 다만 모친의 복수는 반드시 해야만 했다. 능가연과 야현은 절대로 용서치 않으리라.

그것은 단여랑 스스로와의 약속이기도 했다.

성검문과 월영문을 상대하기 위한 실력을 키울 때까지. 그러기 위해선 그들의 눈이 닿지 않는 장소가 필요했다.

"전생에 무슨 업보가 있기에 이렇게 적들이 많은 건지 몰라. 난 가만히 있을 뿐인데 저들이 날 가만두려 하지 않아."

중원은 평화롭다.

이곳에서만큼은 자신을 질시와 경멸 어린 눈으로 보는 사람은 없다. 소궁주라는 이유로 호시탐탐 목숨을 노리는 적들 또한 찾아볼 수 없다. 이렇게 평화로운 곳에 왜 진작 오지 못했는지…….

중원에 오기 전에 아무런 걱정이 없었다면 거짓말이다. 단여랑이 가장 염려하던 것은 이미 익숙해질 대로 익숙해져 버린 북해의 기후였다. 혹여 중원의 기후에 적응을 못하는 건 아닌지.

하지만 그게 괜한 걱정이었다는 것을 깨닫는 데에는 그리 오랜 시간이 걸리지 않았다.

태음양화의 효과는 실로 뛰어났다. 날이 추워지면 체온이 올라갔고, 더워지면 다시 낮아졌다. 이런 특이한 체질 덕에 기후에 적응하기가 쉬웠다.

"짧은 기간 동안 많은 걸 배웠어. 홍 영감님의 태음양화도 그렇고, 빙백신공도 그렇고."

단여랑은 자리에서 일어났다.

"그래도 엄연히 내 무공 스승인데 구배지례도 못 올렸네. 미안해, 보리."

단여랑은 석비를 향해 겸허한 마음으로 천천히 구배를 올렸다. 그를 위해 한 달을 산 사람, 보리마군의 희생은 사무치도록 가슴을 아프게 했다.

"재배(再拜)는 올리지 않을 거야. 석비는 석비일 뿐이잖아? 게다가 죽는 것도 못 보았고. 당신은 내 마음 한구석에 영원히 살게 해줄게."

고마웠다는 말은 차마 입 밖으로 꺼낼 수 없었다. 표현하는 데 익숙지 않아서이기도 하지만 아직도 그의 죽음을 실감할 수 없었기 때문이다.

좀 더 일찍 알았더라면 그의 죽음을 막을 수 있었을까? 예서하와 함께 무사히 북해를 빠져나가게 할 수 있었을까? 아무리 생각해 봐도 답은 나오지 않았다.

"후우!"

중원에 나오자마자 반드시 해야 할 일을 하고 나니 마음이 홀가분해졌다. 이제부터는 그가 할 수 있는 일을 해야 한다. 시간은 앞으로 삼 년밖에 남지 않았다.

단여랑은 품속에서 지혜원주가 준 양피지를 꺼내 들었다.

'내가 할 수 있는 일……'

배고픔도 잊은 채 오랫동안 석비 곁에 앉아 있었다.

해가 서산 너머에 걸릴 무렵, 단여랑은 자리에서 일어나 맥적산을 내려갔다.

第二章
다비활의(多譬活醫)

1

　이른 봄, 감숙성 남서쪽에 위치한 여화산(麗花山)은 몽우리 진 꽃으로 가득했다. 이름 모를 꽃들이 만개하면 여화산은 중원 어느 산에도 아름다움으로 뒤지지 않을 만큼 장관을 만들어낸다.

　하지만 아름다운 꽃에는 가시가 많은 법.

　온갖 독초가 난무하는 여화산은 남만의 밀림을 불사케 한다. 발 한번 잘못 들이밀어 독에 중독되는 것은 시간문제다. 게다가 산세도 가파라 인적이 드물다.

　그런 여화산을 찾는 사람들의 부류는 한정되어 있다.

　독초를 채집하기 위한 약초꾼들과 병마에 맞서 싸우는 절실한 이들이다.

여화산에는 죽은 자도 살릴 수 있다는 신의(神醫)가 살고 있다.

그를 찾아오는 절실한 자들 중에서도 독한 마음을 먹지 않으면 여화산에 오르지 못했다. 죽음을 벗어나기 위해 죽음의 땅으로 들어설 배짱을 가진 자들은 그리 많지 않으니까.

단여랑은 산자락에서 그를 만류하는 사람들을 뿌리치고 유유히 산에 올랐다.

그는 만독불침지체(萬毒不侵之體)가 아니다. 독에 대해 일가견이 있는 사람도 아니었다.

하지만 단여랑에게는 하늘을 걸어다닐 수 있는 한풍신비가 있기에 가능한 일이었다.

단여랑은 허공에서 빠르게 발을 놀렸다.

진기를 최대한으로 끌어올려 용천혈로 밀어냈다. 용천혈에서부터 뿜어져 생성된 얼음은 그에게 허공의 길을 만들어주었다.

쩌적! 쩌저적!

발을 디딜 때마다 얇은 얼음들이 갈라지는 소리가 들려왔다.

맥적산을 떠나기 전, 양피지에 그려진 위치를 머릿속에 담아두었다.

양피지의 그 어디에도 독초가 있고 없는지 나와 있지 않았다. 만약 독초의 위치가 세세하게 적혀 있었다면 한풍신비를 펼치지 않고서도 산에 오를 수 있으리라.

빠르게 고갈되는 진기는 단여랑을 땅바닥으로 떨어뜨렸고, 숨 한번 고를 새도 없이 그는 다시 허공으로 치솟았다.

산 중턱에 있다는 다비활의(多疿活醫)의 거처까지 가려면 아직도 멀었건만 벌써부터 진기가 부족하면 어쩌자는 말인가.

다행히 단여랑이 착지한 부분에는 독초의 입김이 없었다. 단여랑은 운공조식을 거듭하며 다시금 한풍신비를 펼쳐 산에 올랐다.

"할아버지! 할아버지!"

여덟 살가량 되어 보이는 어린 소녀의 다급한 목소리가 마당에서부터 들려왔다.

"무슨 일이냐, 아가?"

방문이 벌컥 열리며 얼굴에 검버섯이 가득한 노인의 얼굴이 내밀어졌다. 입고 있는 옷은 남루하고 비록 추레한 외모였지만 손녀를 바라보는 노인의 눈은 따뜻했다.

소녀는 헉헉거리며 뛰어와 노인의 앞에서 숨을 골랐다.

이윽고 앙증맞은 입술이 열리며 또 한 번 다급한 음성이 새어 나왔다.

"저기 아래에 사람이 죽었어! 꿈쩍도 안 해! 들고 오려고 했는데 내가 너무 힘이 없어!"

노인은 자리에서 천천히 일어나 툇마루로 걸어나왔다.

"사람이 죽어 있다고?"

"응, 죽었어. 낯빛이 창백해."

"맥은 짚어보았느냐?"

"응? 아, 아니……."

"이런, 쯧쯧! 아픈 자가 있으면 맥부터 짚어보라고 누누이 일렀거늘."

"하지만 시체는 무섭단 말이야."

"맥도 안 짚어보고 죽었는지 살았는지 어떻게 아느냐?"

"분명 죽은 것 같았는데……."

소녀는 고사리 같은 손으로 뒷머리를 긁적였다.

"어디 가서 확인해 보자. 앞장서거라."

노인은 소녀의 머리를 한번 쓰다듬은 후 같이 모옥을 나섰다.

단여랑은 꿈속을 헤맸다.

고갈되었던 진기가 샘솟으며 전신의 경락을 두들겨댔다.

한풍신비는 예전과 다른 위력을 보였다. 용천혈에서 터져나간 진기로 인해 비조처럼 하늘을 날아다녔다.

영원히 보이지 않을 것만 같던 목적지가 눈앞에 나타나자 단여랑은 힘차게 발을 놀렸다.

그런데 갑자기 어둠에 휩싸였다.

목적지는 온데간데없이 사라지고 캄캄한 어둠이 눈앞에 자리했다. 사방을 둘러보아도 빛 한 점 찾을 수가 없었다.

몸은 바닥을 향해 추락했다.

추락하는 기분은 직접 겪어보지 않으면 느낄 수 없을 정도로 고통스럽다. 북해도의 정상에서 몸을 던졌을 때의 그 느낌이 다시금 생생하게 되살아났다.

발밑에서 엄청난 기운의 소용돌이가 일며 단여랑의 몸뚱이를 집어삼키려 한다. 소용돌이는 그를 거세게 잡아당겼다.

콧속이 마비되었고, 손가락 하나 움직일 수 없을 정도로 전신의 감각을 잃었다. 동시에 의식도 잃었다.

잠깐 눈을 붙였다. 그러기를 잠시간,

향긋한 냄새가 후각을 자극했다. 어둠이 걷히고 밝은 빛이 눈앞에 어른거렸다.

"……!"

팟!

단여랑의 두 눈이 부릅떠여졌다.

가장 먼저 보이는 것은 누르스름한 천장이었다. 그리고 곧 허물어질 것만 같은 벽이 눈에 들어왔다.

'내가 지금 어디에……!'

갑자기 머리가 지끈지끈 쑤셔왔다.

“엇? 일어났다!”

지척에서 들려오는 여아의 외침에 머리가 빠개질 듯 아파왔다. 단여랑은 손으로 관자놀이를 눌렀다.

“할아버지! 일어났어!”

아이의 방방 뛰어대는 소리를 들으며 단여랑은 힘겹게 상체를 일으켰다.

자신이 누워 있던 곳은 두 평 남짓한 좁은 방 안이었다.

아이가 뛰쳐나가면서 열어놓은 방문을 바라보던 단여랑은 고개를 돌려 주위를 살폈다. 제일 먼저 벽에 걸려 있는 말린 약초들이 눈에 들어왔다.

“이제야 정신을 차렸나 보구먼.”

노인 하나가 방 안으로 들어섰다. 그를 쪼르르 따라 들어온 작은 소녀가 단여랑의 머리를 아프게 만든 장본인인 듯싶었다.

“보아하니 허우대도 멀쩡해 보이는 젊은 사람이 뭐 하려고 이런 곳에 들어섰누.”

노인의 음성은 편안했다.

살아온 흔적을 말해주는 쭈글쭈글한 주름들이 노인의 얼굴에 뒤덮여 있었다.

몸집은 왜소하고 곧 쓰러질 것처럼 유약해 보였지만 눈빛만은 한없이 깊어 보였다.

‘다비활의……’

단여랑은 노인을 보는 순간 그의 정체를 짐작해 냈다.

"산속에 쓰러져 있는 것을 이 녀석이 발견했지 뭔가. 누가 죽어 있다고 방방 뛰어대기에 내 따라 내려갔지."

"목숨을 구해주셨군요. 감사합니다."

"감사할 게 뭐 있나. 독초에 대해 조금의 지식이라도 있으면 괜찮았을 것을…… 목숨에 지장은 없지만 순간적으로 정신을 잃게 만드는 독초라네. 꼬박 하루를 잤어."

단여랑은 정신을 잃기 전의 상황을 기억해 냈다.

운기조식을 하려 땅에 내려서는 순간 코끝을 자극하는 강한 냄새를 맡고 의식을 잃었다.

불행 중 다행으로 소녀가 쓰러진 자신을 발견했고, 지금 있는 곳, 그의 앞에 앉아 있는 사람은 다비활의가 분명했다.

"영(英)아, 잠시만 밖에 나가 있거라."

아이는 고개를 끄덕이며 몸을 돌렸다. 또랑또랑한 눈동자는 방을 나가는 순간까지 단여랑에게서 떨어지지 않았다.

"……"

"……"

무거운 침묵이 흘렀다.

단여랑은 무언가 말을 꺼내려 했고, 다비활의는 그의 말을 기다렸다.

침묵을 깬 것은 단여랑이었다.

"노야(老爺)를 뵈러 왔습니다."

"허허허! 노야라고 부르지 말게. 그저 늙어 죽을 날만 기다리는 늙은이에게 노야라니."

"북해빙궁에서 왔습니다."

"그렇군."

다비활의는 이미 알고 있었다는 듯이 덤덤히 말했다.

단여랑은 입을 꾹 다물었다. 다비활의가 조금이라도 놀란 기색을 보일 거라는 그의 예상은 빗나갔다.

어색한 분위기 속에서 다비활의는 단여랑의 의문을 풀어 주었다.

"미천한 재주지만 맥을 조금 짚을 줄 아네. 자네와 비슷한 기운을 접한 적이 생에 딱 한 번 있었지. 너무도 기억에 남는 사람이라 잊을 수가 없어."

"......."

"홍자경이 보냈나?"

"그렇습니다."

"빙궁으로 돌아간다고 하더니만 결국은 무사히 돌아갔군. 그 녀석도 많이 늙었겠지."

단여랑은 다비활의의 나이를 짐작키 어려웠다.

홍 노인은 태상궁주와 비슷한 연배인 데도 다비활의는 그를 어린아이 부르듯 대했다. 다비활의의 겉모습은 그들과 나이가 비슷해 보였다.

"그와는 어떤 관계인가?"

"제… 스승님이십니다."

다비활의의 얼굴에 한줄기의 놀라움이 스쳐 지나갔다.

"그 괴팍한 성격에 어울리지 않게 제자라니, 허허허!"

"평생을 일궈놓은 무공을 저에게 주셨으니 스승님이 아니시겠습니까?"

"태음양화를… 성공했나 보이."

단여랑은 고개를 끄덕였다.

"그토록 갈망하던 무공이었는데 성공했다니 축하라도 해줘야겠구먼. 그 녀석 입이 귀에 걸린 모습이 상상이 돼."

다비활의는 인자했다.

산속에 틀어박혀 의원 노릇을 하고 있는 사람이라고 들었기에 외골수의 성격을 지녔을 줄 알았다.

홍자경의 이야기를 하는 그의 음성에는 옛 추억의 그리움들이 물씬 풍겨났다.

"북해빙궁에서 빠져나오기가 힘들었을 텐데 용케도 살아남았군. 아마도 세 번째가 아닌가 싶네."

단여랑은 고개를 갸웃했다.

북해를 몰래 빠져나온 사람은 자신과 홍자경 둘뿐이 아니었던가. 다비활의의 의미 모를 말을 되뇌이고 있을 때 그가 다시 물었다.

"그래, 날 찾아온 특별한 이유라도 있는 겐가?"

단여랑은 침을 꿀꺽 삼켰다.

“가르침을… 받기 위해 왔습니다.”

“가르침? 허허허! 이보게, 젊은이. 나는 그저 평범한 노인일 뿐이라네. 가르침이라니……. 허허허!”

다비활의는 단여랑의 말이 의외라는 듯 허허 웃었다.

갑자기 찾아와 자초지종도 설명하지 않고 가르침을 달라고 하니 어찌 웃음이 나오지 않겠는가.

하지만 단여랑의 굳은 얼굴은 풀어지지 않았다.

“태음양화 때문이 아닙니다.”

깊게 가라앉은 낮은 음성이었다.

“그럼 의술이라도 배우려고 찾아온 겐가?”

“빙백신공 때문입니다.”

“……!”

다비활의의 두 눈에 기묘한 빛이 일렁였다.

그도 알고 있다. 아니, 중원에 살고 있는 사람이라면 누구나가 알고 있는 사실 중 하나다.

북해빙궁의 빙백신공은 오로지 궁주만이 전수받는 무공임을.

다비활의는 자신이 잘못 들은 게 아닌가 싶어 두 귀를 의심했다.

“내가 귀가 어두워지는 모양이네. 자네, 지금 뭐라고 했는가?”

“빙백신공이라고 했습니다.”

“…흠!”

다비활의의 주름이 일그러졌다.

“그렇다면 자네는 북해빙궁의…….”

“차기 궁주입니다.”

단여랑은 비굴하지도 오만하지도 않은 말투로 또박또박 말했다.

다비활의의 시선이 단여랑의 위아래를 번갈아 지나갔다.

약관도 되지 않을 법한 어린 나이. 북해빙궁의 전통인 빙옥조가 시작되었다는 소리는 듣지 못했다.

빙백신공을 전수받았다면 차기 궁주라는 말인데, 그러한 신분을 가지고 혈혈단신 중원으로 들어온 이유는 무엇인가.

“알 수 없는 일이구먼. 자네에 대해선 들어본 바도 없고, 모르는 것투성이니 정녕 이해를 할 수가 없네.”

“의심하십니까?”

“허허허! 이 늙은이를 속여서 뭐 하려고 의심을 하겠나? 빙백신공까지 전수받았다면 차기 궁주가 확실한데 나에게서 무엇을 배우러 이곳까지 찾아왔는지 모르겠다는 소리일세.”

“빙백신공의 운공은…….”

“아서! 말하지 말게!”

다비활의는 황급히 손을 내저었다.

“빙백신공에 대한 이야기는 하지 말게나. 내가 들어서 좋을 것도 없고, 그것은 다른 사람이 들어서는 안 되는 무공 아닌가? 북해빙궁을 지탱하는 뿌리나 마찬가지인데 별로 듣고 싶지 않네. 그만 하게.”

단여랑은 입을 다물었다.

다비활의의 말이 맞다. 빙백신공의 묘리를 다비활의에게 이야기한다는 것은 북해빙궁을 통째로 외부인에게 팔아넘기는 소리와도 같다.

물론 다비활의라는 사람 자체를 믿고 있기에 하려는 말이었다.

단여랑은 홍자경을 믿는다.

사람을 보는 안목이 뛰어난 그가 여기로 단여랑을 보낼 정도라면 다비활의가 가진 인품을 인정하고 있다는 말이다.

빙백신공은 답답한 무공이다. 누가 제대로 전수해 주었으면 오죽 좋으련만.

조부는 어디에 있는지도 알 수 없고, 빙백신공의 묘리를 겨우 전수해 준 보리마군은 명을 달리했다.

단여랑에게는 스스로 연구할 만한 시간이 없었다. 빙백신공의 난제를 풀기 위해서는 누군가의 도움이 절실히 필요한 상황이었다.

“나는 운명 같은 것을 믿지 않지만, 인연이 닿을 사람과 그렇지 않은 사람을 구분할 줄은 아네. 홍자경이 자네를 이곳으로 보낸 데에도 분명 그 나름대로의 뜻이 있겠지만 우리는 아무래도 가르침을 주고받을 인연은 아닌 듯싶네. 괜한 헛걸음일 뿐인 것을……."

다비활의는 혀를 끌끌 차며 한숨을 내쉬었다.

또다시 침묵이 찾아들었다.

"할아버지! 아버지 왔어!"

문밖에서 소녀의 목소리가 들리는가 싶더니 방문이 벌컥 열리며 건장한 중년 사내 하나가 모습을 보였다.

단여랑을 보고 잠시 주춤하던 사내는 그에게 고개를 숙여 보인 뒤 방 안으로 들어섰다.

사내의 등에는 살가죽이 뼈에 달라붙은 앙상한 노파 하나가 업혀 있었다.

"왔느냐?"

"산 아랫마을 장삼네 노모이십니다. 제 능력으로 어찌해 보려고 했지만 자꾸 상세가 나빠져서 이렇게 모셔왔습니다."

소녀가 재빨리 이불을 깔자 사내가 노파를 그 위에 눕혔다.

"영아는 어서 물을 데워 오고……."

"응!"

다비활의는 사내에게 이것저것을 시키다가 단여랑에게로 고개를 돌렸다.

"보다시피 내가 할 수 있는 것은 이런 일들밖에 없네. 괜한 기대는 하지 말고… 예까지 찾아오느라 먼 길 왔을 텐데 며칠 쉬다가 내려가게나."

단여랑은 생각에 잠겼다.

이불 위에 누워 있는 노파의 초점 잃은 눈동자처럼 단여랑의 마음에도 공허함만이 가득했다.

2

신분은 최대한 숨겨야 한다.

그것이 막부동, 그리고 홍자경과의 마지막 약속이었다.

신분이 노출될 경우 능가연과 야현의 귀에 단여랑의 생존 여부가 들어가는 것은 시간문제다.

단여랑이 있는 위치를 알게 된다면 능가연과 야현은 삭초제근을 위해서라도 그를 죽이러 올 것이 뻔했다. 막부동과 홍자경이 걱정한 부분이 바로 그것이었다.

그러나 단여랑은 그들이 두렵지 않았다. 그럼에도 신분을 숨기려는 이유는 단지 지금은 충돌할 때가 아니라 판단했기 때문이다. 그에게는 조금이라도 더 빙공을 연구할 수 있는 시간이 필요했다.

아직도 그날 있었던 단태붕과의 결전이 생생하게 머릿속에 남아 있다.

단여랑이 펼쳤던 빙백신공은 그 반의 위력도 보이지 못했다. 익힌 당일 날 펼쳤으니 어쩌면 당연한 결과일지도 모른다.

보리마군은 과연 몇 성까지 익혔을까. 단여랑에게 전수하기 위해선 상당히 오랜 시간 수련했을 게다. 빙백신공의 기운을 채찍으로 전달해 단여랑의 뒤통수를 때리면서 펼치기까지 했으니 못해도 칠, 팔성은 될 게다.

태음양화는 익히는 과정이 빠르다. 그러나 빙백신공은 다르다.

굳이 정공과 마공으로 분류하자면 태음양화는 마공이고, 빙백신공은 정공이다. 오랜 시간 동안 수련해야 하고 그만큼 공을 들여야 한다.

큰 호기심이 치밀었다.

빙백신공이 북해빙왕을 탄생시켰고, 온 중원을 공포에 떨게 만들었다고 한다.

과연 중원에선 빙공이 어떠한 무공으로 비춰질까.

한 가지 분명한 건 정통의 무공으로는 인정하지 않는다는 것이다. 빙공은 얼음을 이용한 무공이다. 극한의 한기. 음공(陰功)이기 때문에 잘못하다간 성정이 비뚤어져 버린다.

구파일방, 오대세가.

대표적인 중원의 무공으로 꼽히며 정공으로 인정받고 있다.

정공과 마공은 익히는 과정에서 결정된다. 정공의 심법은 그저 단순한 심신 수양이라고 하기에도 부족함이 없다. 오로지 정순한 내기만을 바탕으로 펼치는 무공이기에 지지를 받아 마땅하다.

그에 비해 마공은 세인들에게 지탄을 받는 무공이다.

익히는 과정이 건전치 못하다. 또는 심법이 정순하지 못하다는 이유 하나만으로 마공으로 낙인찍혀 버리며, 같은 하늘을 지고 살 수 없는 마인을 만들어 버린다.

무공이라는 게 그러하다.

심신 수양이라면 누구라도 할 수 있다. 하지만 무공은 자신의 목숨을 지키기 위해 수련하는 것이다.

검으로 우뚝 선 인생은 검으로 망한다 하였다.

맞는 말이다.

무공을 익히는 순간 인간관계는 오로지 두 부류로 나뉜다.

적 또는 아.

칼끝에 놓인 목숨, 언제 끊어질지 모르니 조바심을 가져야 하고 항상 긴장을 풀어선 안 된다.

정말 최고로 손꼽히기 전에는 조금도 방심할 수 없다.

빙공도 마찬가지다. 비록 정공에 어긋난다 하더라도 대가가 된다면 그 누구도 무시하지 못한다. 예전 북해빙왕이 그랬던 것처럼.

아무도 함부로 도전할 수 없을 정도로 커야 한다.

단여랑이 원하는 무공은 빙공이다. 무슨 일이든 그것은 오로지 자신과의 싸움이며 끝없는 인내가 필요하다. 이왕 하나의 우물을 파기로 작정하였으니 그 끝을 봐야 하지 않겠는가.

태음양화와 빙백신공.

두 가지 빙공을 얻었지만 여기서 만족할 수는 없다.

중원에 산재한 무공은 그 수를 헤아릴 수 없을 정도로 많다. 그중에는 소수겠지만 반드시 빙공도 포함되어 있을 것이고, 단여랑은 북해 내에서 견식할 수 없는 빙공들을 모을 작정이다.

하루도 거스르지 않고 운공했던 태음양화, 그리고 빙백신공.

단여랑은 운공에 몰두했다.

촤아아아—!

태음양화가 몸속을 휘젓고 다니는 소리는 언제 들어도 상쾌했다.

몸속을 누비는 따뜻한 기운은 심신을 편안하게 해줬고, 피로에 지친 의식을 내부로 돌려 의념에 동화되어 갔다.

태음양화는 완벽하다. 언제 어디서라도 펼칠 준비가 되어 있다. 위력이나 기술 면에서도 자유자재로 조절이 가능하다.

그렇지만 결점이 없는 것은 아니다.

급속하게 배운 무공이기에 한계는 있다. 적에게 치명적인 상처를 입힐 수 있을지는 몰라도 단번에 제압하기엔 아직도 부족하다.

태음양화 하나에만 매달려 오랜 시간을 연구한 홍자경에게는 미안한 이야기지만 사실은 사실이었다.

그런 태음양화를 보완할 수 있는 무공이 빙백신공이다.

하나 빙백신공은 진전의 기미를 보이지 않고 있다.

운기를 어떻게 돌려야 하는지는 잘 알고 있지만 각 기혈에서 다시 네 가닥으로 나뉘어지는 기운을 다스리기란 좀처럼 쉽지 않았다.

의식을 한다면 불가능한 것은 아니었다. 하지만 시간이 오래 걸린다. 무의식적으로 내기를 돌릴 수 있을 때까지 거듭 반복해야 한다.

빙백신공은 중원인들이 생각하는 것처럼 마공으로 분류되는 무공이 아니다.

단지 내공을 다스리는 기운이 극음일 뿐이지 명백한 정공이다.

정공이기 때문에 수련하는 데에도 오랜 시간이 걸린다.

북해빙왕은 하늘에서 갑자기 떨어진 기연으로 빙백신공을 만든 것이 아니다.

느낄 수 있다.

그가 빙백신공을 창출하기 위해서 얼마나 많은 시간과 노력을 투자했는지. 소주천을 한 번 할 때마다 빙백신공의 기운에서 그의 숨결이 느껴진다.

북해 무인들이 배우길 갈망하는, 하지만 배울 수 없는 무공.

빙백신공에 대해 알기 전에는 무시했던 것이 사실이다.

막부동은 그랬다, 빙백신공을 익힐 수 있는 사람은 오로지 단여랑뿐이라고. 그래서 화가 난다고 했다.

단여랑이라고 해서 빙백신공을 배우고 싶지 않았겠는가.

그는 무인이다. 무인이기 때문에 무공을 갈망한다.

땡볕 아래 고인 물이 말라가듯, 가뭄이 땅을 가르고 수분을 다 끌어가듯 그는 언제나 목마르다. 배우고 또 배워도 더 나은 무공을 익히고 싶다.

하지만 지금은 자의로든 타의로든 빙백신공이 빙공의 최고 경지라는 사실을 부정할 수는 없었다.

느낌이 좋다. 예감이 좋다.

난제를 풀어낼 수만 있다면, 현재는 부족하지만 십성에 이르게 된다면 빙공으로서는 무적이 될 것 같은 예감이 든다. 그렇게 된다면 북해빙왕의 신화가 재탄생할지도 모른다.

전설로 칭해지는 북해빙왕의 신화가…….

"그건 그렇게 하는 게 아니야!"

영아는 허리춤에 두 손을 올린 채 얼굴을 씰룩였다.

"그렇게 대충 널면 독초가 제대로 안 말려져. 멀쩡한 사람 죽일 일 있어?"

영아는 단여랑의 손에 들린 풀을 빼앗듯 낚아챘다.

수투(手套)를 끼지 않은 손으로 풀을 잡은 영아를 보고 단여랑이 놀라자 영아는 득의 가득한 미소를 지으며 입을 열었다.

"걱정하지 마. 요만한 아기였을 때부터 독초랑 친해서 이제는 웬만한 독초들은 날 어쩌지 못해. 잘 봐. 이렇게 하는 거야."

영아는 풀을 하나하나 곱게 펴서 널빤지 위에 올렸다.

"독초는 사람을 죽일 수도 있지만 잘 활용하면 살릴 수도 있어. 약초도 마찬가지고. 이렇게 정성을 쏟아 부어야만 독초가 말을 잘 들어."

요목조목 따져 가며 말하는 모습이 여간 귀여운 게 아니었다.

단여랑은 장난기가 치밀었다.

"조그만 게 보기보단 똑똑하네?"

"당연하지. 난 누구와는 달라서 독초 냄새 맡고 쓰러지진 않아."

영아는 단여랑을 향해 앙증맞게 혀를 날름거렸다.

"독초 향을 맡아도 아무렇지 않다는 말이야?"

"그럼!"

"아하! 어릴 때부터 독초 향을 하도 많이 맡아서 그렇게 못생긴 거구나?"

"누, 누가?"

"누구긴 누구야. 내 앞에서 어깨에 힘주고 옹알대는 꼬마 아가씨지."

"나 안 못생겼어! 그리고 나, 꼬마 아냐!"

"꼬마가 아니면 숙녀야?"

“숙녀야!”

“너처럼 작은 숙녀가 어디 있어?”

“여기 있어! 그리고 난 오빠의 목숨을 구해준 은인이야!”

“시체인 줄 알고 도망갔다면서?”

“아니야! 내가 힘이 없어서 할아버지를 데려간 거였어!”

“그래그래, 고맙다. 고마워서 눈물이 앞을 가리는구나.”

영아는 분에 못 이겨 씩씩대면서 단여랑을 쏘아봤다.

“점심때까지 저 풀들 다 널어놔! 안 그럼 할아버지한테 밥 주지 말라고 할 거야!”

“네, 네, 알겠습니다. 분부대로 합죠.”

단여랑은 바구니에 담긴 풀들을 하나하나 펴서 말렸다. 영아는 하루 종일 그의 옆에 달라붙어서 쉬지 않고 잔소리를 퍼부었다.

단여랑이 다비활의를 찾은 지 칠 일이 지났다.

그는 열심히 일했다.

간혹 영아의 아버지 등에 업혀 환자들이 들어올 때면 다비활의의 잔심부름은 물론 정성을 다해 환자를 보살폈다.

직접 약초는 캐지 못해도 영아가 캐온 약초들을 말리고, 달이고, 빻아서 차곡차곡 정리까지 하고.

아침이면 일어나 마당을 청소하고 식사까지 준비했다.

다비활의는 단여랑에게 떠날 것을 권유했지만 단여랑은 떠날 마음이 전혀 없었다.

다비활의가 단여랑의 부탁을 거절하지 않을 거란 생각을
안 한 건 아니었다. 처음부터 순순히 받아주지 않을 걸 염두
에 두었다.

말은 꺼냈으니 나머지는 단여랑의 몫이었다.

풀에 정성을 쏟아 부으면 풀이 사람의 마음을 알아준다는
영아의 말처럼 다비활의의 마음을 돌릴 수 있다면 이보다 더
힘든 일이라도 정성스레 할 작정이었다.

"아버님, 저 청년은 어디에서 온 사람입니까? 몇 마디를 나
누어보니 중원인의 말투가 아니더군요."

아영의 아비이자 다비활의의 아들인 아근(娥槿)이 물었다.

"가라고 그리 일렀거늘……."

"저 청년은 무인입니까?"

"무인이되 중원과는 관계없는 사람이다."

"그렇군요."

아근는 더 이상 묻지 않았다. 그는 단여랑의 옆에서 쉼없이
떠들고 있는 영아를 바라보며 흐뭇한 미소를 지었다.

"영아가 오랜만에 즐거워하는 것 같아 기분이 좋습니다."

"산속에만 살던 아이라 사람의 정이 그리웠을 게야. 정이
나 안 들면 다행이지. 어차피 떠날 사람인데."

"아버님, 소자가 이런 말씀을 드려도 되는지 모르겠지만,
저 청년의 요구를 들어주심이 어떠신지요?"

"그리 간단한 문제가 아니다."

"일도 열심히 하고 행동에도 가식이 없는 듯합니다. 저리도 정성을 기울이는 모습을 보면 무언가를 진정으로 원하는 것 같습니다."

"내 능력으로 도울 수 있는 문제가 아니라 걱정이구나."

다비활의는 단여랑을 보면 터져 나오는 한숨을 어쩔 수가 없었다.

단여랑의 지금 모습을 보면 오래전 자신을 찾아와 막무가내로 도와달라던 홍자경이 떠오른다.

성격이 괴팍하여 다비활의와 자주 다투기도 했지만 그의 도움을 얻기 위해서 했던 행동들이 단여랑과 한 치도 다름이 없었다.

홍자경은 열정이 있었다.

무공에 대한 열정이 일반 무인들과는 판이하게 달랐다. 독초에 대해 아무것도 모르는 사람이 목숨을 걸며 여화산에 들어섰다는 자체부터가 놀라웠다.

기연을 통해 무공을 얻는 무인들이 부지기수인 데 반해 홍자경은 자신만의 독특한 무공을 창안하겠노라 당당히 말했다.

그런 열정이 대견하였기에 홍자경의 청을 거절하지 못했다.

하지만 다비활의가 도울 수 있는 건 한정되어 있었다.

　내공과 밀접한 관계를 가지고 있는 의원이기에 비록 무공의 초식 같은 부분은 어쩌지 못해도 운공 부분은 자신이 할 수 있을 만큼 도왔다.

　홍자경을 도우면서 다비활의도 기쁨을 느꼈다.

　열정을 가진 자와 함께 있다 보니 어느새 자신에게도 열정이 있다는 것을 깨달았다.

　단여랑의 입을 통해 홍자경이 태음양화에 성공을 거두었다는 소리를 들었을 때는 마음속으로 자신의 일처럼 기뻐했다.

　홍자경은 다비활의가 도울 수 있는 사람이었다.

　그러나 단여랑은 아니다.

　단여랑 역시 내공 운용에 대한 도움을 청하기 위해 자신을 찾아왔지만 다비활의는 단여랑을 도울 수가 없다.

　그의 신분이 북해빙궁의 차기 궁주이기 때문이다. 빙백신공을 익히고 있는 차기 궁주이기 때문에…….

　홍자경이 무슨 생각으로 단여랑을 이곳으로 보냈는지는 모른다. 그만큼 다비활의를 믿고 있기 때문이라면 물론 고맙다. 하지만 빙백신공을 다른 사람이 알아선 안 되지 않는가.

　단여랑이 평범한 무인이었다면 지금까지의 정성을 봐서라도 도와주련만… 안타까움이 무겁게 마음을 짓눌렀다.

　"내려가 봐야겠습니다. 오랜만에 노가촌에도 들러야 할 것 같아서요."

　아근은 자리에서 일어나 약초가 가득 담긴 바구니를 어깨에 짊어 멨다.

"아, 배고파서 더는 못하겠다."

단여랑은 땅바닥에 철퍼덕 주저앉았다.

"뭐야? 벌써 지쳐 버린 거야? 아직 반도 하지 못했잖아!"

"꼬맹아, 넌 옆에서 도와주지도 않고 그런 말을 하면 내가 섭섭하지."

"치! 나보다 덩치는 배나 크면서 그거 하나 제대로 못해서 어떻게 장가가려고 해?"

"음… 날 먼저 걱정하기보다 널 걱정하는 건 어떨까? 못생긴 꼬맹이, 누가 데려갈지 내가 다 걱정되는군."

"못생기긴 누가 못생겼다고 그래! 그리고 난 시집가서 아주아주 잘살 거다, 뭐!"

"밥도 못하면서."

"밥 할 줄 알앗!"

"호오! 밥 할 줄 알아?"

"그래! 할 줄 알아! 나 밥 정말 잘해!"

"먹어봐야 알겠는데……."

영아는 잠시 고민하는 듯 인상을 잔뜩 찌푸렸다. 그런 영아의 모습이 너무 귀여워 단여랑은 터져 나오려는 웃음을 꾹꾹 눌러 참았다.

"배고프다고 그랬지? 조금만 기다려! 나도 밥 할 줄 안다는 걸 보여줄 테다!"

영아는 뒤도 돌아보지 않고 쪼르르 주방으로 달려갔다.

단여랑은 피식 웃으며 남은 풀들을 정리했다.

"저리 강해 보여도 마음은 여린 아이일세. 너무 정 붙이지 말기 바라네."

다비활의의 목소리가 등 뒤에서 들려왔다.

"외롭게 자란 아이야. 나중에 자네가 떠난다면 그 뒷감당은 우리가 다 해야 하네."

"책임을 떠맡기 싫으신 겁니까?"

"허허! 책임이랄 게 뭐 있나. 우리가 사는 환경이 이러한데 자네를 탓할 순 없지."

"이해할 수가 없습니다."

"무엇이 이해가 안 된다는 말인가?"

"사람의 정이 두려우면 애초에 이런 곳에 있을 필요가 없지 않습니까? 아예 인적은 찾아볼 수도 없는 심산유곡에 계셔야 하지 않겠습니까? 영아를 외롭게 만드는 것은 노야입니다."

다비활의의 얼굴에 웃음이 걸렸다.

단여랑의 말에도 일리가 있었기에. 하지만 다비활의의 생각은 달랐다.

"소궁주에 대한 이야기는 들어보지 못했는데… 자네 역시 외롭게 자란 모양이군. 하지만 이건 어떤가? 능력이 있는 사람은 외로울 틈이 없네. 가만히 있으려 해도 주위에서 가만히 놔두려 하지 않아.”

“노야를 말씀하시는 겁니까?”

“내 의술. 일반인들만 상대하면 좋겠지만… 너무나 특출한 의술은 일반인들만 원하는 것이 아니라네. 그것 때문에 자칫 원치 않는 무리들에 휘말릴 때가 있어. 나 혼자의 몸이라면 좋겠지만 내 소중한 사람들에게까지 피해가 가게 할 수는 없지.”

“그래서 선택한 것이 이곳이군요.”

“그 기분 아나?”

“……?”

“살릴 수 있는 사람이 바로 눈앞에 있는 데도 살릴 수 없을 때의 그 기분을.”

“…….”

단여랑은 몸을 일으켜 다비활의를 바라봤다.

인자하던 다비활의의 얼굴에서 웃음기가 사라지고 대신 어두운 그림자가 드리워졌다.

“무림의 일에 개입되는 것을 원하지 않았어. 하지만 세상은 자신이 원하지 않는 일을 해야 할 때도 있는 거네. 소중한 사람의 목숨이 걸려 있다면 말일세.”

단여랑은 그의 말이 무슨 뜻인지 알고 있었다.

다비활의는 무림 세력 간의 다툼에 휘말려 들었다. 그는 원하지 않았지만 무림은 그의 가족까지 위협하며 일을 도울 것을 요구했다. 결국 다비활의는 하는 수 없이 한쪽 세력에 붙게 되었다.

세력 간의 다툼으로 인해 사상자가 생기는 것은 당연한 일. 살릴 수 있는 데도 살리지 못한 사람은 상대편 세력의 사람이 분명할 게다.

그는 의원이다. 의원이기 때문에 사람의 목숨이 귀한 줄 알고 있다. 하지만 구하지 못했다.

사상자와 가족.

그가 선택한 것은 가족이었다.

다비활의는 속세에 대해 회의가 치밀었다. 의원 노릇을 그만두는 것도 마음대로 되지 않았다. 그가 속세를 벗어나지 않는 이상 사람들은 그를 가만두려 하지 않을 게 뻔했다.

독초 가득한 여화산에 있는 이유. 도피라고 해야 할까, 갇혀 지내고 있다고 해야 할까.

"내가 빨리 죽어야 영아도 보통 아이들처럼 사람들과 어울려 살 텐데……. 미안하네. 자네를 돕지 않는 것도 그 이유 중 하나나네."

단여랑은 잘못 찾아온 기분이 들었다.

북해라고 해서 중원무림과 다를 게 무엇인가.

무공과 싸움은 뗄래야 뗄 수 없는 관계. 무인들의 씨가 마르지 않는 한 무차별적인 살인은 계속될 것이다.

다비활의의 마음을 십분 이해할 수 있었다.

다시금 무인이라는 삶에 대해 생각하게 만드는 그의 말.

최고의 무공을 익혀 무림을 평정시키지 않는 이상 무공은 그저 사람을 죽이는 수단에 불과할 뿐이다.

무림에 회의를 느끼고 있는 사람에게 단여랑은 더 이상은 부탁할 수가 없었다.

"그간 신세가 많았습니다. 내일 날이 밝는 대로 산을 내려가겠습니다."

"무인임을 원한다면 다시 한 번 생각해 보게. 진정한 무공이 무엇인지, 무공 따위가 사람의 목숨보다 더 소중한 것인지를 말일세."

"숙고하겠습니다."

단여랑은 허리를 깊숙이 숙였다.

노가촌을 둘러보겠다던 아근은 한 시진이 채 되지 않아 모옥으로 되돌아왔다.

황급히 마당으로 뛰어온 아근의 얼굴에서는 땀이 비 오듯 쏟아졌다. 힘겹게 뛰어온 모양인지 호흡은 거칠었고, 얼굴은 빨갰다.

아근은 마당을 스치자마자 방문을 벌컥 열며 안으로 들어가는 그의 등 뒤에는 작은 체구의 사람 하나가 업혀 있었다.

“영아, 어서!”

영아는 익숙한 솜씨로 이불을 펼쳤다.

“무슨 일이냐?”

다비활의와 단여랑도 급히 방 안으로 들어섰다.

“산을 내려가는 길에 발견했습니다! 우선 좀 내려놓고…….”

아근은 등에 업힌 작은 사람을 이불 위에 눕혔다.

“헉!”

“으음!”

단여랑과 다비활의의 입에서 동시에 침음성이 흘러나왔다.

이불에 눕힌 사람은 생김새조차 알아볼 수 없을 정도로 전신의 살갗이 푸르스름했다. 죽었다고 치부해도 좋을 만큼 가슴의 기복은 없었고, 몸뚱이는 힘없이 축 늘어졌다.

허리까지 내려오는 헝클어진 긴 머리카락과 가느다란 팔다리로 미루어보아 여인임이 분명했다. 몸에 걸쳐진 핏빛처럼 붉은 경장은 무인이라는 것을 증명해 주었다.

“언제부터 이랬느냐?”

“발견했을 때부텁니다. 독초에 당한 흔적은 아닌 듯합니다.”

독에 당한 흔적임이 분명했지만 독초는 아니었다. 여화산에 있는 모든 독초의 종류를 꿰뚫고 있는 다비활의도 사람의 피부를 이렇게 만드는 독초는 보지 못했다.

다비활의는 재빨리 손을 놀렸다.

환자의 앞섶이 벌어지고 역시 퍼렇게 변해 버린 속살이 모습을 드러냈다. 속살은 벌써부터 까맣게 썩어 들어가고 있었다.

"우욱!"

옆에서 보고 있던 영아는 메스꺼운지 구역질을 해댔다.

다비활의는 환자의 경장을 완전히 벗겨낸 뒤 독이 침투한 흔적을 찾기 위해 이리저리 살폈다. 하지만 푸르게 변해 버린 몸뚱이에는 조그마한 상처 하나 보이지 않았다.

다비활의는 환자의 눈꺼풀을 들어올렸다. 입 안도 점검했다. 그리곤 맥을 움켜쥐었다. 시간이 지남에 따라 그의 표정이 시시각각으로 변하기 시작했다.

"숨이 아직 붙어 있다. 소도를!"

다비활의의 손에 소도가 건네지자 그는 환자의 팔을 조심스럽게 도려냈다.

소도가 그어진 자리에서 검은 액체가 흘러나왔다.

"으읍!"

액체에서 퍼져 나오는 역한 냄새에 다비활의를 제외한 방안에 있던 사람들은 황급히 코를 틀어막았다.

"아버님, 무슨 독입니까?"

아근이 물었지만 다비활의는 검게 변해 버린 핏물에서 시선을 떼지 않았다.

외부에서 침투한 흔적이 없지만 독을 복용한 것도 아니다. 만약 이처럼 피부를 삽시간에 퍼렇게 만드는 독을 복용했을 경우 오랜 시간 목숨을 부지하기는 힘들다. 지금처럼 숨이 붙어 있을 리도 없다.

당한 흔적도 없고 복용이나 흡입한 흔적도 없는 독.

다비활의는 자신이 알고 있는 수많은 독의 종류를 머릿속으로 헤아렸다. 의술의 명가로 알려진 사천당문(四川唐門)에서도 인정한 그다.

하지만 수만 가지 독의 종류를 섭렵하고 있던 다비활의의 머릿속에 마땅히 떠오르는 독은 없었다.

그러나 고민에 고민을 거듭한 끝에 다비활의의 뇌리에 무언가가 빠르게 스쳐 지나갔다.

“……!”

그의 동공이 급격하게 흔들렸다.

“모두들 나가 있거라.”

“아버님, 제가 도울 일은 없습니까?”

“잠시만, 잠시면 된다. 나가 있거라.”

다비활의의 음성이 가늘게 떨렸다.

세 사람은 자리에서 일어났다.

목석처럼 앉아 있는 다비활의와 시체처럼 누워 있는 작은 체구의 사람을 남겨둔 채.

다비활의는 상의를 벗었다.

나이에 맞지 않는 탄탄한 몸은 그가 과연 의원인지를 의심하게 만들었다.

그는 환자의 상체를 일으켜 억지로 가부좌를 틀게 했다. 그리고 그의 등 뒤에 장심을 갖다 대 쓰러지려는 몸을 지탱했다.

독에 중독된 이는 살아 있는 사람 같지 않았다. 몸 전체는 새파랗게 변했고, 아직까지 숨이 붙어 있다는 것만으로도 신기했다.

다비활의는 두 눈을 감고 환자의 기 흐름을 살폈다.

놀랍게도 아직 몸속에는 한 줌의 진기가 남아 있었고, 그것은 원활히 움직이고 있었다.

'기의 흐름은 그대로. 혈관은 이미 굳어가고 있다. 보통 독이 아니다.'

잠시 숨을 들이킨 다비활의는 환자의 명문혈을 통해 자신의 진기를 불어넣었다.

아무도, 중원의 그 누구도, 아들인 아근조차도 모르는 다비활의의 비밀이 방 안에서 폭로되고 있었다. 그는 의원이면서 동시에 무인이었다.

'살릴 수 있는 사람을 살리지 못하는 것은 정말 괴로운 일이야.'

시체나 다름없는 사람에게 진기를 들이미는 것처럼 어리석은 짓은 없다. 지금이 꼭 그러했다.

환자의 몸은 다비활의의 진기를 거부했고, 실제로 밀어내고 있었다.

다비활의의 미간이 천천히 구겨졌다.

독의 성분을 알 수 없으니 함부로 독기를 빼낼 수 없는 노릇이다. 자칫하면 전염이 될 위험도 있다. 게다가 독이 어떠한 경유를 통하여 몸 안에 침투했는지는 더 더욱 알 수 없었다.

잠깐이라고 말했던 시간은 어느새 반 시진을 훌쩍 넘겨 버렸다. 환자의 몸 구석구석을 살피던 다비활의의 얼굴이 차츰 굳어져 갔다.

'이것은 설마!'

그의 이마에 굵은 땀방울이 송골송골 맺히기 시작했다. 멀쩡하던 몸이 미미하게 떨렸다.

퍼엉―!

환자의 등 뒤에 갖다 대던 다비활의의 장심에서 폭발음과 비슷한 음향이 터져 나왔다.

'서, 설마 했는데……!'

독의 정체를 알아낸 다비활의의 얼굴은 경악으로 물들었다.

第三章
빙백신공의 묘리

1

다비활의가 모습을 보인 건 해가 서산 너머에 걸릴 무렵이었다.

방 안에서 폭발음과도 비슷한 소리가 났지만 함부로 들어갈 수는 없었다. 다비활의를 절대적으로 믿고 있는 그의 아들 아근이 방 안으로 들어가려는 단여랑을 만류했던 탓이다.

다비활의의 얼굴은 초췌해 보였다. 사흘 밤낮을 샌 사람처럼 피곤에 찌든 모습이었다.

아근은 그런 아버지에게 아무런 질문도 하지 않았다. 무엇을 하고 나왔느냐 물어볼 만한 분위기도 아니었다.

다비활의는 방 안에서 무엇을 했던 것일까.

의문이 가득한 눈을 하고 있는 단여랑과 방 안에서 방금 나온 다비활의의 두 눈이 마주쳤다.

다비활의는 천천히 단여랑의 앞으로 걸어왔다.

"잠시 이야기 좀 나누었으면 하네."

그의 표정은 결연했다.

단여랑은 다비활의를 따라 모옥에서 조금 멀리 떨어진 곳으로 걸어나갔다.

작은 시냇물에 다다르자 다비활의는 커다란 바위 위에 걸터앉았다. 단여랑도 그의 옆에 자리를 잡았다.

"어떻게 되었습니까?"

단여랑이 먼저 물었다.

최고의 의술을 가지고 있다는 다비활의의 안색이 어두웠기에 그 역시 궁금할 수밖에 없었다.

"무기에 대해 얼마만큼 알고 있는가?"

다비활의의 뜬금없는 질문에 단여랑은 난처한 기색을 표했다.

"그건……."

"어서 말해보게."

"세상의 수많은 무기들을 모두 다 눈으로 보지는 못했지만 어느 정도의 지식은 습득해 두고 있습니다."

"사대궁의 무기까지 세세히 알고 있나?"

단여랑은 두 눈을 가늘게 좁혔다.

사대궁은 중원을 중심으로 동서남북 사방에 자리하고 있는 궁이라 불리는 세력을 일컫는다.

동쪽의 혈궁(血宮), 서쪽의 마라궁(魔喇宮), 남쪽의 남해태양궁. 그리고 북쪽의 북해빙궁.

사대궁은 서로를 존중한다. 하지만 경계한다. 그들이 뭉칠 때는 사대궁이란 이름을 걸 때뿐이다.

오묘한 관계다. 동서남북 각기 네 방향을 차지하고 있는 세력이라 부딪칠 일이 거의 없다. 만약 한 공간에 있었더라면 피 터지는 혈전이 벌어졌으리라.

긍지가 높고, 자부심이 강한… 모든 문파들이 그러하겠지만 사대궁은 특히 더 심했다.

서로의 견제 때문에 다른 여느 문파보다도 서로 간의 일들을 더욱 잘 알고 있었다. 그중 무기에 대한 정보 역시 마찬가지였다. 만드는 과정은 극비리에 진행되더라도 대충 어떤 종류의 무기가 있는지는 알았다.

하지만 다비활의가 갑자기 왜 사대궁에 대한 이야기를 꺼내는지 그로서는 도통 이해할 수 없었다.

"그렇긴 합니다만."

다비활의는 고개를 끄덕였다. 뾰족한 턱에 자라난 수염을 쓰다듬던 그가 다시 입을 열었다.

"아까 그 환자는 독에 중독되었네."

푸르스름한 얼굴을 직접 보았기에 단여랑도 어느 정도는 알고 있었다. 또 신의로 추앙받는 다비활의가 고전한 모습에서 심상치 않은 독임을 추측할 수 있었다.

"일단 독효를 조금 늦추긴 했는데……."

말끝을 흐리던 다비활의는 나직이 한숨을 내쉬었다.

"혹시 염포독(炎胞毒)이라고 들어봤는가?"

"……?"

처음 들어보는 독이었다.

여화산에 깔려 있는 수많은 독초의 이름은 몰라도 중원에서 쓰이는 웬만한 독의 이름은 알고 있었다. 하지만 염포독이라는 이름은 단여랑의 기억 속에 존재하지 않았다.

"염포독은 복용하는 독이 아니야. 혈액을 타고 급속하게 몸에 번지는 독일세. 중독 후 하루 동안은 혈색이 푸르게 변하지. 이튿날부터는 전신이 불에 타기라도 한듯 새카맣게 변해. 감히 눈을 뜨고 볼 수 없을 정도로. 혈액이 푸르게 변했다가 검게 변하면서 몸 자체 내에서 딱딱하게 응고돼. 내 말인즉, 방 안에 누워 있는 저 환자의 목숨은 앞으로 하루가 남았다는 말일세. 혈액이 응고되면 제아무리 대라신선이 온다고 해도 살리지 못해."

단여랑은 다비활의의 말을 경청하려 했지만 모두 이해가 되는 것은 아니었다.

"하지만 그자의 몸에는 독이 침투한 흔적이 전혀 없지 않았습니까?"

"잘 보게."

다비활의는 주먹을 쥐어 보였다.

"이 주먹 안에 염포독이 가득 들어 있다고 치게. 이게 체내에 침투하는 거지. 이 주먹은 체내에 침투하자마자 독성을 뿜어내. 이렇게!"

다비활의는 주먹을 펼치며 다섯 손가락을 활짝 열었다. 단여랑의 눈썹이 꿈틀거렸다.

"하지만 그것이 몸속으로 들어가려면 어떠한 흔적이라도……."

"염포독은 세 방울만으로도 황소 한 마리를 죽일 수 있는 위력이 있네. 저 환자의 체내에 침투하여 날개를 활짝 펼친 것. 세간엔 알려지지 않았지만 탄저잠(攤柢箴)이라고……."

'탄저잠?'

역시 들어본 적이 없다.

지금 다비활의의 입에서 나오는 소리는 온통 이해하기가 난해한 말들이었다.

문득 다비활의가 왜 자신을 따로 불러 이런 이야기를 하는 것인지 의문이 들었다. 단여랑은 의원이 아닌 무인이라는 것을 누구보다 잘 알고 있는 사람이 아니던가.

"탄저잠에 대해 들어본 적이 없는가?"

단여랑의 고개가 좌우로 저어지자 다비활의의 하얀 눈썹

이 치켜올라 갔다.

　"탄저잠은 산동성(山東省) 흑수(黑水) 지방에서 옛날 한 장인의 손을 거쳐 나온 물건일세. 길이는 일 촌 남짓하며 굵기는 바늘보다 더 얇아. 인체에 침투하면 그 끝이 다섯 가닥으로 갈라지며 만개한 꽃송이처럼 활짝 펼쳐지지. 탄저잠이라면 흔적을 남기지 않고 몸 안에 침투시키기가 쉽지. 예를 들면 등 같은 곳 말일세."

　결국 환자는 누군가에게 등을 습격당해 탄저잠을 몸 안에 품고 있다는 소리였다.

　"그럼 탄저잠을 빼내야 한다는 말씀이시군요."

　단여랑은 말을 하다가 다비활의의 소매에서 꺼내지는 물건에 시선을 가져갔다.

　다비활의는 몇 번 접은 면포 쪼가리를 손바닥 위에 올려놓고 천천히 펼쳤다. 한 겹 한 겹 벗겨질 때마다 단여랑의 두 눈이 점점 커져 갔다.

　"명문혈 부근에 박혀 있었네. 다행히 깊숙이 들어가지 않아 빼내긴 했는데……."

　단여랑은 탄저잠에서 눈을 떼지 못했다. 다비활의의 설명대로라면 탄저잠은 하나의 암기다. 머리카락처럼 얇은 암기가 있을 수 있다는 사실을 지금 처음 알았다.

　"이것이 탄저잠입니까?"

　"손대지 말게!"

다비활의는 쩌렁 일갈을 내뱉은 뒤 면포를 다시 접었다.

"손가락에 흠집이 하나라도 있는 순간 자네 역시 중독되네."

단여랑은 손을 거두고 다비활의를 바라봤다. 다비활의는 단여랑에게 준 시선을 거두지 않았다.

"그렇다면 그자는 죽겠군요."

"가만히 내버려 두면 내일 죽겠지. 하지만 방법이 아주 없는 건 아닐세."

단여랑은 다비활의의 뒷말에서 그가 이런 이야기를 늘어놓는 이유를 어렴풋이 짐작할 수 있었다.

"방법이라면……?"

"염포독은 혈액을 응고시키는 독이네. 하지만 막을 수 있는 방법이 있지. 혈액이 굳어서 막힌 부분을 뚫어주는 것, 그리고 독 기운을 내공으로 밀어내야지. 여느 독들과 마찬가지로."

"생각했던 것보다 간단하군요. 제 도움이 필요하시다면 기꺼이 돕겠습니다."

"자네에게 도움을 청하기 위해 이 말을 꺼내는 것이 아닐세."

단여랑이 두 눈을 동그랗게 떴다.

"무슨 말씀이십니까?"

"자네의 실력을 의심하는 것은 아니지만 독을 밀어내려면 적어도 이 갑자 이상의 내공이 필요하네. 게다가 중독된 환자… 저 여아의 기운이 범상치 않아."

"그럼 죽도록 내버려 두시렵니까?"

"……."

다비활의의 얼굴에 어두운 그림자가 드리워졌다.

그의 내공으로도 어찌할 수 없었다. 무공을 배운 것은 잠깐, 평생을 의술에만 의존하였기에 이 갑자의 내공에는 턱없이 부족했던 것이 사실이다.

시술을 하는 데에도 문제는 있다.

갑작스럽게 스며드는 진기가 몸속에서 제멋대로 흐르는 진기를 만나게 될 경우 둘 중 하나는 주화입마를 벗어나지 못한다. 염포독의 무서운 점이 바로 그것이다. 시술자 역시 너무 위험하다는 것.

그렇다고 이제 약관도 지나지 않은 단여랑에게 무슨 도움을 청하겠는가. 지금으로선 단여랑도 그다지 도움이 되지 못한다고 판단한 다비활의였다.

"사실 자네에게 이런 말을 꺼내는 이유는 소녀를 구해달라고자 함이 아니네. 자네 정말… 탄저잠에 대해 알지 못하는가?"

"처음 듣는 이름입니다."

"북해빙궁 사람이기에 알 줄 알았는데……."

단여랑은 고개를 갸웃거렸다.

"탄저잠은 염포독과 마찬가지로 중원에서 사라진 지 오래일세. 사기(死氣)가 흐르는 물건이라 하여 배척당했지."

"그것이 북해빙궁과 무슨 연관이라도 있습니까?"

"혹시 빙궁에서 빠져나오기 전, 사대궁이 움직인다는 소리를 듣지 못했는가?"

단여랑은 고개를 저었다.

사대궁은 자신만의 영역을 철저히 구축하며 그 안에서 움직인다. 네 곳 모두 그들만의 독특한 무공을 가지고 있는 무림 세력이다. 하지만 중원과는 별개로, 그들은 중원의 일에 전혀 개입하지 않으며 중원 땅에 발을 들이밀지도 않는다.

중원과는 동떨어진 세외 세력이라 불리는 게 그런 이유다.

중원무림 중 하나가 건드리지 않는 이상 그들은 절대 움직이지 않는다.

단여랑은 사대궁이 움직이고 있다는 소리를 들은 적이 없었다. 항상 촉각을 빳빳이 곤두세우고 있는 밀당에서조차도 그런 이야기는 흘러나온 적이 없었다.

"탄저잠이 중원에 모습을 보였다는 것은 곧 사대궁이 움직이기 시작했다는 소리야."

"그런 소문은 들은 적이 없습니다."

"탄저잠은… 혈궁의 독문 암기일세."

"……."

단여랑은 아무런 말도 하지 않았다.

다비활의가 자신을 따로 불러내 하고자 했던 이야기는 소녀를 살려달라는 말이 아닌, 사대궁의 움직임이 궁금해서였다.

하지만 혈궁의 이야기는 단여랑으로서도 처음 듣는 이야기였다.

"혈궁이 움직였다는 게 사실입니까?"

"내가 잘못 알았을 수도 있겠지만 예감이 좋지 않네. 저 소녀가 혈궁과 어떠한 관계인지는 모르겠지만."

"그렇다면 일단은 저 소녀를 살리는 것이 우선이겠군요."

"하지만 자네의 능력으로도 불가능하다고⋯⋯."

"살릴 수 있는 사람을 앞에 두고도 살리지 못하는 기분이 어떠냐고 물으신 건 노야이십니다."

"⋯⋯."

"나중에 후회를 하게 될지라도 일단 시도는 해봐야 하지 않겠습니까? 탄저잠의 일은 차치하더라도 우선은 사람의 목숨이 더 중요하잖습니까."

단여랑은 다비활의의 대답도 듣지 않은 채 모옥 쪽으로 몸을 돌렸다.

자신과는 상관없는 일이라 치부하면 그만이다.

이미 북해빙궁을 빠져나온 몸이 아니던가. 차기 궁주 자리를 포기했다.

지혜원주, 유령전.

빙궁에 암중으로 만들어놓은 세력들과의 정리도 필요하다. 그들은 단여랑이 북해를 빠져나가는 것을 말리지 않았다. 태상궁주의 신변이 위험해서이기도 하지만 단여랑 스스로가 차기 궁주로서의 자격을 갖추고 돌아오길 바라고 있다.

아직은 모른다. 단여랑 스스로도 과연 자신이 차기 궁주가 될 수 있는지, 되고 싶은지도 알 수가 없다.

북해로 다시 돌아가야만 하는 이유는 어머니의 복수를 하기 위함이다. 능가연과 야현의 몰락을 두 눈으로 직접 보아야만 한다.

사대궁이 움직였다는 다비활의의 말은 달리 해석할 수도 있었다.

혈궁이 움직였다. 그들의 움직임은 북해빙궁을 포함한 다른 삼대궁의 경각심을 일깨우기에 충분하다.

혈궁이 중원무림에 목적이 있어서 움직이는 거라면 아무런 상관이 없다. 하지만 그들이 나머지 삼대궁을 건드리지 않을 거란 보장 역시 없다.

태상궁주가 버티고 있지만 북해빙궁은 위험한 상태다. 내분이 일어난 것을 알면 외부 세력이 조금만 건드려도 그대로 무너질 가능성이 많다.

머릿속으로는 자신과 상관없다고 자꾸만 되뇌어도 마음

한편이 답답하게 눌리는 기분은 어쩔 수가 없었다.

"일단은 소녀가 깨어나면 정확히 알 수 있겠지. 소녀의 신분부터가 궁금하던 차인데… 어렴풋이 짐작 가는 구석은 있지만 아직 단정 짓기는 이르니 나중에 말해줌세. 그런데 정말… 할 수 있겠나?"

단여랑은 웃옷을 벗었다.

몇 시진 지나지 않았건만 독에 중독된 소녀의 상태는 심각했다. 푸르뎅뎅하던 피부는 불에 그을린 듯 검게 썩어가고 있어 보기만 해도 속이 메스꺼웠다.

그는 소녀의 상체를 일으켜 앉혀두고 다비활의가 했던 것처럼 뒤에 앉아 명문혈이라 짐작되는 곳에 손을 얹었다.

천천히 진기를 끌어올렸다.

우선은 소녀가 어떠한 기운을 가지고 있는지 알아낼 필요가 있었다.

외관상 소녀는 죽었지만 몸 안은 살아 있었다. 다비활의의 말대로 한 줌도 되지 않는 작은 기운이 몸속에서 활개 쳤다.

혈도를 거치지 않고 제멋대로 움직이는 진기 덕분에 의식을 잃은 것은 하등 이상할 것이 없었다.

천천히 기운을 따라가던 단여랑은 곧 미간을 찌푸렸다.

"으음!"

그의 입에서 작은 신음이 새어 나왔다.

소녀의 몸 안에 맴돌고 있는 기운은 그가 생전 접해보지 못한 종류의 것이었다.

단여랑이 가지고 있는 음기에 반해 소녀의 기운은 뜨거운 양기였다.

빛이 양, 그늘이 음. 하늘이 양, 땅이 음. 남자가 양이라면 여자는 음이다.

여자가 이런 기운을 가지고 있다는 것은 처음 알았다. 체질적으로 양기를 타고나는 여자는 극히 드물다. 직접적인 수련을 통하지 않고서는 이러한 양기를 가질 리 만무했다.

지금의 상태로는 단여랑이 가지고 있는 음기를 밀어 넣는 것은 둘의 목숨을 내건 도박이었다. 다비활의가 언급했던 것처럼 둘 중 하나는, 아니, 어쩌면 둘 다 진기가 손상될 우려가 충분했다.

'태음양화라면…….'

단여랑은 태음양화의 기운을 끌어냈다.

태음양화는 음에서는 음이 되고 양에서는 철저히 양이 되는 진기다.

이 갑자 이상의 정순한 내공이 아닌 이상 태음양화로 추궁과혈을 한다는 것도 위험한 시도일 뿐이었다.

하지만 단여랑은 멈추지 않았다.

그의 피부에서 일어나던 희멀건 연기가 사그라지며 두 손이 차디차게 변해갔다.

쉬이이이……!

온몸에 소름을 돋게 만드는 한기가 뼛속까지 느껴졌다.

명문혈을 통해 주입된 태음양화의 한기가 급속하게 소녀의 전신으로 스며들었다. 그렇게 몸 안에 들어간 태음양화가 소녀의 열기와 부딪치며 두 손이 자르르 울렸다.

단여랑은 소녀의 명문혈에서 손을 뗐다.

"헉! 헉!"

가쁜 숨을 몰아 내쉬었다.

변화는 없었다.

밑 빠진 독에 물을 부어 넣는 것만 같았다. 소녀의 진기가 태음양화의 기운을 몰아내고 있었다.

다비활의의 예상이 틀린 것은 아니지만 이대로 계속한다면 아무런 소득 없이 진기만 탕진시키는 꼴이 되리라.

'태음양화는 아니야. 한기가 들어가는 순간 열기에 동화돼. 그렇다면……'

단여랑은 빙백신공을 생각해 냈다.

철저한 양기에 도전할 수 있는 철저한 음기는 빙백신공밖에 없었다.

완성되지 않은 빙백신공을 과연 단여랑은 얼마나 믿고 있는 것일까.

'지금으로서 믿을 수 있는 건 빙백신공밖에 없어.'

단여랑은 숨을 고른 후 다시 소녀의 명문혈에 손을 댔다.

태음양화의 진기를 거둔 그는 두 눈을 감았다.

보인다. 땅바닥에 적혀 있던 빙백신공의 묘리가 눈앞에 아른거린다.

단전에서 동서남북 네 방향으로, 정확한 맥락은 알 수 없다. 의념으로써 진기를 움직인다. 한곳에 치우침이 없어야 하며, 네 방향으로 뻗어나간 진기가 다시 하나로 어우러지며 다음 혈도를 따라 움직이게 해야 한다.

단여랑의 정수리에서 하얀 김이 모락모락 피어나기 시작했다.

단전에서 조그맣게 꿈틀거리던 진기가 회음을 거쳐 기문을 타고 내려오는 동안 거대한 양의 진기로 둔갑했다.

손으로 주입된 빙백신공의 기운은 그 기세 그대로 소녀의 내부로 흘러들어 갔다.

부르르!

소녀의 몸이 전간(癲癎:간질)에 걸린 사람처럼 거세게 흔들렸다.

'크윽!'

단여랑은 터져 나오려는 신음을 간신히 참아냈다.

퍼엉! 펑! 펑!

손을 타고 전달되는 거센 양기가 백회를 두들겨 댔다.

내장들이 조각조각 찢겨지는 기분이었다. 단여랑은 이를

악물고 고통을 참아내려 애썼다.

명문혈에 닿은 손을 떼어내고 싶은 생각이 간절했다.

'지금 내가 무얼 하고 있지?

모르는 남이다. 일면식도 없을뿐더러 이야기 한번 나누어 보지 못한 생판 남.

살릴 만한 가치가 있을까? 살린다고 그에게 돌아오는 것은 무에가 있을까. 그냥 이대로 죽어버린다면 소녀 역시 편하지 않을까. 여기서 손을 떼어낸다면 자신이 이런 고통을 느낄 필요는 없을 텐데…….

'안 돼!'

단여랑은 흐트러지려는 정신을 바짝 붙들어 맸다.

순간적인 번뇌에 휩싸였지만 일단 하고자 했으니 책임을 져야 한다. 단여랑 그 자신을 위한 것도 아니고 다비활의를 위한 것도 아니다.

단순히 생명, 피와 살이 튀는 무림에서 초개와 같이 여기는 인간의 생명을 자신의 손으로 구해내고자 하는 마음뿐이다.

살릴 수 있는 사람이 있는데 살리지 못한 마음. 여기서 그만두게 된다면 그 죄책감이 평생 마음의 짐이 될 거라는 예감이 들었다.

'이 갑자의 내공은 애초부터 필요없는 조건이야. 내가 하고자 하는 의지만 있으면 안 되는 건 없어. 내가 하고자 하는 의지…….'

단여랑은 마음을 편히 먹었다. 까짓 고통쯤이야 죽기밖에
더하겠는가.

고통을 피할 수 없으면 차라리 즐기리라. 내장이 갈기갈기
찢어진대도, 머리가 터져 나간다 하더라도 지금 이 순간만큼
은 진기에 집중해야 한다.

그렇게 마음먹으니 고통도 번뇌도 느껴지지 않았다.

소녀의 몸이 변화를 보인 것은 그때였다.

처음에는 손바닥이 미칠 듯이 간질거려 왔다. 빙백신공의
기운과 부딪친 소녀의 양기가 제자리를 잡아가기 시작했다.

거센 진기가 그녀의 몸에 있던 한 줌의 진기를 포용했다.
단여랑의 기운을 밀어내며 발악하던 소녀의 진기가 조금씩
수그러들고 있음을 느꼈다.

'됐다. 성공이야!'

단여랑은 좋은 예감이 들었다.

두 시진이 넘게 진기를 쏟아 부은 그의 얼굴은 병자처럼 탈
색되어 갔다.

"쿨럭!"

소녀의 전신이 또 한 번 떨리더니 기어이 입에서 검은 핏덩
이를 쏟아냈다.

휘영청 밝은 달이 하늘 높이 떠올랐다.

밤공기는 쌀쌀했다. 초봄의 낮과 밤의 기온은 유독 큰 변화

를 보였다.

다비활의는 별이 촘촘히 수놓아진 하늘을 올려다보고 있었다.

단여랑이 방 안에 들어간 지 벌써 두 시진 가까이가 지났지만 아무런 소식도 없었다.

'말렸어야 했는데…….'

머릿속에는 별의별 생각이 다 들었다.

추궁과혈로 인해 단여랑이 잘못되기라도 했으면 어떻게 해야 하나. 설마 의식을 잃고 쓰러져 있는 것은 아닐까.

평생을 의원으로 살았지만 염포독만큼은 자신이 없었다. 의술로 해독할 수 있는 부분이 아니기 때문에 그로서도 달리 방도가 있는 것은 아니었다.

솔직히 말하자면 단여랑을 믿지 못했다.

그의 인간 됨됨이를 믿지 못하는 게 아니라 염포독을 해독할 만큼의 실력을 지녔다고는 생각지 않는다.

이 갑자의 내공이 어디 하늘에서 갑자기 뚝 떨어지는 줄 아는가.

아무리 북해빙궁의 차기 궁주라 하더라도, 빙백신공의 진전을 이어받았다 하더라도 아직은 약관도 되지 않은 청년일 뿐 염포독을 해독하기에는 무리가 있었다.

단여랑이 선뜻 도와주겠다고 나섰을 때는 치기 어린 행동이라는 생각이 들었다. 그 나이라면 뭔들 못한다고 생각하겠는가. 한참 피가 들끓는 혈기 왕성한 나이. 의지 하나로 모든 걸 다 해결할 수 있다고 생각하는 것도 어찌 보면 당연했다.

하지만 염포독은 혈기만으로 어찌할 수 있는 것이 아니었다.

그런데 너무 조용한 것이 이상했다.

'그래도 혹시 모르니 조금만 더 기다려 보고……!'

다비활의는 생각을 이을 수 없었다.

끼익, 하는 소리와 함께 방문이 살며시 열렸다.

그리고 열린 방문 틈 사이로 사람의 팔 하나가 삐져나왔다. 그 손이 허공의 무언가를 잡으려 시늉하더니 이내 힘없이 아래를 향해 툭 떨궈졌다.

2

"어떻게 되었습니까?"

정신을 차린 단여랑은 누워 있던 자리에서 벌떡 일어나며 물었다.

물음은 다비활의에게 던졌지만 그의 시선은 방 한쪽에 누워 있는 소녀에게로 향했다.

그녀의 새카맣던 피부는 다시 푸르스름하게 변해 있었다.

"독기가 거의 밀려 나갔네. 새까만 피를 어찌나 많이 토해 놓았던지……. 비린 냄새 때문에 아주 혼났네."

피가 튀긴 벽과 방바닥은 다비활의의 말이 사실임을 증명해 주었다.

　소녀는 여전히 시체처럼 누워 있었지만 편안해졌는지 안색은 조금 나아 보였고, 숨을 쉬고 있는 가슴의 기복에도 변화가 있었다.

　"피를 너무 많이 쏟아내서 조금 문제이긴 하지만 며칠 요양만 잘한다면 본래의 혈색으로 되돌아올 것이네."

　"다행이군요."

　단여랑은 손으로 머리를 눌렀다.

　추궁과혈 후 힘겹게 방문을 열어 다비활의를 부르려 했지만 단여랑도 순간 의식을 잃고는 몇 시진 동안 잠을 잤던 것이다.

　"자네를 과소평가했군."

　단여랑을 바라보는 다비활의의 눈은 전과 달라져 있었다.

　그저 나이 어린 무인이라고만 치부하던 생각이 봄눈 녹듯이 한순간에 사라져 버렸다.

　실로 단여랑은 기대 이상이었다. 어린 나이에도 불구하고 저렇듯 탄탄한 내공을 지니고 있다는 사실이 놀라웠다. 그럼에도 자신의 무위를 뽐내지 않았으며, 겸손하기까지 했다.

　"대단한 일이라고 할 게 뭐가 있습니까? 노야에 비하면 아무것도 아닌걸요."

　"태음양화를 사용했나, 빙백신공을 사용했나?"

　"빙백신공을 사용했습니다."

　"온전하지 않은 내공이라 하지 않았던가?"

“이상하게도 태음양화의 기운은 받지 않더군요.”

“흐음……..”

다비활의는 생각에 잠겼다.

소녀를 진맥했을 때 용암과도 같이 터져 버릴 것 같은 뜨거운 기운을 그도 느꼈었다.

태음양화는 기온에 민감하지만 곧 그 기온에 동화되어 버린다. 빙백신공이라면 소녀의 기운과는 상반되는 기운. 확률은 반반.

어쨌거나 염포독의 효용이 정반대되는 기운만을 받아들인다는 것은 새로운 사실이었다.

“또 한 번 커다란 마음의 짐을 짊어 멜 뻔했는데… 고맙네.”

단여랑은 고개를 숙여 보인 후 자리에서 일어섰다. 그는 자신이 가져온 간단한 행낭들을 챙긴 뒤 어깨에 멨다.

다비활의가 두 눈을 동그랗게 뜨며 단여랑을 바라보았다.

“어딜 가려는 겐가?”

“민폐만 끼친 것 같아서 이제 떠나려 합니다. 진작에 떠났어야 했는데……..”

“허허! 여화산에 독초가 지천인데 어떻게 내려가려고 하나? 아근이 산 아래로 내려갔으니 올라올 때까지 기다리게. 안내자가 필요할 테니.”

“괜찮습니다. 한풍신비면 족합니다. 그동안 괜히 귀찮게 해드려서 죄송합니다.”

단여랑은 다비활의에게 허리를 깊숙이 숙이고는 몸을 돌렸다.

"자리에 앉게."

다비활의의 착 가라앉은 낮은 음성에 단여랑은 고개를 돌렸다.

"백수(白壽) 가까이 살았어. 나이는 헛되이 먹은 게 아니네. 비록 의원일 뿐이지만 은원 관계는 확실히 해야지. 마음의 짐을 덜어주었으니 보답할 기회는 주어야 하지 않겠나."

"보답이라니요. 전 제가 마땅히 해야 할 일을 했을 뿐입니다."

"먼 길을 온 사람치고는 담담하구먼. 원래 성격이 그러한가?"

"……."

"자네가 이 소녀를 구해보겠다고 했을 때 내가 무슨 생각을 했는지 아나?"

다비활의는 쓴 미소를 머금었다.

"의원이라는 사람이 환자를 먼저 생각해야 하는데 난… 혈궁의 움직임부터 생각했다네. 무인이라면 구역질이 날 정도로 역겨워. 지금도 마찬가지지만 자네를 보니 조금은 생각이 바뀌더군. 무인도 무인이기 전에 사람이었거늘. 부끄러웠네. 내가 과연 의원으로서 자격이 있는지 의심되기도 하고."

다비활의는 품속에 넣어두었던 면포를 꺼내 단여랑 앞으

로 내밀었다. 그것은 혈궁의 암기로 추측되는 탄저잠이 들어 있는 면포였다.

"지금 무림에서 어떠한 일이 일어나고 있는지는 모르지만, 만약 혈겁이라도 부는 날에는 우리 같은 민간인들도 피바람을 피해가지 못해. 그것이 힘없는 자들의 애환이지."

단여랑은 다비활의를 마주하고 앉았다.

"생각을 달리하게 되었다고 말했지? 자네 같은 무인들만이 있다면 중원은 보다 나아질 텐데 말이야. 도움을 주겠네."

단여랑에게는 귀가 솔깃해질 말이었다.

빙백신공의 난해하고 이해가 되지 않는 점을 물어보기 위해 홍자경이 소개해 준 다비활의를 찾았다. 다비활의가 도와준다면 진전은 있을 게다. 하지만 그가 무림과 엮이고 싶어 하지 않다는 걸 알게 된 이상 억지로 강요할 수가 없었다.

"노야, 그러실 필요는 없습니다. 빙백신공을 깨우치는 것도 제 몫입니다."

"다 도와주겠다는 말은 아니네. 내가 할 수 있는 부분까지만. 물론 그 이후는 자네 말대로 스스로의 몫이겠지."

"그래도……."

"굳이 싫다면 나도 도와주진 않겠네. 하지만 빙백신공은 자네에게 꼭 필요한 무공이 아니던가?"

다비활의는 고개를 들고 웃었다.

단여랑의 두 눈은 아까와는 다르게 반짝이고 있었다.

"진(震)은 만물의 시작을 알리는 동(東)일세. 양이 음 아래에 놓여 있어 천둥을 상징하지."

촤아아—!

진기가 꿈틀대기 시작했다.

"태(兌)는 서(西). 만물이 기뻐하는 위치. 연못을 상징하네."

해가 뜨고 지는 이치다.

하루의 시작을 알리는 해는 동쪽에서 뜨며 서쪽으로 짐으로 하루를 끝맺음한다.

"이(離)는 남(南). 햇살이 사방에 내리쬐며 세상을 환하게 비춰. 감(坎)은 휴식. 태양이 완전히 저물어 피로를 풀어줘야 하는 곳. 위치는 북(北)이네."

천둥과 연못, 빛과 어둠이다.

네 가지가 조합될 때 비로소 만물의 근원은 형상화되고, 음과 양의 구분이 없는 힘을 가진다.

빙백신공은 철저히 음기를 바탕으로 펼쳐지지만 음양을 하나로 접목시킨 무공이다.

다비활의는 나뭇잎 하나를 뜯어 손바닥에 올렸다.

"시작은 줄기에서부터. 나뭇잎에 새겨진 실선들이 보이는가? 진기도 이와 비슷하다 생각하면 되네. 영양분은 줄기를 통해 실선들로 옮겨지고 결국 나뭇잎이 탄생하지. 이해가 되는가?”

단여랑은 대답할 수 없었다.

두 귀로는 다비활의의 말을 듣고 의념은 내부로 돌렸다.

빙백신공의 진기가 각 혈도의 네 방향으로 나뉘어지는 현상은 다비활의가 말하고 있는 팔괘(八卦)와 같았다. 팔괘대로라면 진기는 여덟 개의 방향으로 움직여야 하지만 기본적인 성향은 동서남북 네 방향이다.

“허허! 북해빙왕은 허명이 아니야. 이런 무공을 만들어내다니!”

다비활의는 진심으로 감탄했다.

이런 무공은 없다. 소림(少林)의 달마역근경(達摩易筋經)도, 무당(武當)의 태극신공(太極神功)도 이토록 진기가 세세히 나누어진 내공법은 아니었다.

중원무림이 알면 실로 통탄할 일이 아닐 수 없었다.

단순히 음기만을 사용한다는 북해빙궁에서 음양 조합이 완벽히 이루어진 무공이 있다고 어느 누가 상상할 수 있으랴.

다비활의는 빙백신공의 비밀을 알아버린 최초의 외부인이 되었다.

하지만 언감생심(焉敢生心), 마음만 먹는다고 해서 익힐 수 있는 무공이 아니다. 익힐 마음도, 남에게 이야기할 마음도 없었다.

빙백신공은 아무나 익히는 무공이 아니다. 기본적인 음기가 바탕이 되어야 하며, 자질도 요구한다.

그런 면에서 단여랑은 빙백신공을 익히기에 적격이다.

세상에 단 하나밖에 없는 무공을 익히는 오직 한 사람. 단여랑은 축복받은 무인이었다.

"의식을 하지 않으면 마음대로 펼칠 수 없다고 하였는가?"

다비활의는 가부좌를 틀고 눈을 반개한 단여랑을 내려다보며 가늘게 숨을 내쉬었다.

단여랑이 비록 대답은 하지 않지만 자신의 말을 하나도 빠짐없이 듣고 있다는 것을 알고 있다.

이제는 그가 막막해하던, 난제라 생각하던 빙백신공의 문제에 대해 종지부를 찍을 때가 왔다.

"자연은 그대로의 자연일 뿐인 것을… 의식할 필요가 무에가 있는가. 의식하는 순간, 그것은 자신의 무공이 아니야. 의식하지 않아도 절로 이루어지는 것이 바로 자신의 무공이지."

아주 찰나였지만 단여랑의 눈썹이 바르르 떨렸다.

'이제 내가 할 일은 다했군. 난 이곳에 서서 환자들의 아픔을 짊어 메겠네. 단여랑, 자네는 북해빙궁의 앞날을 짊어 메게.'

다비활의는 기뻤다.

아주 오래전, 홍자경이 찾아왔을 때 느꼈던 열정. 그 열정이 다시 살아났다. 얼마 만에 느껴보는 기분이던가.

그는 만면에 미소를 지으며 천천히 몸을 돌렸다.

―심기기기(心起己起). 일부러 끌어내려 하지 않아도 마음이 일면 몸이 일어난다.

단여랑은 북해빙궁에서 그와 비슷한 말을 내뱉었던 기억이 있다는 것을 떠올렸다.

모든 무인들이 갈망하는 경지. 그것을 아무렇지도 않게 말해놓고 여태껏 잊고 있었다니.

그 당시에는 무공을 쉽게 생각했었다.

지금은 과연 무엇이 달라져 있는 것일까.

조금 더 발전한 무공? 맞다. 지혜원주에게는 태음양화를, 보리마군에게는 빙백신공을 전수받았다.

무공이 발전하면 발전할수록 무공에 대한 압박감과 심적인 부담감은 증가했다.

애초부터 쉽게 생각하면 되었을 것을. 그렇다면 이같이 고민할 필요도 없었을 텐데.

다비활의에게 많은 도움을 받았다.

팔괘의 이야기는 상당한 도움이 되었다. 그와의 인연이 헛되지 않아 천만다행이라 생각했다.

단여랑은 그 자리에 앉아 꼬박 반나절을 운공에만 몰두했다.

그가 눈을 떴을 때, 그의 눈동자는 한층 더 깊이 침잠해 있었다.

"……."

단여랑은 자신의 앞에 서 있는 소녀에게서 시선을 뗄 수가 없었다.

얼굴은 분명 초면이 아니었다. 하나 그가 알고 있던 푸르뎅뎅한 피부는 온데간데없이 사라졌고, 백옥을 깎아 만든 듯한 우윳빛 피부가 눈부시게 했다.

소녀는 감탄이 절로 터져 나올 만큼 너무도 예뻤다.

작은 얼굴에 오뚝한 콧날, 핏빛처럼 붉고 두툼한 입술, 흑옥을 박아놓은 것 같은 까만 눈동자가 반짝이며 단여랑을 바라보고 있었다.

아직 독기가 채 가시지 않은 듯 피곤해 보였지만 붉은 경장을 입은 채 긴 머리카락을 뒤로 쓸어 넘기는 소녀의 모습은 요염해 보이기까지 했다.

"살려주서서 고마워요."

소녀의 입술이 작게 열렸다. 은 쟁반에 옥구슬 굴러가는 목소리였지만 표정에는 거의 변화가 없었다.

단여랑은 퍼뜩 정신을 차렸다.

"살려준 건 내가 아니고 노야지. 노야께 감사하다고 말해."

소녀는 여전히 표정을 풀지 않으며 이야기했다.

"의원님께는 이미 말씀을 들었어요. 독 기운을 몰아내 주신 건 그쪽이라고……."

"조금 도와준 것뿐이야."

"겸손이 지나치면 사람이 능글맞아 보이는 걸세. 말은 바로 해야지. 도와준 건 자네가 아니던가."

다비활의가 방문을 열며 나왔다.

"조금 더 요양을 하라 그리 일렀건만 밖에 나오면 어떡하나. 어서 안에 들어가 쉬도록 하게."

다비활의는 소녀를 다그치며 말했다.

"보살펴 주신 덕분에 이제는 거의 다 나았어요. 이 은혜를 어떻게 갚아야 할지……."

"은혜는 무슨 은혜인가. 어려우면 서로 돕고 사는 게 사람 사는 거지. 안에 들어가 조금만 더 쉬고 이따가 요기나 좀 하게. 그동안 먹지 못해서 피골이 상접했구먼."

소녀는 다비활의와 단여랑에게 살며시 고개를 숙여 보인 뒤 방 안으로 쪼르르 들어갔다.

"자네는 나 좀 잠깐 보게."

다비활의는 단여랑을 끌고 모옥 밖으로 나갔다.

"빙백신공의 진전은 있던가?"

"큰 은혜를 입었습니다."

"자네 눈을 보아하니 알겠군. 눈동자가 한층 더 깊어졌어.

심계가 성장했다는 증거지. 내공심법이란 그래. 원체가 심신을 단련하기 위해 만들어진 것이라서."

다비활의는 자신의 일도 아닌데 뿌듯해했다.

그가 느꼈던 열정이 수확을 이뤘으니 보람이 느껴지는 것은 당연했다.

"예쁘지?"

"네?"

"저 아이 말일세."

다비활의는 턱짓으로 방 안을 가리켰다.

"여자의 외모엔 별로 관심이 없어서……."

"허허! 젊은이답지 않은 말이네. 잠깐 따라오게나."

다비활의는 단여랑의 소매를 잡고 모옥에서 조금 더 떨어진 곳으로 자리를 이동했다.

단여랑은 그가 비밀스러운 이야기를 나누려는 것을 어렴풋이 짐작할 수 있었다.

"저 여자 아이 말일세. 내력이 보통이 아닌 것 같네."

단여랑은 다시금 소녀의 모습을 떠올렸다.

예쁜 외모에 잠시 한눈이 팔려 그녀의 내력이 어떠한지를 살필 겨를이 없었다. 지금 생각해 보니 소녀의 걸음걸이와 행동이 보통 여아들과는 다르게 느껴졌다.

"양기를 말씀하시는 것입니까?"

"양기도 양기지만 염포독에 중독되었다고는 믿겨지지 않

을 정도로 놀라운 회복 속도를 보였네.”

확실히 그랬다.

단여랑이 다비활의를 따라 빙백신공을 익히러 나갈 때까지만 해도 소녀는 방 안에 누워 사경을 헤매고 있었다.

“내 생각에는 무가(武家)의 여식 같은데……. 내공만 가지고도 중원 무가의 내력은 대략 잡아낼 수 있는데 저 소녀는 그렇지 않아. 처음 접하는 내공이네.”

“혹시 혈궁과의 관계를 물어보셨습니까?”

“물어는 보았지. 그런데 안색만 어두워지고 아무런 말도 하지 않더군. 분명 무슨 사정이 있는 것 같은데…….”

다비활의는 소녀가 의식을 차리자마자 탄저잠에 대해서 물어보았다. 그러나 돌아온 건 묵묵부답일 뿐이었다. 남의 속사정을 꼬치꼬치 캐물을 수도 없어 묵묵히 지켜만 보아야 했다.

“미궁이군요. 혈궁이 움직였다는 심증만 있을 뿐 확실한 대답은 없으니.”

“만약 저 소녀를 공격한 자들이 혈궁이 맞다면 저 소녀의 신분은 우리가 상상했던 것보다 더 대단한 것일 수도 있네.”

“제가 물어보겠습니다.”

다비활의는 모옥으로 걸어가려는 단여랑의 옷깃을 잡았다.

“아서. 염포독 때문에 신경이 많이 쓰일 걸세. 우선은 안정을 취하게 좀 내버려 두게.”

“…….”

침묵이 흘렀다.

단여랑은 무심한 얼굴로 땅바닥을 내려다보았고, 다비활의는 하늘을 올려다보았다.

“오늘 저녁에는 아근이 돌아올 걸세.”

“내일 날이 밝는 대로 떠나겠습니다.”

“어디로 갈 건가?”

“그건…….”

단여랑은 뒷말을 흐렸다.

마땅히 갈 곳을 정한 것은 아니었다. 우선적으로 빙백신공의 난제를 풀기 위한 것이 먼저였기에 다비활의를 찾았다.

그 후의 일은 여화산을 내려가면서 결정하려 했다.

“혹시 이런 생각해 본 적 있나?”

다비활의는 하늘로 향해 있는 시선을 돌리지 않은 채 말을 이어나갔다.

“중원은 넓네. 자네가 살았던 북해보다 훨씬. 무림문파의 수도 셀 수 없을 정도로 많고 그에 따른 무인들도 많다네.”

다비활의는 당연한 소리를 했다.

“중원에 산재한 무공의 가짓수만 해도 수십만 가지에 이르지만 그중에 빙공을 익힌 사람도 있다는 건 알고 있나?”

“알고 있습니다.”

막부동에게 익히 들었다.

그리 많은 수는 아니지만 중원에도 빙공을 익힌 무인들은 존재한다.

선천적으로 음기를 타고난 무인들 중에 자신의 기운에 적합한 무공을 찾은 자들이다.

수련할 장소는 그리 흔치 않다. 그들 중에는 추운 겨울을 이용해 빙공을 익히는 자도 있지만 북해의 만년한빙굴과 같은 특이한 구조를 지닌 장소를 직접 찾아 수련하는 자들도 있다.

중원의 빙공이 어느 정도의 실력인지는 알지 못한다. 다만 분명한 것은 북해의 빙공에는 전혀 미치지 못하는 실력을 가지고 있다는 것.

"혹시 사공필이라는 자의 이름을 들어본 적이 있는가?"

단여랑은 고개를 저었다.

"허허! 북해에서는 역시 중원의 빙공을 취급하지도 않는구먼. 그자는 빙공을 익힌 무인이네."

다비활의의 말은 틀리지 않았다.

중원에서 빙공을 익힌 자들을 북해는 전혀 신경 쓰지 않았다. 그들이 세력을 만들어도 북해의 빙공엔 영원히 따라올 수 없다 여긴 때문이다.

"북해는 중요한 사실을 간과하고 있어. 사람 일이라는 게 어떻게 될지 몰라. 장마에 작은 우물이 불어나 홍수가 일 수도 있는데 말일세."

"그 사공필이라는 자가 유명한 자입니까?"

"유명하다뿐이겠는가. 북해엔 북해빙왕이 있고, 중원엔 사공필이 있다면 말 다한 것이지."

"……!"

단여랑은 의외의 말에 조금 놀랐다.

중원무림에서 거론되는 사공필이라는 빙공 고수가 있다는 사실을 왜 북해빙궁이 모르고 있을까?

아니다. 알고 있다. 다만 언급하지 않는 것일 뿐이다. 아직은 사공필이라는 자가 위협적인 존재가 아니라 판단했기 때문이다.

하지만 다비활의의 말처럼 사람의 일은 어찌 될지 모르는 법.

북해빙궁의 밀당은 결코 부주의한 사람들이 아니다. 그들은 사공필이라는 자에 대해 촉각을 곤두세우고 있을 게 분명하다.

"이왕 돕기로 작정한 것, 홍자경의 얼굴을 봐서 하나만 더 도와주도록 하지."

다비활의는 허허롭게 웃었다.

"여화산을 내려가면 곧장 화한(和翰)으로 가게나. 화한에 가서 노대호(勞大虎)라는 자를 찾아. 도움이 될 걸세."

"사공필을 찾으라는 말씀이십니까?"

“나도 소문으로만 들었기에 그자에 대해 그리 자세히 알지는 못하네. 워낙 구름 같은 자라 어디에 있는지도 모르겠지만, 노대호라면 아마 찾을 수 있을 걸세.”

“북해의 빙공과 그자의 빙공을 비교해 보라는 말씀이시군요.”

“맥락은 같지만 무공 자체는 판이하게 다를지도 모르네. 어떤가? 중원 최고의 빙공을 직접 눈으로 견식하는 건?”

“…….”

단여랑은 흥분이 전신을 감싸는 듯한 묘한 기분을 느꼈다.

이른 아침, 단여랑은 여화산을 내려갈 채비를 마쳤다.

“오빠, 정말 가는 거야?”

영아는 두 눈에 그렁그렁한 눈물을 매달고 울먹였다.

“꼬마 아가씨가 자꾸 구박을 해대는 통에 더는 견딜 수가 있어야지.”

“구박 안 하면 계속 있을 거야?”

순진한 눈망울은 기대심에 가득 차 있었다.

“아니, 이제 네 구박은 듣지 않을 거야. 오빠는 네 말대로 장가갈 거거든. 앞으로는 내 마누라 구박만 들어야지.”

“누가 오빠 마누란데? 저 언니야?”

영아는 작은 손가락을 들어 단여랑의 옆에 서 있는 소녀를 가리켰다. 소녀는 아무런 표정 없이 영아를 흘끔 쳐다봤다.

"조그만 게 못하는 소리가 없어!"

"오빠 마누라는 나보다 밥 잘해?"

"당연하지. 너보다 밥 못하는 사람이 어디 있겠냐?"

"히잉……."

결국 닭똥 같은 눈물이 영아의 뺨을 타고 흘러내렸다.

단여랑은 어린 영아를 보곤 측은한 마음이 들었다. 산속에서만 지내서 사람의 정이 그리운 아이였다. 언젠가는 밖으로 나갈 테지만 한창 성장할 나이에 갇혀 지낸다는 것이 가엽기도 했다.

"네가 여화산에 있는 독초의 이름을 모두 외운다면 다시 돌아올게."

"정말?"

영아는 언제 울었냐는 듯이 두 눈을 토끼처럼 동그랗게 떴다.

"나중에 내가 또 쓰러지면 그땐 네가 직접 들어다가 날라. 지난번처럼 도망가지 말고."

단여랑은 영아의 머리를 쓰다듬어 주곤 다비활의를 바라봤다.

"노야의 가르침, 감사히 받고 갑니다. 북해로 돌아가기 전에 다시 들르겠습니다."

"부디 대성을 이루시길."

다비활의는 인자한 미소로 고개를 끄덕였다.

“자, 이제 그만 내려갑시다.”

산길 안내를 맡은 아근의 재촉에 단여랑은 다시 한 번 다비활의를 향해 깊숙이 허리를 숙인 뒤 몸을 돌렸다.

그리도 또 한 사람, 붉은 경장의 소녀도 단여랑과 동행했다.

“어디로 갈 예정?”

“화한이요.”

“잘됐네. 나도 화한으로 가려던 참인데. 같이 가자.”

“…….”

소녀의 까만 눈동자가 단여랑을 응시했다.

“왜 그런 표정을 짓지?”

“아니에요. 아무것도.”

“내 원래 목적지가 화한이 맞으니까 괜히 이상한 생각 하지 말라고.”

“…….”

“혹시나 해서 하는 말인데, 난 못생긴 여자한테 관심없으니까 걱정할 필요는 없어.”

말 한마디를 툭 던진 채 앞서 걸어나가는 단여랑의 뒷모습을 소녀는 멍한 얼굴로 한참이나 바라봤다.

第四章

화한(和翰)

1

“실패했습니다.”

흑의복면인은 무릎을 꿇었다.

스무 평 남짓한 공간. 사방에 온통 검은 뱀 문양이 그려진 대청. 양옆으로 쫙 찢어진 가느다란 두 눈에 점처럼 찍혀진 붉은 눈동자. 사기가 철철 흐르는 뱀 문양은 절로 공포를 자아냈다.

그리고 단상 한가운데 놓인 의자. 천장에서부터 길게 늘어진 검은 장막 뒤에선 아무런 소리도 나오지 않았다.

장막은 의자에 앉은 사람의 몸을 가렸다. 복면인이 볼 수 있는 것은 장막 아래로 보이는 그의 두 발과 그 옆에서 연신 혀를 날름거리는 흑사(黑巳) 한 마리뿐이었다.

"계집이 들어간 곳이 하필이면 신의라 불리는 다비활의의 거처인 여화산이었습니다."

장막 뒤에서 가느다란 한숨이 새어 나왔다.

"시기가 좋지 않았군."

손톱으로 벽을 긁을 때 나는 소름 끼치는 목소리가 검은 장막 뒤에서 흘러나왔다.

"하지만……."

장막 뒤에선 목소리가 끊이지 않았다.

복면인은 자신도 모르게 큰 숨을 들이켰다.

"계집이 살아 있다는 걸 나보고 믿으라는 소린가?"

"여화산에서 삼 일 전에 계집과 똑같은 인상착의의 소녀가 내려왔다는 보고가 있습니다."

복면인은 자신이 보고를 받은 그대로 장막 뒤에 있는 사람에게 말했다.

"탄저잠은 몸 안에 투입한 흔적을 찾기 힘들어. 만약 다비활의가 탄저잠을 발견했다 하더라도 염포독은 막지 못했을 터. 무슨 수로 계집이 살아나는가?"

"……."

복면인은 침묵으로 대변했다.

그도 보고를 들었을 땐 믿을 수가 없었다. 혈궁에서 직접 하사한 탄저잠이라면 반드시 소녀를 죽일 수 있을 줄 알았다.

하면 버젓이 살아 나온 소녀는 기연이라도 만난 것인가. 굉장한 내공을 지니고 있지 않다면 독 기운을 밀어낼 리 만무했다.

게다가 다비활의가 무공을 익혔다는 말은 들어본 적이 없었다.

"이상한 점은 계집에게 동행이 있다는 것입니다."

"동행?"

"여화산에서 어떤 젊은 무인과 함께 내려왔답니다."

"무인?"

"아직 약관도 넘지 않은 듯하나 입고 있는 무복은 평범했고 소지한 무기는 없었습니다."

"그래서?"

"……."

"그래서 그 무인이 계집을 살려내기라도 했단 말인가?"

"정확한 근거는 없으나 지금으로선……."

"자네는 염포독에 대해 뭘 모르고 있군."

장막 뒤의 음성은 느렸지만 싸늘했다.

"계집이 가진 기운은 절대양기. 염포독의 독성을 몰아내려면 그냥 내공으로 불가능해. 그와 상반되는 음기를 가진 내공이라야 하지. 절대음기를 지닌 사내라…… 하하하!"

복면인은 그제야 장막 뒤에 있는 사람이 왜 그리 자신의 말을 믿지 못하는지 알 수 있었다.

염포독은 혈액을 응고시키지만 동시에 그 사람이 지닌 기운의 특성을 극대로 끌어올린다. 장막 뒤에 가려진 사람의 말이 사실이라면 아무리 심고한 내공을 지녔다 하더라도 소녀를 살려내지는 못한다.

소녀와 동행하는 사내에게서 무인의 기운을 느꼈는가? 아니다. 무공을 익힌 흔적은 없었다. 눈썰미가 좋은 흑사방(黑巳幇) 살수들은 헛된 보고를 올리지 않는다.

그렇다면 다른 인물이 여화산에 있다는 말이 된다.

그럴 리 없다.

여화산은 난다 긴다 하는 무인들도 꺼려하는 장소다. 게다가 혹시 몰라 여화산 입구 곳곳에 사람을 배치시켜 놓았다.

의문이 점점 깊어져 갔지만 마땅히 떠오르는 생각이 없었다.

"혈궁엔… 아직 보고를 하지 않았습니다."

"훙!"

장막 뒤에선 냉랭한 웃음이 흘러나왔다.

"혈궁주께서 아시면 이번 일을 맡은 자네는 참수를 면치 못해."

"각오는 되어 있습니다."

"자세는 좋아. 하지만 만약 혈궁이 중원에 모습을 드러냈다는 소문이 퍼지기라도 한다면 문제가 커져."

복면인은 아무런 대꾸도 할 수 없었다.

현 시점에서 그가 혈궁을 위해 할 수 있는 일은 아무것도 없었다.

"다비활의는 무림과 인연을 끊은 사람이야. 탄저잠의 정체를 안다 하여도 직접적으로 나서진 않을 게야."

"그렇다 하시면……?"

"계집이 어디로 향하고 있다고?"

"곧장 화한으로 오고 있답니다. 적어도 오후에는 도착할 겁니다."

"흑사칠귀(黑巳七鬼)를 보내. 우리는 계집을 죽이라는 명령을 받았어. 염포독으로는 실패했으니 우리 식대로 없애야지."

"그렇게 하겠습니다."

"그리고… 혹시 모르니까 계집과 동행하는 그 청년이 누구인지 조사해 와. 이번에도 실패하면 혈궁으로 가."

혈궁주 앞에 직접 목을 갖다 바치라는 소리였다.

"존명!"

복면인은 몸을 일으켜 대청을 빠져나갔다.

"절대음기를 지녔다? 하하! 북해빙궁에서 나온 자가 아니고서야 그럴 리는 없지."

쉬시식!

검은 뱀은 제 주인에게 충성이라도 하는 듯 그의 발 앞에서 똬리를 틀었다.

흑사방의 주 무대는 감숙성이다.

세상에 뭔 놈의 죽일 놈들이 그리 많은지 청부 살인은 하루에도 수없이 일어났다. 이유도 원인도 알 수 없는 살인이 일어나면 그중 팔 할은 흑사방의 짓이라 보면 된다.

그들이 날고뛰어도 같은 지역에 있는 공동파가 눈감아주는 이유는 있어서도 없어서도 안 되는 존재들, 즉 살수 집단은 양날의 검이기 때문이다.

흑사방의 살인 기술은 특이했다.

살인의 방법에는 여러 가지가 있지만 뱀을 이용하는 살수 집단은 오로지 흑사방뿐이었다.

맹독을 지니고 있는 흑사를 다루기란 여간 쉽지 않은 법. 흑사에겐 애초부터 주인을 알아보는 눈 따윈 없기에 자칫하다간 도리어 당하는 수 있었다.

흑사방에선 흑사를 자유자재로 다룰 수 있는 인재를 양성하여 일급 살수 흑사귀 열 명을 추려냈다.

살인의 방법에는 여러 가지가 있지만 청부자가 은밀한 살인을 원한다면 흑사만큼 좋은 것은 없었다.

흑사의 맹독이 빠르게 작용하여 혈액에 분포되면 황소 한 마리도 순식간에 죽일 수 있다. 독성은 거기까지다. 딱딱하게 굳어가는 혈액과 함께 흑사의 맹독도 증발한 듯 사라진다.

나중에 시신이 발견된다 해도 사망 원인을 발견해 내지 못한다. 심장마비나 정신적인 충격사 정도로만 유추할 수 있다.

혈궁의 염포독이 실패로 돌아갔으니 흔적을 남기지 않고 죽이는 방법으로썬 흑사가 제격이었다.

이번 청부는 생각보다 어려웠다. 아니, 청부라기보다 명령을 받았다고 해야 옳았다.

흑사방은 혈궁이 중원에 심어놓은 집단으로 분타와 같은 역할을 하고 있었다.

명령은 혈궁주가 직접 내렸다.

대상자는 고작 열일곱밖에 먹지 않은 어린 소녀다.

혈궁주는 절대 비밀을 요구했다. 만에 하나라도 살인을 하다 들킬 시에는 자결을 요망했다.

어린 계집아이 하나 죽이는 데 무슨 조건이 그리 까다로운가 생각할지 몰라도 소녀의 배경을 알게 되면 그 말이 입 안으로 쏙 들어가리라.

혈궁주는 이번 일로 하여금 피가 튀는 혈전의 전조를 알릴 작정이었다.

만약 소녀가 죽었다는 소문이 퍼지게 된다면 그녀의 배경은 가만히 있지 않을 게다.

혈궁주는 그 점을 노렸다.

소녀의 배경이 먼저 움직이게 만드는 것. 그것으로 하여금 그와 원한을 가진 자들의 동요를 구할 생각임이 분명했다.

흑사칠귀는 높은 전각 지붕 위에 납작 엎드려 저잣거리를 내려다보며 희미하게 웃었다. 복면 사이로 보이는 가느다란 두 눈에서 빛이 번뜩였다.

그는 저잣거리에 돌아다니는 많은 사람들 가운데서 소녀를 찾기 위해 두 눈을 굴렸다. 소녀의 용모는 한눈에 알아볼 수 있을 정도로 특출했기에 그리 어려운 일은 아니었다.

잠시 후, 흑사칠귀는 자리에서 움직일 수 있었다. 사람들의 틈바구니에서 붉은 경장을 입은 소녀가 보인 직후였다.

휘익!

그는 망설임없이 몸을 띄웠다.

휙— 휘익!

전각 지붕들 사이를 발판 삼아 뛰어다니는 흑사칠귀의 모습은 한 마리 비조를 연상케 했다.

살수 출신답게 그의 행동은 날렵했고 지극히 은밀했다.

턱!

흑사칠귀는 목표 지점이라 생각해 놓은 건물 위에 착지하자마자 낮게 몸을 웅크렸다.

골목은 장정 세 명이 간신히 빠져나갈 수 있을 만큼 좁았다.

소녀가 한 청년과 함께 골목으로 들어섰다. 한낮을 뜨겁게 달구던 해가 기울어질 무렵이었다.

"흔적이나 목격자를 남겨선 안 된다. 청년이 보이면 함께 죽이도록 해."

흑사칠귀는 흑사일귀의 말을 곱씹으며 엄지를 구부려 검지와 중지의 가운데 마디를 살살 긁었다. 살인에 임하기 전 항상 하는 그의 습관이었다.

'계집의 마지막 장소가 이런 골목이라는 것을 알면 중원이 발칵 뒤집어지겠군.'

복면에 가려진 흑사칠귀는 속으로 웃었다.

전신을 팽팽히 조여오던 긴장감이 어느새 흥분으로 탈바꿈되며 자연스럽게 살기가 흘러나갔다.

하나 누구도 그의 살기를 짐작할 순 없으리라. 흑사로 유명해진 흑사방이지만 상대를 감쪽같이 속이는 은신술이야말로 그들의 본실력이니까.

흑사칠귀는 살인을 즐겼다.

죽을 고비를 수도 없이 넘기면서 흑사를 다루는 법을 배웠고, 그걸 이용해 많은 사람을 죽였다.

즐거웠다. 흑사에 물린 사람들의 모습이, 전신에 독이 퍼져 고통에 몸부림치다 오공으로 피를 쏟아내며 죽음을 맞이하는 그들의 모습이 너무도 즐거웠다.

살인을 하기 전 흥분과는 비교도 되지 않는 그 짜릿한 기분이란……. 그는 언제나 자신을 타고난 살수라 믿어 의심치 않았다.

흑사칠귀는 품 안에 있는 목갑을 조심스럽게 꺼냈다.

툭!

'제길! 하필 이럴 때에 재수없게.'

자른다 자른다 생각만 하고 시간이 없어 자르지 못해 길어진 손톱이 뚜껑에 의해 부러져 나갔다. 그는 다 떨어져 나가지 못하고 너덜거리는 손톱을 억지로 뜯어내며 다시 골목 아래로 고개를 돌렸다.

'……?'

흑사칠귀의 눈썹이 한껏 일그러졌다.

예민한 감각의 소유자답게 갑자기 생겨난 변화를 빠르게 알아차렸다.

'어, 엇? 왜, 왜 안 움직여? 왜?'

그의 몸은 굳은 듯 움직여지지 않았다.

은신을 하기 위해 갑자기 진기를 휘둘러서 그런가? 아니다. 예전에는 같은 자리에서 밥도 안 먹고 내리 삼 일을 꼼짝도 안 한 적이 있었다. 물론 몸이 풀어지기 위해 오랜 시간이 소요되긴 했지만.

지금 상태는 단순히 은신술 때문이라고는 보기 힘들었다. 두 다리는 마치 처음부터 지붕의 일부분인 듯 움직일 생각을 않았고, 심지어는 두 팔까지 굳어버렸다. 방금 전까지 너덜거리는 손톱을 떼어내지 않았던가.

'요즘 너무 무리했나? 긴장이 풀리니 피로가 쏟아지나 보네.'

흑사칠귀는 스스로를 위로하며 천천히 진기를 돌렸다.

‘……?’

꿈쩍도 안 했다.

진기는 전신을 활개 치듯 맴돌고 있지만 몸은 움직여지지 않았다. 아니, 아예 느낌조차 들지 않았다.

피가 역류하고 있다. 심장의 고동 소리는 더없이 쿵쿵 뛰고 있다.

이런 경우는 난생처음이었다. 몸이 말을 듣지 않는다니, 그렇다고 해서 정신까지 어떻게 된 것은 아니지 않은가.

‘뭐, 이런 경우가 다 있……!’

흑사칠귀는 욕지거리를 내뱉으려다 귓가에 느껴지는 가느다란 숨소리에 소스라치게 놀랐다.

“넌 뭐 하는 새끼냐?”

귓가에 나직하게 속삭이는 음성. 늑대가 으르렁거리는 것 같은 목소리에 흑사칠귀는 큰 숨을 들이켰다.

몸이 굳어서가 아니었다. 은신술에선 자신을 따를 자가 없다고 자부했는데… 누군가가 등 뒤에 바짝 다가올 때까지 기척을 잡지 못했다.

흑사칠귀는 고개조차 돌리지 못했다. 그의 눈에 보이는 것은 오로지 두 개뿐이었다.

자신의 무릎에 놓여 있는 목갑, 그리고 투명한 유리에 뒤덮여 있는 자신의 몸뚱이.

‘어, 어, 얼음!’

흑사칠귀는 놀랄 새가 없었다. 두툼한 손이 뒷목을 거세게 움켜쥐었다.

"누군데 내 낮잠을 방해하는 게냐?"

음성은 묵직했지만 손은 더없이 차가웠다. 손이 아니라 얼음장이 뒷덜미를 만지는 기분이었다. 흑사칠귀는 뒷골이 싸늘해져 옴을 느꼈다.

"에잉! 대답없는 새끼 같으니라고. 입도 얼었냐?"

낯선 이의 다른 손이 이번에는 흑사칠귀의 입 주위를 더듬었다.

흑사칠귀는 하마터면 비명을 지를 뻔했다.

복면이 가로막고 있는 데도 낯선 이의 손이 너무도 차가웠다. 둥그렇게 뜨여진 흑사칠귀의 두 눈은 새하얗게 변한 낯선 이의 손에서 떨어질 줄 몰랐다.

"뭐야? 이거, 이제 보니까 살수 새끼 아냐?"

낯선 이는 주저없이 욕지거리를 내뱉었다.

흑사칠귀는 식은땀을 흘렸다. 자신을 한 방에 제압한 낯선 이의 뼈를 저미는 듯한 음성 때문이 아니었다. 물론 자신하던 무공이 그에게는 일초지적도 되지 않는다는 충격에 휩싸인 것은 사실이었다.

'자, 자결을……!'

그는 자결조차도 마음먹은 대로 할 수 없었다. 품 안에 담긴 독약을 꺼내야겠지만 몸이 말을 듣지 않으니……. 혀를 깨

물려 시도했지만 안으로 말려들어 간 혓바닥은 밖으로 나올 생각을 않았다.

"잠 좀 자려고 했더니 별 거지 같은 새끼가 방해하네. 야, 이 새끼야. 너 때문에 심장이 오그라들 뻔했잖아!"

적반하장도 유분수지, 누가 누구 때문에 놀랐다고 하는 말인지.

흑사칠귀는 낯선 이의 존재를 알고자 전신의 감각을 극도로 끌어올리려 노력했지만 모두 허사였다. 얼굴이라도 볼 수 있다면 훗날 보복이라도 가능할 텐데.

'빙공을 사용하는 무인……'

머리를 굴릴 필요도 없었다. 딱딱하게 얼어붙은 몸이 증명해 주고 있으니까.

흑사칠귀는 마음이 급해졌다.

소녀를 죽이는 것이 우선이나 등 뒤의 사내가 더 큰 걱정이었다. 얼음이나 몸은 서서히 녹아내리겠지만 낯선 이가 나쁜 마음이라도 먹고 해치려 한다면? 흑사칠귀는 자신도 남을 죽이는 살수라는 생각을 잠시 잊은 듯했다.

"빌어먹을! 제대로 숨어 있지도 못하겠네. 피곤해서 잠 좀 자려 했더니만. 어? 이게 뭐야?"

투덜거리던 사내가 흑사칠귀의 무릎에 놓인 목갑을 발견하곤 호기심을 드러냈다.

투박하기 짝이 없는 작은 목갑. 그 안에는 황소 한 마리를 순식간에 죽일 수 있는 독물이 들어 있었다.

흑사칠귀의 두 눈이 부릅뜨였다. 사내가 저 목갑을 열기만 한다면…….

'열어. 열어라, 제발!'

사내가 목갑을 가져가 이리저리 둘러보고 있는 소리가 들려왔다.

열 것이다. 정상적인 사고를 가진 사람이라면 궁금해서라도 열어보리라. 그리고 목갑 안에 들어 있는 흑사에게…….

'흐흐흐!'

흑사칠귀는 회심의 미소를 지었다. 그 순간,

터엉—!

뚜껑이 꽉 닫힌 목갑이 허공을 날았다.

'……!'

흑사칠귀의 시선은 바닥을 향해 급속도로 떨어지는 목갑을 따라 움직였다.

"이 새끼… 꼭 저처럼 찜찜하게 생긴 물건만 가지고 다니네. 너 같은 놈들을 음한곡에 처박아서 꽁꽁 얼게 해야 하는데. 쩝!"

목갑은 이미 사라진 후였다.

낯선 이는 흑사칠귀의 옆에 엎드려 그의 시선이 닿아 있던 골목 아래를 기웃거렸다.

"햐! 정말 기똥차게 예쁜 가시나네."

낯선 이는 흑사칠귀의 목표이자 골목을 스쳐 지나가는 소녀를 발견하곤 감탄사를 내뱉었다.

입맛을 쩝쩝 다시던 그가 자리에서 벌떡 일어섰다.

"나 간다, 이 새끼야. 너 오늘 재수 좋은 줄 알아."

낯선 이는 끝까지 얼굴을 보여주지 않았다. 그의 마지막 말 이후로 더 이상 들려오는 소리는 없었다. 그러나 흑사칠귀는 그가 이미 자리를 떠났다는 걸 알 수 있었다.

'이런 말도 안 되는……!'

반짝이던 눈동자는 어디로 갔는지, 절망만이 가득한 눈으로 자신의 꽁꽁 얼어붙은 몸을 바라보는 흑사칠귀의 두 귀에는 '음한곡' 이라는 세 글자가 계속 맴돌았다.

2

화한은 풍요로웠다.

감숙성 내에서 부(富)를 상징하는 도시이기도 했다.

고급스러운 호화 저택들이 즐비하였고, 명승지가 많아 시인묵객들의 발걸음이 끊이지 않았다. 물자의 유통도 원활하였으며, 수를 셀 수 없을 정도의 많은 상인들과 관광객들이 매일같이 화한에 들어섰다.

큰 도시답게 유흥 문화 또한 발달된 것은 물론 늦은 밤까지 활동하는 사람들이 부지기수였다.

단여랑과 소녀가 화한에 도착한 것은 여화산을 내려온 후
로부터 삼 일째 되는 날이었다.

그들의 발길이 닿는 곳마다 사람들의 시선이 집중되었다.
단여랑 때문이 아니라 소녀 때문이었다. 그녀의 특출난 외모
는 함께 있는 단여랑을 곤혹스럽게 만들었다.

결국 소녀는 얼굴에 면사를 착용했다. 그렇다고 미모가 다
가려지는 것은 아니었지만 적어도 사람들의 관심 어린 시선
은 면할 수 있었다.

날은 금세 저물었다.

해가 중천에 떠 있는 듯했는데 어느새 어둠이 밀려왔다. 이
른 봄이지만 밤공기는 유독 쌀쌀했다.

단여랑과 소녀는 객잔을 찾았다.

그들은 점소이의 안내를 받아 객잔 이층의 구석진 곳에 자
리를 잡았다.

"아마 지금이 그쪽과 제가 함께하는 마지막 식사인 것 같
군요."

소녀가 말을 할 때마다 얇은 면사가 작게 펄럭였다.

"어, 우선 밥이나 먹자고. 나도 어딜 좀 가봐야 할 데가 있
으니까."

"중원인의 말투가 아니군요."

"마치 중원의 말투를 죄다 알고 있다는 소리로 들리네. 나
이가 몇이야?"

"왜 자꾸 반말하세요?"

소녀의 아미가 위로 치켜올려졌다. 단여랑은 소녀의 반문에 코웃음을 쳤다.

"억울하면 너도 반말하던가."

"……."

소녀는 잠시 고운 아미를 찌푸리다가 입을 열었다.

"…열일곱. 그쪽은?"

"나랑 같네. 식겠다. 어서 먹어."

단여랑은 점소이가 가져다준 음식들을 소녀의 앞으로 밀며 말했다.

소녀 이옥토(李玉汢)는 가느다란 눈으로 단여랑을 바라봤다.

그녀의 얼굴이 처음부터 딱딱했던 것은 아니었다. 이옥토는 조그만 일에도 깔깔대며 함박웃음을 지어내는 여느 소녀들과 하나도 다르지 않았다.

사내들만 우글거리는 곳에서 금지옥엽으로 귀여움을 독차지하며 십칠 년을 살았다.

아직 채 피어나지 않은 꽃봉오리이지만 그녀의 미모는 뭇 사내들을 현혹시키기에 충분했다. 미모도 미모였지만 배경 또한 만만치 않았기에 그녀의 관심을 사려는 자들이 손으로 셀 수 없을 만큼 많았다.

어린 나이였지만 그녀에게는 생각할 수 있는 머리와 사람을 볼 수 있는 눈이란 게 있었다.

진심으로 그녀에게 다가오는 사내는 없었다. 모두가 탐욕의 시선으로 그녀를 대했다. 직위와 그녀의 미모에 대한 탐욕.

순진하던 얼굴을 바꾼 것은 아마 그때부터였을 게다.

수작을 걸려던 사내들의 수가 현저히 줄었다. 탐욕의 시선은 고쳐지지 않았지만 말도 못 걸고 먼발치에서 바라보는 것이 고작이었다.

하지만 눈앞에 있는 단여랑은 달랐다. 삼 일간의 여정에서 알 수 있었다.

그의 눈은 거짓을 말하지 않았다. 이글거리는 탐욕은 한 점도 찾을 수가 없었고, 말투에도 전혀 감정이라는 게 없었다.

그냥 같은 인간을 대하는 것, 그 이상도 이하도 아니었다.

이옥토는 그에게서 시선을 거두고 저금을 들었다.

"대단한 내공을 익혔던데?"

단여랑은 스쳐 지나가듯 말했다.

"독에 중독되어 쓰러져 있는 데도 엄청난 양기가 느껴질 정도라니."

"……."

"사문(師門)이 어디야?"

이옥토는 저금질하던 손을 뚝 멈췄다.

"우리의 관계를 바로하죠. 그쪽은 내 은인이고, 난 그쪽에게 신세를 졌어요."

"말 잘했어. 은인이 된 도리로 몇 가지 질문을 하고 싶은데

응수해 주었음 좋겠어.”

“거절하겠어요.”

“거절할 수 없을 텐데? 목숨 구해줘, 지난 삼 일간 재워주
고 밥 먹여주고, 쫓는 자들에게서 보호해 주고.”

“누가 쫓긴다는 거예요?”

“쫓기는 몸이 아니라? 그래, 그렇다고 해주지. 그럼 네 몸
에서 발견된 탄저잠에 대해서 말해봐.”

이옥토는 고개를 들어 단여랑을 직시했다. 두 눈은 금방이
라도 화염을 뿜어낼 것처럼 이글거렸다.

단여랑은 그런 이옥토의 시선을 아랑곳하지 않았다.

“탄저잠은 혈궁의 물건으로 알고 있어. 그들과의 관계는?”

이옥토는 더 이상 참지 못하고 벌떡 일어섰다.

“내가 왜 당신한테 그런 것까지 보고해야 하나요?”

“나하고도 간접적인 관계가 있으니까.”

“댁은 뭐 하는 사람……?”

“거기까지. 질문은 나만 할 수 있어. 넌 대답만 해.”

이옥토는 입술을 잘근 깨물었다.

말할 수 없다.

혈궁과 관계된 이야기를 꺼낸다면 그녀가 중원에 나온 이
유까지 말해야 한다.

기실 이옥토도 다비활의에게 탄저잠에 대한 이야기를 들
었을 때 큰 충격에 휩싸였다. 설마하니 혈궁이 자신을 노리고

있을 거라곤 꿈에도 생각하지 못했다.

'아버지는 절대 믿어주지 않으실 거야.'

집을 뛰쳐나왔다.

일 년 전, 행방불명된 조부를 찾기 위해서 나온 것이기도 하지만 더 큰 이유는 이옥토의 아버지가 그녀를 강제로 혼인시키려 했기 때문이다.

그녀의 아버지는 사내답고 호탕한 성격을 지닌 사내다. 그를 따르는 사람들은 점점 많아지고, 지금은 누구도 함부로 건드릴 수 없는 큰 세력으로 거듭났다.

하지만 그는 야망이 많은 사람이다. 지금도 충분히 무림 세력으로 한자리를 매김하고 있지만 더 큰 것을 바랐다.

비등한 세력이 하나로 엮이기 가장 쉬운 방법은 양가의 혼인이었고, 외동딸인 이옥토가 희생양이 되었다.

그리고 놀랍게도 그녀와 혼담이 오갔던 곳이 바로 혈궁이었다.

집으로 돌아가 혈궁에서 자신을 죽이려 했던 사실을 말할까도 생각해 보았다. 그러나 아버지의 성격상 단순히 이옥토가 혼인을 하기 싫어 핑계를 대는 것이라고 치부할 것이 뻔했다.

그리고 아직은 섣불리 판단하기에는 이르다. 혈궁과 자신의 집안과의 관계가 어중간한 상태에서 오해를 불러일으킬 수는 없었다.

"그렇게까지 고민하는 모습을 보니 더 듣고 싶은데?"

아미를 잔뜩 찌푸리고 있는 이옥토의 표정은 보기에도 심상치 않았다.

이옥토는 단여랑을 한참 동안 바라보다가 무슨 생각에선지 고개를 빳빳이 들고 그를 쏘아봤다.

"좋아요. 말할게요. 하지만 그쪽이 먼저 신분을 밝힌다는 전제하에서요."

단여랑은 이옥토를 마주 바라봤다. 곧 그의 입꼬리가 살며시 올라갔다.

"그럼 말하지 마. 네가 아니어도 얼마든지 알아낼 수는 있으니까."

이옥토는 할 말을 잃었다.

"밥을 먹든가, 아니면 가든가. 둘 중에 하나만 해. 괜히 일어서서 앉아 있는 사람 불안하게 하지 말고."

"가겠어요. 목숨 빚은 언젠가 다시 만나면 갚도록 하죠."

그녀는 불쾌한 마음에 의자를 밀어내고 탁자에서 벗어나려 했다.

"조심하는 게 좋을 거야."

"뭐가요?"

"지난 삼 일간 따라다니는 시선들이 많던데. 전혀 느끼지 못했나?"

"……."

"뭐, 그 정도의 내공을 지니고 있다면 제 몸 하나 지킬 수는 있겠지. 하지만 상대가 혈궁이라면 조심해야 할 거야.”

이옥토는 단여랑을 다시 한 번 바라봤다.

느끼지 못했다. 그녀가 단여랑과 함께 여화산에서 화한으로 오는 동안 그녀를 노리는 사람은 한 명도 없었다.

아니, 모르는 일이다.

이옥토의 등에 탄저잠을 쑤셔 넣은 자들은 그녀의 생사조차 확인하지 않았다. 살인 대상으로 확고해졌다면 살았는지 죽었는지 방관할 수 있을까.

‘내가 만약 혈궁이라면……’

입장을 바꿔 생각해 보던 이옥토는 흠칫 놀랐다.

자신은 원한을 산 적이 단 한 번도 없다. 그녀를 노린 자들이라면 반드시 그녀의 집안에 원한을 가진 게 분명하다. 그렇다면 그들은 이옥토의 시신을 수습하려 했을 게다. 그리고 그녀 아버지의 분노를 보고 싶었겠지.

하지만 단여랑의 말이 의심스러웠다.

그녀를 노리는 눈길. 왜 자신은 느끼지 못하고 단여랑은 느꼈던 것일까.

이옥토는 나이에 비해 상당한 경지의 무공을 지녔다. 하지만 눈앞에서 얄밉게 밥을 먹고 있는 사내는 자신보다 못하면 못했지 뛰어나지는 않을 것이라 판단했다.

‘어디서 수작을……’

이옥토는 뒤도 돌아보지 않고 걸어나갔다.

이옥토가 사라지고 난 뒤 단여랑은 저금을 놓고 생각에 잠겼다.

얻고 싶은 대답은 구하지 못했다. 혈궁이 중원에 모습을 드러냈다는 것은 현재 탄저잠만이 유일한 근거였다.

'막 전주에게 연락이 된다면……'

지금으로서는 연락할 수단이 없다.

막부동은 삼 년 후를 기약했다.

북해빙궁의 빙옥조가 시작되는 순간, 삼전 무인들은 중원으로 빠져나올 수 있게 된다.

단태붕을 지지하는 곳은 귀령전이다. 단우인은 빙령전 무인들이 돕게 된다. 그리고 단여랑에게는 유령전이 있다.

셋 중 어느 곳이 가장 낫다고 말할 순 없다. 하지만 그들은 자신들이 맡은 사람에게는 목숨을 바쳐 충성을 할 게다.

고민해야 한다.

기간은 삼 년, 그때까지 단여랑이 빙옥조에 가담하려는 의지를 밝히지 않는다면 유령전은 허공에 붕 떠버린다.

빙옥조가 시작되면 막부동과의 연락은 자연스럽게 할 수 있다. 그전까지의 연락은 다른 사람을 통하지 않는 이상 힘든 게 사실이었다.

'아직은 두고 봐야겠지.'

이옥토와의 만남은 그렇게 끝이 났다.

혈궁의 일만 관계되지 않았다면 궁금해할 일도 없는 인연이다. 어차피 목적지가 같았기에 그동안 동행했던 것일뿐. 혈궁의 일이 사실이라면 언젠가는 다시 만나게 되는 날이 있으리라.

지금의 단여랑에게 이옥토는 중요한 존재가 아니었다.

'……?'

객잔 밖을 내려다보던 단여랑의 두 눈에 일단의 무리들이 들어왔다. 하나같이 깔끔한 회색 도복을 입은 십여 명의 도인들이었다.

자로 잰 듯 반듯한 걸음걸이, 저잣거리를 걸으며 예사롭지 않은 눈빛으로 이리저리 살피는 그들은 평범한 도인들에게서는 찾아볼 수 없는 모습이었다.

모두가 젊은 도인들, 그중에서도 유독 한 사람이 눈에 띄었다. 그들을 인솔하고 있는 듯해 보이는 중년 도인은 다른 이들에 비해 범상치 않은 기도를 가졌다.

그렇게 중년인을 필두로 한 도인 십여 명이 단여랑이 있는 객잔을 지날 무렵이었다.

시선을 느꼈음인가?

갑자기 중년 도인의 발걸음이 우뚝 멈춰지며 그의 고개가 빠르고 정확하게 단여랑이 있는 객잔 이층 쪽으로 휙 돌려졌다.

'……'

눈과 눈이 마주쳤다.

단여랑을 바라보는 도인의 눈매가 가늘어졌다. 단여랑은 그의 시선을 피하지 않았다.

그 둘이 아무런 말 없이 서로를 바라보고 있을 때, 젊은 도인 하나가 중년 도인에게 다가가 무어라 속삭이는 모습이 보였다. 중년 도인은 그때서야 단여랑에게서 시선을 거뒀다.

"사숙, 무슨 일이십니까?"
"아니다. 아무것도."
'이상한데……'
중년 도인 정풍 진인은 고개를 갸웃거렸다.
우연히 시선을 마주한 청년. 객잔 이층에 앉아 자신을 내려다본 것이 그리 이상한 일은 아니었다.
비록 먼 거리에 있었지만 청년과 눈이 마주쳤을 때 뒷목을 자극하는 알 수 없는 기운을 접했다.
익숙한 기운이었다.
곤륜한 음한곡을 일 년 동안 지켜온 그였다. 염양제를 제외하고 사공필과 가장 접촉을 많이 한 사람도 바로 정풍 진인이었다.
객잔에 앉아 있던 청년의 기운이 사공필과 많이 닮아 있다고 잠시 생각했다.
'잘못 보았군.'
이제는 착각마저 들다니. 그동안 사공필을 잡기 위해 너무도 혈안이 되어 있었나 보다. 비슷한 느낌을 가진 사람이 어디 한둘이겠는가.

정풍 진인은 단여랑에게서 완전히 신경을 거두고 가던 길을 재촉했다.

"요즘 화한이 시끄러운 게 저 도인들 때문이 맞지?"

도인들의 모습이 시야에서 사라질 무렵, 근처 탁자에 앉아 있던 사내들이 입을 열었다.

"공동파 사람들이 아니잖아. 얼핏 듣기에는 곤륜파 도인들이라고 하더라고."

"곤륜파 도사들이 이 먼 데까지 어인 행차시래? 설마 분타라도 만들 생각인가?"

"낄낄! 농담으로라도 그런 소리 말아. 말코 도사들이 얼마나 성격이 안 좋은데."

"그건 그래. 크크크!"

사내들은 가볍게 대화를 나누었다. 그리 큰 목소리는 아니었지만 거리가 워낙 가까워 단여랑의 귀에 그들의 말이 또렷하게 들려왔다.

"누구를 잡으러 왔다는 것 같았어."

"히야! 누군지 몰라도 된통 걸렸네. 도사들 고문도 만만치 않을 텐데 말이야. 크크!"

"그게 아니고… 그 도망자가 곤륜파의 비밀을 알고 있다나 봐."

"비밀?"

사내들은 누구에게 들릴세라 머리를 모으고 낮게 속삭였다. 저들 딴에는 속삭인다고 조심조심하지만 귀가 밝은 단여랑에게는 한 자도 빠지지 않고 모두 들렸다.

"무슨 비밀인데?"

"나도 어디서 주워들은 거야. 그게 뭐냐면… 곤륜산에 비밀의 장소가 있다네."

"헹! 비밀의 장소가 없는 문파가 어디 있어? 소림사만 해도 비밀 장소가 수십 개는 된다던대."

"아, 그런 장소가 아니라네. 믿을 순 없겠지만 곤륜산 어딘가에… 빙굴이 있대."

"빙굴?"

"그래, 빙굴. 그 머시냐… 그래! 만년한빙굴보다 더하대. 그곳에 들어간 사람들 중에 살아 나온 사람이 하나도 없다는구먼."

"거긴 뭐 하러 기어들어 가? 보물단지라도 있나?"

"그거야 모르지, 뭐."

"에이! 허튼소리할 시간 있거든 일이라도 하나 더 해. 곤륜산 한가운데 빙굴은 무슨 빙굴. 말도 안 되는 소리 좀 작작 하라고."

"하긴, 어디까지나 소문일 뿐이니까."

으레 대부분의 가벼운 이야기가 그렇듯 사내들의 관심사
는 곧 다른 것으로 옮겨져 갔다.

단여랑은 굳은 듯 미동도 하지 않았다.

사내들의 이야기를 잘못 들은 것이 아니었다. 빙굴이라
니…….

북해에 널리고 널린 것이 빙굴이지만 중원에도 있다는 소
리인가?

물론 중원에도 빙굴은 있을 수 있다. 그것은 반드시 지리적
인 여건과 자연적인 현상에서만 기인하는 일이 아니다. 강력
한 한기를 뿜어내는 식물 하나만 있어도 멀쩡하던 동굴이 빙
굴이 되는 것은 쉬운 일이었다.

단여랑은 곤륜파에 대해 익히 들어 알고 있었지만 곤륜산
에 자리한 빙굴에 대한 이야기는 처음 들었다.

근거없는 소문이 있을 순 없지만 소문은 언제나 과장되고
부풀리기 마련. 하지만 사람들의 이야기를 듣던 내내 단여랑
은 그들이 알아차리지 못한 중요한 사실 하나를 알아냈다.

빙굴의 존재가 어디까지나 소문이라면 곤륜파 도인들이
도망자를 잡기 위해 이곳까지 올 이유는 없었다.

'곤륜산의 빙굴이라?'

단여랑은 가느다란 눈으로 도인들이 사라진 방향을 가만
히 바라봤다.

第五章
하오문

1

단여랑은 홍등가를 찾았다.

일반인들이 모두 잠자리에 들었을 시각, 하루를 시작하는 무리들이 있었다.

쌀쌀한 날씨인 데도 불구하고 얇은 옷 하나만을 걸쳐 중요한 부위를 간신히 가린 기녀들은 골목에 들어서는 사내들을 유혹했다. 짙은 화장에 덕지덕지 바른 분 냄새가 묘하게 후각을 자극했다.

보통 사내라면 절세가인에 버금가는 미모를 가진 기녀들의 유혹을 뿌리치지 못할 게 분명했다.

단여랑은 여기저기서 그를 잡아당기는 유혹의 손길에 신

경을 거둔 채 앞만 보고 걸었다. 홍등가 불빛은 골목을 세 개 돌 때까지 끊이지 않았다.

다닥다닥 붙어 있는 골목들을 굽이돌자 이번엔 암흑의 세계가 나타났다.

골목 하나를 사이에 두고 홍등가와는 대조적인 풍경이 펼쳐졌다. 캄캄한 암흑의 공간 속에서 군데군데 가느다란 빛이 새어 나왔다.

무엇을 하는 곳인지는 알고 있다.

적게는 은자 몇 냥에서 크게는 거금의 금화가 순식간에 왔다 갔다 하는 곳. 그것으로 하여금 희비가 엇갈리고 싸움이 잦아 사람도 죽어 나가는 위험한 곳이다.

건물의 곳곳마다는 싸움깨나 할 법한 장정들이 비스듬히 서 있었고, 간이 작은 사람이라면 얼씬도 못할 정도로 어두운 분위기를 자아냈다.

단여랑은 서슴없이 걸어 들어갔다. 그가 지나갈 때마다 살벌한 눈빛들이 그를 따라다녔지만 직접적으로 위협을 가하지는 않았다.

그는 가장 후미진 곳에 위치한 작은 건물로 발걸음을 옮겼다. 안에서 어스름한 불빛과 함께 사내들의 음성이 새어 나왔다.

"화살은?"

얼굴에 곰보가 가득하고 추레한 외모의 노인 하나가 문 앞에서 말을 던져 왔다.

단여랑은 노인이 말한 화살의 의미를 알고 있었다. 그것이 이 바닥에서 쓰이는 용어라는 것을.

그는 가슴을 툭툭 두어 번 두들겼다. 품 안에 담긴 전낭(錢囊)에서 묵직한 소리가 들려왔다.

노인은 평생 이곳에 몸담은 사람인지 돈 냄새를 잘 맡았다. 졸린 듯 반쯤 감겨 있던 두 눈에서 기광이 터지며 옆으로 한 발자국 물러섰다.

"들어가."

단여랑은 문을 밀고 안으로 들어섰다.

"삼, 사, 육."

커다란 탁자 하나에 모여 있는 십여 명의 사내들은 방금 놓인 원통에 시선을 집중했다. 원통이 들어올려지며 탁자에 남긴 주사위 세 개가 모습을 드러냈다.

"캬! 기가 막히는구먼! 터줏대감 노릇을 확실히 하는데?"

몇몇 사내들의 감탄 어린 말에 얼굴에 긴 흉터가 있는 사내는 씩 웃었다.

"정말 귀신이 따로 없다니까. 이 바닥에서 구른 지 오 년이 다 되도록 요수(妖手) 같은 도곤(賭棍:노름꾼)은 보질 못했어."

요수는 한쪽에 수북히 쌓인 동전을 한 팔로 쓰윽 끌어 당졌다.

맞은편에 앉은 사내가 요수의 팔을 급히 잡았다.

"이건 정말 안 되네! 내 마지막 재산이야! 이것 없으면 길바닥에 나앉아야 한단 말일세!"

사내는 간절했다. 울상이 된 얼굴은 붉게 달아올라 있었다.

"그건 내 알 바 아니다."

"한 번만 봐주게! 제발!"

"배짱이 없으면 처음부터 끼질 말든가. 흠씬 두들겨 맞고 쫓겨나고 싶나?"

사내의 간절한 애원에도 요수는 냉랭했다.

도박의 세계가 그랬다.

배짱도 배짱이지만 잃었을 때 포기가 빨라야 한다. 승부는 승부일 뿐, 이 사정 저 사정 다 봐주면 무슨 의미가 있겠는가.

도박의 세계에 발을 들여놓은 지 얼마 되지 않는 사내는 어깨를 축 늘어뜨렸다.

스스로가 자처한 일이니 그가 앞으로 어떻게 할지는 모두의 관심 밖이었다. 도박 인생의 말로는 다 한결같으니…….

"더 할 사람 없나?"

요수는 흥이 난 듯 사내들을 둘러보았다.

이곳저곳의 도박판을 다녀보지 않은 곳이 없는 그다. 요수의 도박 전적은 뛰어났고 그 명성은 자자했다. 방금처럼 돈을 죄다 잃은 사내같이 뭣 모르는 초짜들을 빼놓고 그에게 승부수를 던지려 하는 도곤들은 별로 없었다.

"흥! 시시하군. 다른 마을로 뜨던가 해야지. 이거야 원, 재미없어서!"

짜증을 내던 요수가 자리에서 일어서려고 할 때 문가에서 누군가가 말했다.

"내가 하도록 하지. 은자 열 냥짜리 판으로."

모두의 고개가 소리가 난 입구 쪽으로 돌아갔다.

어두워 잘 보이지 않는 곳에 있던 목소리의 주인공이 불이 밝혀진 곳으로 뚜벅뚜벅 걸어왔다. 불빛에 그의 모습이 보이는 순간 모두의 인상이 일그러졌다.

담갈색 피부에 건장한 체격이지만 자세히 뜯어보면 앳된 얼굴이었다. 어깨까지 내려오는 흑발 사이로 보이는 눈동자는 차갑게 가라앉아 있었다. 굳이 외모로만 평가하자면 이런 곳에 전혀 어울리지 않는 청년이었다.

요수는 비웃음을 던졌다.

"어린애들은 집에 가서 엄마 젖이나 더 빨다가 와라."

"같이 늙어가는 처지에 나이를 따지는 이유는?"

청년은 어둑한 분위기에도 전혀 주눅이 들지 않은 듯 요수의 말에 대꾸했다. 요수는 청년의 얼굴에서 시선을 뗐다.

"무인인가?"

단여랑이 무복을 입고 있었기에 한 말이었다. 그러나 지니고 있는 무기는 없는 듯했다.

단여랑은 고개를 끄덕였다.

"무인이라고 무공만 믿고 행패를 부렸다가는 전 하오문(下午門)의 공적이 되는 수가 있다."

"그러는 댁도 무인 아닌가?"

요수의 비웃음이 뚝 끊겼다.

사내들의 시선이 단여랑에게서 요수에게로 건너갔다. 그들의 얼굴에는 설마하는 표정들이 가득했다.

요수의 눈매가 날카로워졌다.

"후후! 눈썰미가 좋군. 해볼 만하겠어."

그의 입에서 나온 말에 곁에 있던 사내들이 술렁였다. 요수가 무인이라는 태를 전혀 내지 않았기에 그들의 놀라움은 생각보다 컸다.

그리 좋은 실력은 아니지만 요수는 무공을 익힌 무인이었다. 비록 도곤으로서의 기질이 출중해 타락한 인생을 살고 있지만 그도 엄연한 무인이었다.

아무도 눈치 채지 못한 사실을 처음 보는 낯선 청년은 단숨에 알아차렸다. 대충 짐작으로 넘어간 것일 수도 있겠지만 청년의 말투엔 자신감이 묻어 있었다.

"화살은?"

"여기."

단여랑은 또다시 가슴을 두드렸다.

“좋아, 앉아!”

탁탁탁!

통이 위아래로 움직일 때마다 그 안에 담긴 주사위가 부딪치며 요란한 소리를 냈다.

마주 앉은 단여랑과 요수는 탐색이라도 하는 듯 서로의 얼굴에서 시선을 떼지 않았다.

탁자 위에 놓인 은자 열 냥을 흘끔 바라본 요수는 다시 단여랑을 쳐다봤다. 쫑긋거리는 두 귀는 통 속에서 흔들리고 있는 주사위에 집중했다.

그가 도박에 대한 수완이 남달랐던 이유는 순전히 운 때문만이 아니었다.

남들과는 조금 다른, 남들이 신경 쓰지 못하는 부분을 관찰하는 감각이 뛰어났다. 도박판에서 구른 지 오 년. 이제는 통 속에서 흔들리는 주사위의 소리만으로도 결과를 짐작할 수 있었다.

탕!

원통이 거칠게 탁자 위를 때렸다.

“일, 사, 오.”

요수는 단여랑의 얼굴에서 눈을 떼지 않으며 말했다. 단여랑의 입도 바로 열렸다.

“오, 오, 오.”

요수를 포함, 모든 사내들의 시선이 단여랑에게 꽂혔다.

같은 숫자를 세 번이나 부르는 것은 도박을 전혀 못하는 사람의 자살 행위나 마찬가지였다. 간혹 주사위가 같은 숫자를 가리킨 적은 있지만 확률적으로 극히 낮았다.

원통이 들어올려졌다. 세 개의 주사위는 각각 일, 사와 오를 가리키고 있었다. 족집게 같은 요수의 승리였다.

"도박이 처음인가?"

"처음이야."

단여랑은 침착하게 말하며 은자 열 냥을 요수의 앞에 밀었다.

"계속할 텐가?"

"두 번으로 돌려. 둘 다 오, 오, 오로."

단여랑은 전낭에서 은자 스무 냥을 꺼내 탁자 위에 올렸다.

"완전 미쳤군. 돈이 주체하지 못할 정도로 남아도는 갑부인가?"

은자 스무 냥이면 일반 농민의 이 년 수입이고, 쌀이 백 석이었다.

단여랑은 대답하지 않고 주사위만 물끄러미 바라봤다.

탕!

이윽고 주사위 통이 들어올려졌다.

"일, 일, 삼."

"이, 삼, 육."

단여랑은 틀렸다.

요수는 그의 돈을 끌어가면서도 기분이 개운치 못했다.

"다시 하지. 오, 오, 오."

은자 열 냥이 또 올려졌다.

요수의 짙은 검미가 조금씩 일그러졌다. 사내들은 별 미친 놈 다 보겠다는 듯 혀를 내둘렀다.

네 번째 승부. 단여랑은 또다시 '오' 라는 숫자에 돈을 걸었다. 정말 미치지 않고서야 이런 무모한 행동을 할 수가 있을까.

주사위는 돌아갔고 은자 열 냥은 또다시 요수에게 고스란히 돌아갔다.

요수에게는 행운이었다. 생 초짜를 만나 힘들이지 않고 돈을 벌어들였으니 어찌 기쁘지 않겠는가.

하지만 이상하게도 그는 조용했다. 평소처럼 들뜨거나 흥분한 얼굴은 어디에도 없었다. 그는 그저 탁자 위를 가만히 내려다볼 뿐이었다.

단여랑이 말했다.

"마지막으로 한 번 더 하지. 열닷 냥짜리로 하겠어. 숫자는 오, 오, 오로……."

"그만!"

갑자기 자리에서 벌떡 일어난 요수의 행동은 모두를 놀라게 했다.

“그만… 오늘은 그만 하지. 갑자기 소피가 마려워서…….”

“어? 이봐, 왜 그러나?”

요수는 탁자를 둘러싼 사내들을 밀치며 뒤도 돌아보지 않고 황급히 건물을 빠져나갔다.

그의 뒷모습을 바라보는 단여랑의 입가에 한줄기 실미소가 그려졌다.

삼경이 훌쩍 넘어버린 시각.

단여랑은 찬바람이 스며들지 못하도록 옷깃을 단단히 여민 채 어두운 골목을 빠져나와 다시 홍등가로 들어섰다.

밤이 깊어서인지 홍등가는 처음 왔을 때완 다르게 번잡하지 않았다. 반나체의 기녀들 대신 고주망태가 된 취객들이 거리를 돌아다녔다.

단여랑은 아주 천천히 걸었다.

아까 보지 못한 것들을 하나하나 뜯어보는 그의 발걸음은 답답할 정도로 느렸다. 뒷짐까지 진 모습은 영락없는 거북이였다.

맞은편에서 취객 하나가 단여랑과 비슷한 속도로 걸어왔다. 보기에도 불안할 정도로 비틀거리던 취객은 앞이 분간이 가지 않는 듯 단여랑의 면전에서 그대로 쓰러졌다.

쿵!

단여랑과 충돌을 일으킨 취객은 뒤로 나자빠지며 소리쳤다.

"앞을 똑바로 보고 다니란 말이야! 딸꾹!"

취객은 어기적거리며 일어선 뒤 다시 비틀비틀 걸어갔다.

단여랑은 십여 장쯤 더 걸어가다가 품 안에 손을 집어넣었다.

취객과 부딪쳤을 때 그의 손이 단여랑의 품에 보이지 않는 빠른 속도로 들어왔다 나갔다.

전낭은 그대로였다. 대신 존재치도 않았던 목패 하나가 품 안에서 꺼내졌다.

전(前) 십(十), 좌(左) 삼(三), 우(右) 이(二). 죽문(竹門).

단여랑은 목패에 적힌 글씨를 따라 이동했다.

앞으로 십 장을 왔으니 좌측 골목으로 삼 장, 다시 우측 골목으로 이 장쯤 더 걸어간 단여랑은 얇은 대나무를 얼기설기 엮어 문으로 만든 작은 모옥을 볼 수 있었다.

죽문을 밀치고 안으로 들어선 단여랑은 빼빼 마른 사내와 마주쳤다.

단여랑이 들어서자마자 밖의 동정을 살피는 사내의 행동은 민첩했다. 그는 바닥에 깔린 짚더미를 한곳으로 치우더니 갈고리로 되어 있는 손잡이를 들어올렸다.

"이리로."

단여랑은 지하로 통하는 계단을 한동안 바라보다가 사내의 재촉에 몸을 들이밀었다.

뚜껑이 닫아지며 어둠이 깔렸다.

단여랑은 벽에 손을 얹고 천천히 걸음을 옮겼다.

구불구불한 작은 비밀 통로의 복도를 따라 반 각 정도 걷자 막다른 벽에 부딪쳤다. 어디에도 문 같은 것은 보이지 않았다.

그는 세 방향의 벽들을 차례로 툭툭, 두들겼다.

끼이익—!

막혀 있던 석벽이 육중한 울음을 토해내며 열렸다. 어둠 속에서만 있던 단여랑은 갑작스런 밝은 빛에 두 눈을 찡그렸다.

그가 한 손으로 빛을 차단했을 때는 석벽 뒤에 가려진 다섯 평 남짓한 공간이 눈에 들어왔다.

문사(文士) 차림에 깔끔하게 수염을 기른 노인 하나가 단여랑을 맞이했다.

"늦으셨군요. 기다리고 있었습니다."

2

"원래 암거래가 이루어지는 곳인지라……. 누추하지만 들어오십시오."

깔끔한 문사 차림의 노인은 단여랑을 반겼다.

단여랑은 고개를 한 번 숙여 보인 뒤 그의 안내를 받아 밀실 탁자에 앉았다.

"다비활의 어르신께 전갈을 받았습니다. 힘드셨을 텐데 잘 찾아오셨군요. 저는 하오문 화한분타(分舵) 도문(賭門) 향주(香主)인 노대호라 합니다. 이쪽은……."

밀실에는 노대호와 단여랑 말고도 또 한 사람이 있었다. 벽에 비스듬히 기대어 단여랑을 내려다보고 있는 그 사람은 얼굴에 긴 검상을 지녔다.

"요수라 하오."

"단여랑이라 하오."

요수는 허리춤에 매달린 전낭을 뜯어 단여랑에게 건넸다.

"세어보쇼. 사십 냥 맞을 게요."

단여랑은 액수를 세지도 않고 전낭을 품 안에 갈무리했다.

"홍자경 어르신께 그간의 이야기를 들었습니다. 고생이 많으셨겠군요."

단여랑의 두 눈이 크게 뜨였다.

"지혜원주를… 아십니까?"

"홍자경 어르신, 아니, 이제는 지혜원주라 불러야겠군요. 지혜원주께서 이르셨습니다. 다비활의를 찾으신 후에 저에게 올 것이라고."

"허!"

단여랑은 헛웃음이 새어 나왔다.

앉아서 북해빙궁의 모든 일을 손바닥에 놓고 본다고 하더니, 홍자경은 단여랑이 어디로 갈지 모두 예상하고 있었다.

"기이한 일이군요. 지혜원주가 하오문과 관계되어 있을 줄은 생각도 하지 못했습니다."

"지혜원주께서는 하오문과 관계가 없습니다. 오로지 저하고만 연관되어 있을 뿐입니다."

청수한 용모를 지닌 노대호의 음성은 나근나근했다. 누가 그를 도박꾼들이 우글대는 도문의 향주라 생각이나 할 수 있을까.

단여랑은 노대호를 직시했다.

이상했다.

북해빙궁은 중원과는 별개의 독자적인 세력이다. 그들이 중원에 세를 구축시키려 든다면 중원무림은 압박을 가해올 것이다.

지혜원주는 한 번 북해를 벗어난 이후론 나간 적이 없었다. 성격이 성격인만큼 하오문의 도곤과 인연을 맺을 리가 만무했다.

하나, 노대호의 말투를 미루어보면 지혜원주과 상당한 친분을 쌓은 사람 같았다.

"지혜원주께 큰 빚을 졌죠. 이야기를 못 들으신 모양이군요. 저는… 사십 년 전 파동각 소속이었습니다."

"북해빙궁 말씀이십니까?"

단여랑의 두 눈이 화등잔처럼 커졌다.

"어렸을 때 북해빙궁에 납치되어 간 후 십 년 넘게 그곳에서 살았습니다. 그러니까 한마디로… 도망쳐 나온 것이지요."

가능한 일일까.

북해에는 지금도 어린아이들을 납치하여 빙궁도로 육성하고 있다. 한기를 견디지 못하고 죽어버리는 아이들이 대부분이지만, 죽어나가는 만큼 머릿수를 채워 넣기 위한 방편임에 어쩔 수 없이 납치를 행한다.

납치를 당한 아이들은 다시 두 부류로 나뉜다. 모든 걸 포기하고 빙궁도로 살아가는 아이들, 기회를 틈타 빙궁을 탈출하려 하는 아이들.

구화용의 경우는 전자에 속했다. 그녀는 자신의 운명을 받아들였고, 중원에서의 지난 삶은 잊었다.

후자의 경우는 거의 없었다. 빙궁을 탈출한다는 것은 목숨을 내걸어야 할 만큼 위험한 일이기 때문이다.

북해를 빠져나갔다는 사람에 대한 말은 들은 적이 없다. 아니다. 들은 적이 있다.

다비활의의 말이 불현듯 떠올랐다.

"북해빙궁에서 빠져나오기가 힘들었을 텐데 용케도 살아남았군. 아마도 세 번째가 아닌가 싶네."

눈앞에 앉아 있는 노대호는 다비활의가 말한 빙궁을 탈출한 세 사람 중 하나였다.

"지혜원주는 당시에 소궁주처럼 젊은 사람이었죠. 그의 도움이 아니었으면 저는 빠져나오지도 못했을 겁니다."

"도움이라니요?"

"저와 지혜원주는 비슷한 시기에 탈출을 시도했습니다. 엄밀히 말하면 제가 먼저였죠. 절 목표로 한 빙궁의 추격을 따돌리신 분이 바로 지혜원주이십니다."

노대호는 긴 말을 하지 않았다. 반쯤 눈을 감은 그는 옛 생각에 잠긴 듯했다.

"지금은 하오문도가 아니십니까?"

"만족하고 있습니다. 적성에 잘 맞는 이유도 있지만 무엇보다 중원에서 사는 게 편해서……."

조금은 거짓이 포함되어 있다는 것을 단여랑은 눈치 챌 수 있었다.

무공을 익힌 무인들은 다시 평범한 사람으로 돌아가기 힘들다. 하물며 십 년이 넘게 무인으로 살아온 노대호 같은 사람이 자신의 인생과도 같은 무공을 모두 포기한 채 삼류 인생의 도문을 맡고 있으니 그의 말을 믿을 수가 있을까.

"북해로 돌아가실 생각은 없으십니까?"

단여랑의 물음에 노대호는 씁쓸한 미소를 배어 물었다.

"이것을 보십시오."

"음……!"

소매를 걷어붙인 노대호의 손을 본 단여랑은 침음성을 내뱉었다.

그의 손에 있는 손가락은 모두 일곱 개뿐 손가락 세 개는 온데간데없이 사라져 있었다.

"북해를 빠져나온 이유는 이것 때문이기도 합니다. 파동각에서 장법을 수련하다 동상에 걸리고 말았죠. 동상에 걸린 사람들을 어떻게 처리하는지 알고 계시지 않습니까?"

알고 있다. 재기 불능으로 판정, 죽인다.

"결국은 살기 위해 나오셨군요."

"부끄럽지만 저도 인간인 이상 목숨이 아깝더군요. 손가락이 없을 뿐인데 멀쩡한 사람을 죽인다는 것은 너무 과한 처사입니다."

정녕 빙궁은 무엇을 원하는 것일까.

강한 무인들을 원한다고 하나 해도 너무했다. 고귀한 생명을 빼앗을 권리는 애초부터 그 누구에게도 주어지지 않았다. 자신의 목숨이 귀한 줄 알면 남의 목숨도 귀한 것을 알아야 하지 않겠는가.

빙궁은 바뀌어야 한다.

"말이 다른 쪽으로 흘렀군요. 그때 지혜원주께서 도와주지 않았더라면 전 이 세상 사람이 아닐 것입니다. 탈출하던 일만 생각하면 아직도 오금이 저려옵니다.”

“지혜원주가 아무런 대가도 없이 구해주던가요?”

“이익을 따지는 관계는 아니었습니다. 그는 진정한 동료였고, 순수한 사람입니다.”

단여랑은 노대호의 말을 믿을 수가 없었지만 홍자경을 말하는 그의 말투엔 진심 어린 정감이 묻어 있었다.

“전 그의 도움에 마땅히 보답할 것이 없었습니다. 지혜원주께서 말했죠. 언젠가 단 한 번 도움을 청할 테니 그때 도와달라고.”

노대호는 단여랑을 바라보며 따뜻하게 웃었다.

눈앞에 있는 단여랑을 통해 홍자경에게 진 목숨 빚을 갚을 기회가 주어졌으니까.

“북해빙궁의 일에 개입되는 것이 두렵지 않습니까?”

단여랑은 솔직하게 물었다.

노대호는 예전엔 북해빙궁도였을지 몰라도 지금은 아니다. 지금은 엄연한 하오문도다.

그가 단여랑을 도운다면 북해빙궁은 물론 하오문에게 지탄을 받을 게 분명했다. 어쩌면 목숨을 걸어야 할지도 모르는 위험한 일이기도 하다.

“북해를 탈출한 것만으로도 저는 새로운 삶을 살았습니다. 두려울 리가 없죠.”

진심이 담긴 말이었다.

　“제가 소궁주를 돕는 일은 비밀리에 거행해야 하겠지만 하오문이 움직이는 것은 아닙니다. 오로지 움직이는 사람은 저와 저 친구뿐입니다.”

　벽에 기대서서 이야기를 듣고 있는 요수는 단여랑이 들을 수 있을 정도로 큰 한숨을 내쉬었다.

　“비록 빙궁에서 빠져나왔지만 전 소궁주입니다. 만일 제가 궁주라도 된다면 향주의 입장이 난처해지지 않겠습니까?”

　“하하하!”

　노대호는 호쾌하게 웃었다.

　단여랑의 직설적인 말인즉, 노대호는 빙궁에서 탈출한 이유만으로도 척살 대상이다. 만약 단여랑이 궁주의 자리에 오르는 순간 노대호의 운명은 예측할 수 없다는 뜻이었다.

　그러나 노대호의 얼굴에선 두려움을 찾을 수 없었다.

　“듣던 대로군요. 한때 몸담았던 곳, 지혜원주께서 혀를 내두를 정도로 못 말리는 소궁주가 있다기에 궁금했습니다. 과연 어떤 젊은이가 지혜원주의 애간장을 태웠는지 기대했던 모습과 매우 흡사합니다.”

　“칭찬으로 받아들여야 할지 모르겠군요.”

　“인간다운 모습이 보기 좋습니다.”

　“아직 덜된 인간의 모습을 보곤 감탄하지는 마시길.”

　“하하하!”

　노대호는 오래간만에 유쾌한 기분이었다.

기실 지혜원주에게 도와달라는 말을 들었을 때는 그도 고민하지 않은 것은 아니었다.

북해빙궁과의 인연을 끊은 지는 오래. 하나 빙궁 사람들의 성품을 잘 알고 있기에 걱정이 되는 것은 사실이었다.

부탁은 거절할 수도 있었지만 직접 두 눈으로 보고 결정해야겠다고 생각했다.

그런 노대호의 예상과는 달리 단여랑은 여느 북해 사람들과 달랐다. 중원에서 오래 살아서 그럴 수도 있겠지만 북해에서 태어났더라도 성격은 그대로일 것만 같았다.

노대호도 눈치가 빠른 도곤이었기에 사람을 보는 안목은 뛰어났다. 단여랑이라면 어쩌면 한가닥 기대를 해볼 수 있는, 희생을 감수하고라도 도움을 줄 만한 가치가 있는지도 모른다고 생각했다.

도곤으로 살아온 세월이 사십 년, 확신이 서면 그것을 끝까지 밀고 나간다.

"도움을 주실 수 있겠습니까?"

노대호의 두 눈이 반짝였다.

"제가 도와드릴 수 있는 부분이라면 얼마든지."

"사람을 찾습니다. 중원제일의 빙공 고수를."

"……."

노대호는 낮은 한숨과 함께 입을 열었다.

"설마했는데… 지혜원주께서 하신 말씀이 하나도 틀리지

않군요."

"사공필이라고 합니다만."

"알고 있습니다. 중원에서 그의 이름을 모르는 이는 드물지요. 하지만… 그를 찾으시려는 이유를 여쭤봐도 되겠습니까?"

"전 북해빙궁의 소궁주이기 이전에 한 명의 무인일 뿐입니다. 무인이 무공을 갈구하는 데 이유가 있을 리 없죠."

노대호는 반짝이는 눈으로 단여랑을 바라봤다.

홍자경에게 들어 단여랑의 실력이 어느 정도인지는 이미 알고 있다. 그의 직위가 소궁주이기에 오만할 수도 있다는 편견을 했던 것도 사실이다.

그러나 지금 노대호가 바라보는 단여랑은 절대 자신의 실력을 자만하는 자의 태도가 아니었다. 순수하게 무공을 원하고, 부족한 점을 보완하려는 노력은 여타 무인들과 같았다.

대북해빙궁의 차기 궁주의 입에서 이런 소리가 나왔다는 것을 어느 누가 믿을 수 있을까.

열일곱이면 아직은 어린 나이이다. 하지만 단여랑은 어려 보이지 않았다. 굳게 다물린 그의 입술이, 차갑게 가라앉은 눈동자에서 뿜어져 나오는 기도는 중원무림의 노고수를 방불케 했다.

"그래도 빙백신공에는 비교도 안 될 텐데……."

"직접 부딪쳐 증명되지 않는 이상 어떤 것이 더 낫다고 볼 수는 없죠."

"송구하지만……."

"……."

"다비활의께서 모르셨던 모양인 것 같군요. 사실 사공필이라는 자는 일 년 전에 행방불명되었습니다."

"음!"

"대신……."

노대호는 탁자 위에 미리 준비해 두었던 목갑을 열었다. 그 안에는 낡은 양피지 몇 장이 들어 있었다.

"중원에 있는 빙공 고수들의 명단입니다. 모두 스물세 명이죠. 사공필의 행방은 하오문으로서도 찾기 힘드니, 이것은 어떨지."

단여랑은 목갑을 쳐다보지도 않았다.

"저는 중원 최고의 빙공을 보고 싶을 뿐입니다. 최고가 아니면 필요치 않습니다."

노대호의 두 눈에 이채가 스쳤다.

최고의 빙공 고수를 찾겠다는 의지.

중원제일의 빙공을 직접 견식하겠다는 소리다. 북해빙궁이 과연 빙공의 대가들로만 이루어진 집단이라는 소리를 들을 만한 자격이 있는지, 아니면 허울을 뒤집어쓴 집단일 뿐인지 확인하고 싶은 게다.

단여랑이 만약 다른 무공을 익혔다 할지라도 그 분야에서의 가장 강한 사람을 원했을 것이 분명했다.

노대호는 목갑의 뚜껑을 닫았다. 양피지에 적힌 무인들의 이름은 단여랑에게 필요하지 않았다.

"당장에 도움이 되어드리지 못해 죄송하군요. 지금부터 사공필을 찾는 데 주력을 다하겠습니다."

"한 가지 여쭤보고 싶은 게 있는데……."

"무엇이든 말씀만 하십시오."

"이상한 소문을 들었습니다. 곤륜산에 빙굴이 있다는……."

"음한곡을 말씀하시는 거로군요."

"음한곡……. 소문이 사실이었습니까?"

"아직 정확하게 사실이라 말하기 어려우나 거의 그렇다고 보아야겠죠. 곤륜파 도인들까지 나섰으니까요. 소문을 누가 퍼뜨렸는지, 곤륜파가 추적하는 자가 누구인지는 저희도 알아보고 있는 중입니다."

단여랑은 잠시 생각에 잠겼다.

노대호는 그에게 많은 정보를 제공해 줄 사람이다. 비록 사공필의 행방을 찾아내지는 못했지만 계속 도움을 줄 사람임은 확실하다.

현재 단여랑에게는 눈과 귀가 필요했다.

일전에 지혜원주는 단여랑의 뒤를 봐줄 정보 세력으로 밀당을 꼽았다.

밀당 부주 탁산.

그는 의심이 많은 사람이다. 만약 누군가가 그에게 단여랑을 위해 몸 바쳐라 해도 쉽게 승낙할 사람은 아니다.

밀당 부주나 되는 사람이라면 중원에서 일어나는 일은 마음만 먹으면 알아낼 수 있다.

탁산은 아마 조용히 단여랑의 행보를 주시할 게다. 그리고 단여랑이 과연 차기 궁주로서 적합한 인물인지 아닌지를 알아볼 게다.

그렇게 숙고에 숙고를 거듭하고 탁산이 단여랑을 인정하기 시작하면 그의 휘하에 있는 밀당이 움직이기 시작할 것이다. 설혹 밀당주 위현(衛賢)이 제지한다 하더라도 탁산은 자기가 믿는 일에는 악착같이 고집을 부릴 게다.

그렇게 되면 그때부터 단여랑의 눈과 귀가 열리게 된다.

하오문처럼 넓게 퍼진 세력은 아니지만 밀당의 정보 능력도 무시할 수는 없다. 그때가 되면… 실로 천군만마(千軍萬馬)를 얻는 것과 같으리라.

"곤륜산으로 가시렵니까?"

노대호의 물음에 단여랑은 고개를 끄덕였다.

"그렇다면 저도 부탁이 있는데 들어주시렵니까?"

"말씀하시지요."

"정보를 알아내는 즉시 제가 소궁주께 알려야 하는데 연락할 수단이 없습니다. 해서……."

노대호는 벽에 기대어 서 있는 요수를 힐끔 쳐다봤다.

"소궁주께서는 요수와 동행하심이 어떠신지⋯⋯?"

"말도 안 돼! 그게 무슨 소리요?!"

발끈한 요수가 벽에서 몸을 떼며 소리쳤다. 그는 정말 놀란 듯 얼굴이 시뻘겋게 물들어 있었다.

노대호는 그의 말을 전혀 아랑곳하지 않고 입을 열었다.

"요수라면 저와는 언제든지 연락이 가능할 테고, 저리 무식해 보이긴 해도 지리에도 능해 도움이 많이 될 것 같아 드리는 말씀입니다."

"향주!"

"이 일엔 연관된 사람은 자네와 나 둘밖에 없어."

"그, 그렇지만⋯⋯!"

"요수, 난 자네를 믿네."

"제길!"

요수는 애꿎은 벽을 발로 걷어찼다.

"저분은 그다지 성격이 좋아 보이지 않는군요."

"하하! 잘 보셨습니다. 그래도 제 자식이나 다름없는 사람입니다."

"그렇다면 안심할 수 있겠군요. 아, 혹시 지혜원주와 연락이 되십니까?"

"거짓 신분으로는 연락이 가능합니다만⋯⋯."

단여랑은 품 안에 손을 넣어 무언가를 꺼내 노대호에게 내밀었다. 면포로 둘둘 말려져 있는 탄저잠이었다.

"이것이 무엇입니까?"

"이걸 지혜원주께 전해주셨으면 합니다. 위험한 물건이니 절대 열어보지는 마십시오."

"그러도록 하지요."

"신경 써주셔서 감사드립니다."

말을 마친 단여랑은 자리에서 일어섰다. 그러자 노대호도 일어섰고, 한쪽에서 인상을 잔뜩 찌푸리던 요수도 어쩔 수 없이 따라나서게 되었다.

"어쩌면 빙궁이 달라질 수도 있겠군요."

"무슨 말씀이십니까?"

"소궁주의 모습을 보니 그런 생각이 들었습니다."

단여랑에게 노대호의 말이 달갑지만은 않았다.

"죄송하지만 아직은 궁주가 될 생각은 없습니다. 귀신이 되지 않는 이상 빙궁으로 돌아갈 생각은 없으니까."

문을 열고 기다리는 요수를 향해 단여랑은 몸을 돌렸다.

'귀신이라……. 빙귀도 귀신이긴 하지요.'

노대호의 얼굴에선 한동안 흐뭇한 미소가 가시지 않았다.

누가 감히 빙백신공을 논하는가

1

"사숙!"

젊은 도인이 객잔에서 늦은 저녁 식사를 하고 있는 정풍 진인을 다급하게 불렀다.

"무슨 일이냐?"

객잔 안에 있는 사람들의 시선이 정풍 진인에게로 쏠렸다. 젊은 도인은 재빨리 그에게 다가가 귀에 대고 무어라 속삭였다.

"뭣?!"

정풍 진인은 자리에서 벌떡 일어섰다.

"어서 앞장서라!"

그는 먹다 만 음식도 팽개쳐 두고 젊은 도인을 따라 몸을 돌렸다. 그러자 그 뒤를 따라 객잔을 가득 메우고 있던 이십여 명의 도인들이 우르르 몰려가는 모습은 일반인들에게 다소 생소한 광경이었다.

객잔을 빠져나온 정풍 진인은 비호처럼 신형을 날렸다. 하루 종일 사공필의 행적을 쫓느라 피로가 극에 달했지만 마침내 그를 잡을 수 있다는 생각에 없던 힘도 되살아나는 듯했다.

사공필을 수배한다고 곳곳에 선포하면 쉬운 일이지만 곤륜파에서도 극비리에 행해지는 일이니 심신의 부담감은 그를 힘들게 만들었다.

정풍 진인에게는 곤륜오성이 내린 마지막 기회였으니 실수는 용납하지 못할 게 분명했다.

추적의 달인들로 하여금 그가 화한에 있다는 사실을 알아낸 후부터 사공필은 흔적에 신경을 많이 쓴 듯 더욱 찾기가 어려워졌었다.

난감한 것은 빙굴에 대한 소문이 계속 돌고 돌아 이제는 일반인들의 술안주로도 제공된다는 것이었다.

날개 달린 소문은 빠르게 퍼질 것이니, 지금쯤이면 구파일방의 귀에도 들어갔을 게다. 곤륜오성이 알아서 잘 수습해 주겠지만 다시 곤륜산으로 돌아갈 생각을 하면 끔찍했다.

음한곡을 찾겠노라 곤륜산 아래 벌 떼처럼 모여들 무인들을 생각만 해도 눈앞이 아찔해져 왔다.

또 하나 걱정인 것은 그에게 주어진 시일이 얼마 남지 않았다는 것이다.

가장 큰 걱정이 그것이다.

음기를 추궁과혈해 주지 못하면 염양제는 진정한 주화입마가 무엇인지 보여줄 것이다. 남해태양궁이 구파일방에 버금가는 중요한 세력이기에 곤륜파에서도 방관할 수는 없다.

최선은 염양제를 돕는 것. 그러기 위해선 어쩔 수 없이 사공필을 찾아야만 했다.

"이곳입니다!"

안내하던 도인이 멈춘 곳은 어느 막다른 골목이었다.

한바탕 싸움이 벌어진 듯 물건들이 주위에 어지러이 널려 있었고, 골목 한복판에 장정 세 명이 죽은 듯이 쓰러져 있었다.

"다행히 기절한 듯합니다. 장기의 손상은 없습니다."

정풍 진인은 사내들에게 다가가 몸을 살폈다.

아직 녹다 만 얼음이 그들의 몸에 방패처럼 둘러졌다. 바닥을 흥건히 적신 축축한 물기는 아직도 차가웠다.

"싸움이 일어난 지 얼마 되지 않았다. 근방을 샅샅이 뒤져라. 최대한 빨리!"

이십여 명의 도인들은 동시에 사방으로 흩어졌다.

"제가 왔을 때는 이미 싸움이 끝난 후였습니다. 혹여 목격자가 있을지 걱정입니다."

젊은 도인의 말에 정풍 진인은 미간을 좁혔다.

사공필은 항상 그랬다.

성격이 남달리 괴팍했다. 항상 흥분했고, 조그마한 시비도 그냥 넘어가지 못했다.

가진 무공을 생각해서라도 겸손하게 행동하면 누가 뭐라 하더냐. 약자건 강자건 일단 싸움이 일어나면 자신의 실력을 톡톡히 행사했다.

염양제가 아니었더라면 정풍 진인과도 수차례 충돌했을 게다.

목격자가 없길 바란다.

소문이 떠도는 소문으로만 간주되면 얼마나 좋겠는가. 사공필이 자꾸 실력 행사를 하고 다닌다면 숨기고 싶어도 더는 숨길 수가 없게 된다.

"이자들의 입막음은?"

"제가 남아서 수습하겠습니다."

젊은 도인은 깊이 읍을 취했다.

어쩔 수 없었다. 도교 문파로서 감히 세력을 과시해선 안 되지만 세인들의 입막음으론 그것만큼 확실한 건 없었다.

'내 이 녀석을……!'

정풍 진인은 주먹을 으스러져라 움켜쥐었다.

사공필 하나 때문에 본 피해가 한두 가지가 아니었다. 반드시 잡아서 경을 치고 말리라 다짐했다.

쓰러진 사내들을 바라보고 있던 정풍 진인의 두 귀에 가느

다란 호각 소리가 들려온 것은 시간이 얼마 지나지 않아서였
다.

'이 소리는!'

정풍 진인은 더 이상 생각을 잇지 못했다.

그의 신형은 어느새 빛과 같은 속도로 호각 소리가 난 방향
으로 사라졌다.

"홍화루(紅花樓)?"

얄궂게 생긴 사내는 퉁명스러운 말투와 함께 고개를 들었
다. 그의 시선이 이옥토의 얼굴에 닿는 순간 게슴츠레하던 눈
이 번쩍 뜨였다.

이옥토는 면사를 착용한 그대로였다. 하지만 그녀의 빛나
는 외모는 아무리 면사를 썼다고 해도 다 가려지지 않았다.

"호, 홍화루로 가려면……."

사내는 말을 더듬었다. 그는 살아생전 이옥토와 같이 예쁜
여인은 본 적이 없었다.

"이 길을 벗어나서 왼쪽으로 꺾은 후에 가장 끝에 있는 곳
이 바로 홍화루인데……."

사내는 마술에라도 걸린 듯 중얼거렸다.

이옥토는 그의 말이 끝나기도 전에 그가 가리킨 방향으로
걸어가고 있었다.

"누군데 홍화루를 찾아?"

"히야, 선녀가 따로 없네. 새로운 기녀인가 봐."

"미모가 굉장하던데? 화한이 떠들썩해지겠구먼."

근처에 모여 있던 사내들은 멀어져 가는 이옥토를 바라보며 입맛을 다셨다.

"내가 홍화루주인데?"

홍화루를 찾은 이옥토는 처음 보는 여인과 마주했다.

여인은 이옥토가 찾는 사람이 아니었다.

"기녀가 되려고?"

여인은 이옥토를 위아래로 쓸어보며 교태가 가득한 손짓으로 턱을 매만졌다.

"이화(伊花)라는 사람은……."

"이화?"

여인의 아미가 위로 치켜지며 금세 인상이 굳어졌다.

"이화 년을 찾으러 왔어?"

갑작스러운 여인의 욕설에 이옥토는 할 말을 잃었다.

"홍화루주라 알고 있었는데……."

"너도 그년한테 돈 뜯겼니?"

"……."

"포기해. 그년한테 돈 뜯긴 사람이 한둘이 아니야. 사람 좋은 얼굴을 하고선 얼마나 많이 뜯어갔는지……."

"어디 있는지는 모르나요?"

"흥! 어디 있는지 알면 내가 이러고 있게? 사내놈이랑 눈 맞아서 야반도주한 년이야. 하늘로 솟았는지 땅으로 꺼졌는지 하오문도 찾지 못했어."

"……."

"그나저나 꽤 괜찮은 얼굴을 가진 것 같은데, 여기서 일해 보지 않을래?"

이옥토는 여인의 말을 다 듣지도 않고 홍화루를 빠져나갔다.

'후우……!'

한숨이 저절로 새어 나왔다.

이옥토가 화한을 찾았던 이유는 홍화루주로 있는 이화를 만나기 위함이었다. 이화는 그녀와 친분이 있는 여인이자 하오문도이기에 도움을 청하려 했다.

이옥토는 단여랑과 마찬가지로 눈과 귀가 닫힌 상태다.

조부의 행방을 찾는 일은 시급했지만 정보를 얻기란 힘들었다. 그래서 이화를 찾아왔는데…….

그녀는 혼란스러웠다. 이화를 만나지 못하리라는 생각은 애초부터 하지 않았기 때문이다.

초봄의 밤바람은 매서웠다. 이옥토는 옷깃을 단단히 여몄다.

그녀는 얼굴을 가린 면사를 벗어 던졌다. 달빛에 반사된 그녀의 얼굴은 너무나도 아름다웠다.

길을 걸어가던 취객이 이옥토의 얼굴을 마주하며 헤벌쭉 웃었다.

이옥토는 신경 쓰지 않고 계속 걸었다.

홍등가를 완전히 벗어난 그녀는 달빛에 의존하며 어두운 밤길을 천천히 걸었다.

'어디로 가지? 조부의 행방을 알아낼 만한 곳이…….'

조부는 그녀를 끔찍이도 아꼈다. 혼인에 대한 이야기를 털어놓는다면 반기를 들고 그녀의 편에 설 유일한 사람이기도 했다.

혈궁이 공격했던 이야기. 부친은 믿어주지 않겠지만 조부만은 그녀의 말을 이해해 주리라.

마음은 급했지만 그녀는 갈 길을 잃었다.

부스럭!

다른 생각을 하며 걷던 이옥토의 귀에 조그마한 소리가 들려왔다. 그녀의 고개가 빠르게 돌아갔다.

'무슨 소리지?'

홍등가를 많이 벗어난 탓에 골목은 어두웠고 개미 새끼 한 마리 기어다니지 않을 정도로 조용했다.

이옥토는 갑자기 느껴지는 불길한 생각에 소름이 돋았다.

여자의 직감이 때로는 소름 끼치도록 정확할 때가 있는데,

지금이 꼭 그러했다.

신경을 곤두세우자 그냥은 느낄 수도 없는 미미한 살기가 뒷목을 찔러댔다.

‘혈… 궁…….’

불현듯 낮에 단여랑이 말한 이야기가 그녀의 뇌리를 스쳤다.

‘설마 진짜였어?’

빠르게 주위를 둘러보았지만 컴컴한 골목 한가운데는 그녀 외엔 아무도 없었다.

‘다른 생각을 하느라 너무 깊숙이 들어와 버렸어.’

그녀가 한자리에 서서 움직이지 않자 살기는 자꾸만 커져 왔다.

빠져나가기엔 너무 늦었다는 걸 알지만 이옥토에게는 자신의 몸 하나쯤은 지킬 수 있을 만한 무공이 있었다.

살수의 기척을 감지해 내지 못했다면 기습을 당했겠지만 살기를 느꼈으니 아직 승산은 있다.

이옥토는 양팔을 엇갈려 소매 속에 집어넣었다. 잠시 후 동그랗고 빨간 구슬 두 개가 소매 속에서 모습을 내비쳤다. 그녀는 양 손가락에 구슬을 하나씩 움켜쥐며 어두운 골목을 노려봤다.

‘몇 명인지 모르니까 우선 홍연주(紅煙珠)로.’

붉은 구슬, 홍연주는 터지는 순간 붉은 연기를 뿜어낸다.

연기에는 산공독(散功毒)의 독성이 있어 내공을 먼저 흩뜨려 놓으며 일정 시간 동안 몸을 마비시킨다.

위급한 상황에 처했을 때를 대비해 도주하기 위해 항시 품 안에 가지고 다니던 구슬이었다.

'홍연주가 제 몫을 해줘야 할 텐데.'

이옥토는 공격을 당하는 즉시 홍연주를 던지고 홍등가로 뛰쳐나갈 생각이었다.

'……!'

그녀의 눈이 반짝이는 순간, 섬뜩한 살기가 몸을 옥죄어왔다.

'지금이다!'

이옥토는 두 팔을 힘차게 털어냈다.

퍼엉!

구슬이 땅바닥에 부딪치며 폭발음과 함께 붉은 운무가 피어올랐다.

"쿨럭!"

한 치 앞을 가늠하기 힘든 짙은 운무 속에서 누군가의 답답한 기침 소리가 들려왔다.

이옥토는 다시 소매 속에서 푸른색 구슬을 꺼냈다. 청연주(靑煙珠)를 삼켜 흡입된 홍연주의 독기를 몰아낼 생각이었다.

하지만 그녀는 청연주를 입에 댈 수가 없었다.

두두두두!

짙은 살기와는 다른, 누군가가 엄청난 속도로 붉은 운무를 향해 달려오고 있었다.

턱―!

'헉!'

달려온 누군가는 이옥토의 허리를 거세게 움켜쥐었고, 그녀의 손에 들린 청연주는 바닥으로 떨어져 나갔다.

'안 돼!'

"캑! 캑! 뭐야, 이 연기는? 우욱!"

그녀의 허리를 움켜쥔 이가 운무를 헤치고 나가 우뚝 걸음을 멈췄다. 달려오던 속도 때문에 그의 손에 들린 이옥토의 신형이 크게 휘청거렸다.

동시에 운무 안에서 흑의복면인 하나가 튀어나왔다.

복면인은 다급했던 모양인지 옆구리에 찬 단검을 들어 급히 휘둘렀다.

쉬익―!

"이 새끼가!"

거친 욕설과 함께 이옥토의 허리를 움켜쥔 이의 손에서 하얀 연기가 빠르게 터져 나갔다.

펑!

하얀 서리는 복면인을 적중시키지 못했다. 복면인의 모습은 온데간데없이 사라져 버렸다.

그러나 이옥토는 볼 수 있었다.

낯선 이의 손에서 터져 나간 하얀 연기는 허공을 때렸고, 쩌저적! 소리와 함께 공간이 갈라져 나가는 모습을.

낯선 이가 펼친 무공을 이옥토는 무엇인지 알고 있었다.

"비, 빙백신공!"

"시끄럿!"

낯선 이는 다른 손으로 이옥토의 입을 급히 틀어막았다. 하지만 그는 움직이지 않았다.

"제길! 하필이면 이런 때에……."

눈 깜짝할 새에 어딘가에서 나타난 십여 명의 도인들이 이옥토와 낯선 이를 에워쌌다.

안타깝지만 사공필이 어디에 있는지는 알아내지 못했다.

하지만 단여랑은 그와 만나길 소원했다. 중원에서 빙공을 익히고 있다는 자체만으로도 그를 만날 이유는 충분했다.

중원 각지에 흩어져 있는 빙공들. 빙공이라는 자체만으로도 같은 궤를 달리고 있는 무공이지만 다른 점은 있다. 모두가 북해빙궁에서 파생된 무공이 아닌 것이다.

독자적으로 무공을 연마하는 사람들은 그 무공을 자신의 일부처럼 만들기 위한 시도를 게을리 하지 않는다. 실패가 실패를 낳아도 언젠가는 성공이라는 희망이 있기 때문에 자신만의 무공을 포기하지 않는다.

그런 욕심이 필요하다. 스스로 대가를 이룬 사람들에게서 배울 점은 무공에 대한 정확한 이해와 자신과의 싸움을 극복해 냈다는 것.

북해빙궁에서 한계와 목마름을 느낀 건 정형화된 틀에 갇혀 정해진 무공만을 익히기 때문이다.

빙백신공을 갈구한다면, 진정으로 원한다면 똑같이는 아니더라도 그와 비슷한 무공을 만들려 왜 노력하지 않는가.

말로는 그 누구도 할 수 있다. 다만 실천으로 옮기기에는 상당한 인내와 용기가 필요하다.

단여랑은 소궁주가 아니었어도 노대호처럼 북해를 탈출하고서라도 알아낼 게다. 고칠 점이 무엇인지, 그가 익힌 빙공과 개인적으로 움직이는 빙공 고수들이 지닌 무공의 차이점이 무엇인지.

채워야 할 점이 있다면 채워야 하고 덜어낼 점이 있다면 덜어내야 한다.

최고라 칭해 마지않는 빙백신공을 넘어설 만한 빙공이 또 있을까. 안계가 넓어진다면 찾아내는 것도 불가능하지는 않을 게다.

쉬싱!

요수는 푸르스름하게 날이 선 검을 한 번 휘두른 뒤 옆구리에 찼다.

“간만에 검을 들려니 영 어색하군.”

실로 오래간만에 잡아보는 검이었다. 하지만 검병을 잡는 요수의 행동은 여느 무인들과 같이 자연스러웠다.

“앞서 말했듯이 난 요수라 하오. 노 향주를 모시는 사람이오.”

“그냥 아까 하던 대로 하지? 얼굴을 보아하니 말을 높이고 싶어 하는 것 같지는 않은데, 그렇게 굳은 얼굴을 하고 있으면 못난 얼굴이 더 못나 보이지 않을까?”

요수는 단여랑을 노려보았다.

“노옴, 본색을 드러내는구나.”

“난 말을 편하게 하라고 했지 욕하라고는 안 했어. 그리고 본색을 드러내는 건 그쪽 같은데?”

요수의 얼굴이 일그러졌다.

“향주만 아니었더라면 너와 나는 모르는 사람이었을 뿐, 맞먹으려 들지 마라.”

“기분이 나빴다면 미안. 당신을 보니까 꼭 누군가가 생각나서 말이야.”

단여랑은 막부동을 떠올리며 웃었다.

“난 너의 친구도 아니고 수하도 아니다. 우리는 지금 같이 길을 걷고 있으되 모르는 남남이다. 언젠가는 헤어져서 두 번 다시 만나지 않을 남남. 알겠나?”

“그러시든지.”

요수의 이마에 심줄이 툭툭 붉어져 나왔다. 그는 몸을 홱 돌려 앞서 걸어나갔다.

"그런데 아까 그 주사위, 속임수지?"

성큼성큼 걷는 요수의 옆에 단여랑이 따라붙으며 재잘거렸다.

"네 마음대로 생각해."

"속임수가 맞군. 어쩐지 너무 잘 맞힌다고 했어."

요수는 고개를 돌렸다.

속임수는 아니었다. 노름판에서 하도 오랫동안 구름으로써 몸으로 습득한 결과일 뿐이었다. 단여랑의 조롱이 그의 자존심을 짓뭉갰다.

"속임수 따위로 이 바닥에서 오랫동안 살아남을 수 있을 것 같으냐!"

"아니면 말지, 성질은."

"향주가 네놈의 본색을 알아야 할 텐데."

"이미 알고 있을걸? 모르고 있었다면 알아도 달라지는 건 별로 없을 거야."

요수는 입을 꾹 다물었다.

노대호의 연락이 올 때까지 단여랑과 동행을 해야 하지만 벌써부터 눈앞이 캄캄해지는 것 같았다.

'애송이 같은 녀석이!'

성질 같아서는 한 대 때려주고 싶었으나 향주의 체면 때문에 참아야만 했다.

요수는 단여랑이 북해빙궁의 소궁주라는 사실엔 전혀 관심이 없었다. 인간은 지위를 막론하고 모두가 똑같은 인간이라고 생각하는 그였다.

'단 며칠만 참는다. 향주의 연락이 오는 순간 네놈과 나의 인연도 끝.'

"어떤 무공을 익혔어?"

단여랑의 뜬금없는 질문에 요수는 인상을 찌푸리며 얼굴의 상처를 매만졌다.

얼굴을 가로지른 상처가 욱신욱신 쑤셔왔다.

무인으로 한동안 살아오던 때가 있었다. 얼굴의 난 검상은 그가 무인으로서의 삶을 그만둔 이유와 무관하지 않았다. 문득 그때의 생각이 떠올랐고, 그때마다 상처가 아파왔다.

얼굴만 망가지면 다행이라. 마음까지 망가졌으니 치유는 영원히 불가했다.

"대답해 주지 않네. 무슨 사정이 있나 봐?"

"알 필요 없다! 네까짓 게 알아서 뭐에 쓰려고."

"알아서 무공에 쓰려고 하지. 혹시나 도움이 되는 게 있으면 얻어먹으면 좋잖아?"

'조그만 게 무공에 대해서 뭘 안다고.'

요수는 비웃음을 흘렸다.

그가 보기엔 단여랑은 더도 덜도 아닌 강호에 갓 출두한 신출내기에 불과했다.

무공이라는 이름의 두 글자를 알고나 있는가.

실전을 몸으로 여러 번 겪어본 요수는 자신이 무공에 대해 어느 정도는 알고 있다고 자신했다. 비록 지금은 무인으로서 살고 있지 않지만 무공이란 말만으로 되는 것이 아니다.

노대호가 단여랑에게 굽실거리는 이유도 이해할 수 없었다.

북해빙궁이 무슨 대수도 아니고, 어쩌다가 운이 좋아 빙궁의 아들로 태어났으니 소궁주란 직책을 물려받는 건 당연한 처사.

요수는 단여랑과 같은 인간을 경멸했다. 실력도 되지 않으면서 직책 하나만 믿고 까부는 족속들.

“검 휘두르는 솜씨가 예사롭지 않던데, 나중에 기회가 생기면 꼭 봐야겠어.”

“기회는 지금으로도 충분하다. 원한다면 지금 보여주지.”

요수는 정말 자신이 있었다.

무공을 사용한 지는 오래되었지만 단여랑 같은 녀석에게는 기본 실력만으로도 충분할 듯싶었다.

“무공이 녹슬었잖아. 나중에 감을 다시 잡게 되면 그때 보자고.”

“흥! 무서워서 그러는 게냐? 그러고 보니 네 녀석은 무기도 지니지 않았군. 어디서 검이라도 구해다 줄까?”

단여랑은 걸음을 우뚝 멈추고 아무런 감정도 담기지 않은 무표정한 얼굴로 요수를 바라봤다.

“미안하지만 난 검을 쓰지 않아. 내 몸 전체가 무기거든.”

“…….”

요수의 비웃음이 뚝 끊겼다.

둘 사이엔 잠시 동안 침묵이 흘렀다.

요수는 가느다란 눈으로 단여랑을 노려보았고, 단여랑은 그런 요수를 멀뚱멀뚱 쳐다보고 있었다.

아무런 표정이 없던 단여랑의 고개가 돌아간 것은 그리 멀지 않은 곳에서 여인의 다급한 음성이 들려온 직후였다.

“방금 들었어?”

“뭐?”

“방금 무슨 소리 못 들었어?”

“무슨 말을 하는… 어, 어?”

요수는 말을 이을 수 없었다.

단여랑은 이미 소리가 난 곳으로 신형을 날리고 있었다.

2

곤륜파 도인들에게 둘러싸인 사공필은 극심한 현기증을 느꼈다.

‘제길! 왜 진기가 모이지 않는 거야?’

아무래도 원인은 조금 전의 붉은 운무 때문인 듯싶었다.

“계집애야, 아까 그 빨간 연기는 뭐냐?”

사공필은 도인들이 들리지 않게끔 작은 소리로 이옥토의 귓가에 속삭였다.

“네놈은 뭐 하는 놈이냐?”

이옥토는 앙칼진 목소리로 반문했다.

목을 꽉 움켜쥔 사공필에게서 벗어나는 것은 쉬운 일이나 그녀 역시 이미 홍연주에 중독된 상태였다. 하나밖에 남지 않은 청연주를 떨어뜨렸으니 얼마 동안은 내공을 회복하기 힘들었다.

“지금 당장 날 놓지 않으면 후회할 거다!”

“계집, 시끄러워!”

사공필은 서슴없이 손가락을 놀렸다.

타닥!

‘헉!’

이옥토는 다급한 신음을 쏟아냈지만 입 밖으로 소리가 나오지 않았다. 사공필은 그녀의 아혈과 마혈을 점했다.

그게 다가 아니었다.

사공필은 이옥토의 앞섶으로 불쑥 손을 집어넣었다.

이옥토는 가슴을 파고드는 손에 깜짝 놀랐다.

“어딘가에 분명 해독약이 있을 텐데…….”

‘이 개자식!’

이옥토의 분노 서린 눈길이 사공필의 손에 꽂혔다.

사공필은 이옥토의 기분 따위는 아랑곳하지 않고 그녀의 몸을 계속 더듬었다.

“사공필!”

귀가 절절 울릴 정도의 중후한 목소리가 모두의 고막을 자극했다.

사공필은 더듬거리던 손을 멈추고 소리가 난 쪽으로 고개를 돌렸다.

도인들 사이에서 천천히 걸어나오는 중년인을 본 사공필의 얼굴에 한가닥 미소가 머금어졌다.

“오랜만이구랴.”

“오랜만?”

“쫓아다니느라 고생 많았어.”

“네가 지금 무슨 짓을 한 줄은 알고 있느냐!”

정풍 진인의 분노 서린 목소리는 주위에 있던 도인들마저 놀라게 했다.

정풍 진인은 곤륜파 도인들 중에서도 인자하고 침착하기로 정평이 나 있었다. 그가 이토록 화가 난 적이 있었던가.

도인들은 소리없이 움직였다. 그들은 사공필이 빠져나갈 수 있는 모든 방위를 차단했다.

“한 번의 기회를 주겠다. 지금이라도 나와 같이 돌아간다면 네 잘못은 용서해 주마.”

“흥! 웃기고 있네.”

사공필은 냉랭하게 웃었다.

“이보시오, 도인 양반. 당신 같으면 그런 곳에 순순히 따라
가겠어?”

“약조한 시일이 끝나면 네가 원하는 것을 이루어준다 하였
다.”

“됐네, 이 사람아! 약조는 무슨 얼어 죽을 놈의 약조? 싫다
는 사람 억지로 데려다가 가둬둔 게 약조냐? 그러고도 당신들
이 도인이야?”

도인들은 재빨리 정풍 진인의 안색을 살폈다. 곤륜파 전체
를 모욕하는 사공필의 언행에 그들 역시 화가 날 수밖에 없지
만 정풍 진인의 명령 없이는 함부로 행동할 수 없었다.

정풍 진인의 안색 역시 딱딱하게 굳어져 있었다.

“당신들 같은 도인들은 죄다 사라져야 해. 순진한 양의 껍
데기 뒤에는 또 어떤 이면이 숨겨져 있는지 아주 궁금해. 이
세상 사람들이 당신들의 속을 다 알아야 한다고!”

정풍 진인의 얼굴이 급속도로 붉어졌다. 하지만 그는 자신
을 제어할 줄 아는 사람이었으며, 사공필을 향해 또박또박 말
을 내뱉었다.

“돌아가자. 네가 아니면 그분의 목숨이 위험하다.”

“누구? 그 늙은이? 내가 지금 이 나이에 늙은이 뒷수발이나

들게 생겼어? 정풍 진인, 당신이 대신 그곳에 들어가지 그래?”

“그분이 잘못된다면 네 녀석 역시 목숨을 보존치 못한다.”

“웃기는 소리 마. 당신들과 그 늙은이의 문제야. 괜한 사람 끼어들게 하지 말라고. 내 말 알아들어?”

“말로는 통하지 않는 녀석일 것이라 생각했다.”

정풍 진인은 오른손을 들어 보였다.

‘제길, 하필이면 이런 때에……’

사공필은 어금니를 악물었다.

그는 놀랄 만한 무공과 더불어 신법을 지녔다. 애송이 도인들 몇쯤이야 따돌리는 것은 누워서 떡 먹는 것보다 쉬웠다.

하지만 진기가 전혀 끓어오르지 않았다. 내공이 없는 상태에서는 정풍 진인 무리에게 잡힐 것이 뻔했다. 그렇게 되면 또다시 그곳으로 잡혀 들어가고 말 것이다.

사공필은 내심을 겉으로 표현하지 않기 위해 안간힘을 써야만 했다. 그러다가 문득 그는 자신의 팔에 둘러진 소녀를 보게 되었고, 기발한 생각이 머리를 스쳤다.

“잠깐!”

사공필은 딱딱하게 굳어 있는 이옥토의 몸뚱이를 앞으로 쭉 내밀었다. 동시에 다른 팔로는 허벅지에 소지하고 다니던 단도를 꺼내 그녀의 목에 갖다 댔다.

“그냥 보내줘. 안 그러면 이 계집은 죽어.”

“비열한 방법을 쓰는군.”

“당신 입에서 그런 말 듣기 싫어. 아마 당신이 내 입장이 됐더라도 똑같이 행동할걸?”

정풍 진인은 사공필을 한차례 쏘아본 뒤 그제야 이옥토에게로 눈길을 돌렸다.

‘으음!’

정풍 진인의 눈매가 가늘어졌다.

이옥토의 외모 때문이기도 했지만 혈도가 짚인 상태에서 자신을 바라보는 그녀의 눈빛은 금방이라도 화염이 뿜어져 나올 것처럼 이글거렸다.

정풍 진인은 소녀 역시 무인이라는 것을 한눈에 알아볼 수 있었다. 재수가 없어 길을 가다가 사공필을 만나지만 않았더라면 이런 일도 없었을 것을.

이대로 길을 비켜주지 않으면 사공필이 그녀를 죽일 것은 분명했다. 성격이 워낙 괴팍하기 이를 데 없어 소녀를 죽이고자 마음먹었다면 가차없이 죽이고 말 녀석이다.

하지만 정풍 진인은 길게 생각할 수가 없었다.

작은 것이 먼저냐, 큰 것이 먼저냐. 도리를 저버리는 한이 있더라도 곤륜파와 남해태양궁의 안위가 먼저였다.

‘소저(小姐), 미안하오. 용서를……’

정풍 진인이 고개를 숙여 보이자 이옥토의 두 눈동자가 급격하게 흔들렸다.

정풍 진인은 도인들을 둘러보며 고개를 짧게 끄덕였다.

스스스!

갑자기 도인들이 어지럽게 움직이기 시작했다.

변화무쌍, 예측 불허한 움직임.

수혼진(收魂陣).

네 명만 있어도 펼칠 수 있는 진법.

혼을 거둔다는 목적으로 만들어진 수혼진은 적을 생포하기에 적합한 진법이다. 제멋대로 움직이는 것 같지만 자세히 보면 일정한 규칙이 정해져 있다. 문제는 그들의 보법이 서로 다르다는 점.

수혼진의 무서운 점이 그것이다.

눈을 뗄 수가 없다. 그들의 보법에 현혹되는 순간, 정신적인 착란을 일으키게 된다.

스스스슥!

도인들의 발은 더욱 빨라졌다.

"네놈들이 그러고도 도인이냐!"

사공필이 빽! 소리를 내지르며 이옥토를 잡아당겼지만 쿵쾅거리는 가슴을 진정시키기가 힘들었다.

'진기만 있었어도!'

사공필은 이옥토가 인질로서의 가치가 없는 것을 깨달았다.

그녀를 버리고 최후의 발악이라도 하면서 싸울 것인가, 아니면 도주할 것인가.

도주할 길이 막혀 있다는 것은 알고 있다.

눈앞이 가물가물해져 왔다. 열 명이던 도인이 스물, 서른 명으로 보이기 시작했다.

눈을 감는다고 해결될 문제가 아니었다. 눈을 감으면 눈에 보이지 않는 기운들이 느껴져 숨을 쉬기도 벅차진다.

'죽어도 음한곡엔 안 간다!'

사공필은 절체절명의 위기에 놓여졌다.

"비열한 놈 같으니라고."

요수는 골목 귀퉁이에서 사공필의 행동을 바라보며 혀를 찼다. 아무리 다급하다고 하나 힘없는 여자를 인질로 삼았다는 것 자체를 그는 이해할 수 없었다.

"그렇게 잘난 척하면서 가더니 겨우 인질 따위나 되고. 쯧쯧!"

"아는 계집인가?"

"글쎄, 안다고 해야 하나?"

요수는 고개를 돌렸다. 단여랑은 골목 밖에서 벌어지는 일들을 흥미로운 눈빛으로 바라봤다.

"굳이 곤륜산으로 확인하러 갈 필요가 없어졌군."

"무슨 소리냐?"

"저 도인들이 누구인지 알아?"

요수는 다시금 도인들의 행색을 살폈다. 화한을 돌아다니는 도인들은 대부분 공동파 사람들이었다. 하지만 골목 밖의 도인들은 공동파가 아니었다.

'회색 도복… 어디서 봤더라?'

머리를 굴리던 요수는 갑자기 떠오르는 생각에 놀란 듯 입을 열었다.

"곤륜파?"

"맞아. 오후에 잠깐 본 적이 있어. 저들이 곤륜파 도인들이라고 사람들이 그러더군."

"그래서 저들에게 직접 빙굴에 대해 확인해 볼 생각인가?"

"못할 것은 없지."

"허!"

요수는 기가 막혔다.

"소문으로는 공공연한 비밀이라던데 저들이 쉽게 말해주리라 생각하나?"

"말해주지 않으면 말할 사람을 찾으면 되는 것이고."

"배짱 한번 좋군."

요수는 다시 골목 밖으로 고개를 돌렸다.

그때 도인들이 움직이기 시작했다. 그들의 움직임은 한눈에 보아도 심상치 않아 보였다. 포위를 당한 자의 안색이 창백해지는 듯싶더니 소녀의 목에 댄 단도를 더욱 가까이 들이미는 모습이 보였다.

"아는 소녀라고 하더니 구해주지 않아도 되나?"

"구할 필요가 없어. 나에게 이미 목숨 빚을 지고 있거든. 지금 구해준다면 더 부담스러워하겠지. 그나저나 이상하네."

"뭐가?"

"저렇게 가만히 당하고만 있을 계집이 아닌데 말이야."

단여랑이 보기에도 이옥토의 행동은 이상했다. 상당한 무공을 지니고 있는 것이 확실한데 어쩌다가 저런 상황에까지 치달리게 된 것인지 궁금하기도 했다.

"진법이 어지럽군. 저런 진법 안에 갇혀 있다면 곤란하겠어. 이렇게 멀리서 보면 그냥 이리저리 돌아다니는 움직임으로밖에 보이지 않는데."

'제까짓 게 뭘 안다고.'

요수는 속으로 비웃었다.

"나가 보자. 저러고 있다가는 끝나 버리겠어."

"뭐? 지금?"

"내가 볼일이 있는 건 저 도인들이 아냐, 난처한 상황에 빠진 저 사내지."

"그게 무슨 말이냐?"

"내가 무슨 소리를 듣고 여기까지 달려왔다고 생각해?"

"……?"

"아마도 저 계집이 사내에게 잡힐 때 내지른 비명 같더군. 빙백신공이라고 하던데?"

"……!"

'제길!'

사공필의 두 손이 부들부들 떨렸다.

어지러운 수혼진은 현기증을 동반하여 구토가 치밀어 오르게 했다.

처음엔 열 명밖에 되지 않았던 도인들이 어느새 수십, 수백 명으로 보이기 시작했다. 촘촘하고 빽빽하게 틀어막고 있어 도주할 구멍이 좀처럼 없어 보였다.

'다 틀렸군. 제길!'

사공필은 이옥토를 잡은 손을 놓았다. 그러자 이옥토가 힘없이 바닥으로 쓰러졌고, 그도 풀썩 땅에 주저앉았다.

"우웩!"

사공필은 토악질을 시작했다.

두 눈이 빨갛게 충혈된 그가 위액까지 다 게워냈을 때서야 도인들의 발이 서서히 멈춰졌다.

"끝까지 정신을 놓지 않다니, 대단하군."

정풍 진인은 사공필을 보며 진심으로 감탄했다.

수혼진에 당한 사람들은 모두들 눈이 뒤집히고 거품을 물며 혼절했다. 사공필이란 위인이기에 이만큼이나 버틴 것이다.

하지만 이상한 점도 없지 않았다. 사공필을 만나게 되면 격전을 예상했다. 애초부터 수혼진 따위에 당할 인간이 아니다.

일은 쉽게 풀려 다행이나 왠지 모르게 드는 찜찜한 기분은 쉬이 가시지 않았다.

"어차피 가게 될 것, 순순히 따라갔으면 좋았을 것을."

주저앉은 사공필을 향해 뚜벅뚜벅 걸어가던 정풍 진인의 걸음이 우뚝 멈춰졌다.

사공필은 손에 든 단도로 자신의 목을 겨냥했다.

"흐흐흐!"

음충맞은 그의 웃음소리에 정풍 진인은 인상을 찌푸렸다.

"어리석은 짓 하지 마라. 자진할 정도로 곤륜에 가기가 싫단 말이냐?"

"누누이 말했지만 그딴 곳은 당신이나 가!"

한동안 잠자코 있던 정풍 진인의 손이 허리춤으로 내려갔다.

스릉―!

청명한 소리와 함께 눈부신 검신이 모습을 드러냈다.

'이것만은 사용하지 않으려 했거늘.'

자진을 하려는 사공필을 눈 깜짝할 새에 제압할 수 있는 것은 오직 분광검법(分光劍法)뿐. 정풍 진인의 손목이 가벼우면서도 빠른 속도로 움직이는 찰나였다.

"잠깐!"

"……?"

정풍 진인을 포함, 곤륜파 도인들의 고개가 소리가 난 방향으로 빠르게 돌아갔다.

골목 귀퉁이에서 뒷짐을 진 채 유유히 걸어나오는 청년과 한 사내의 모습에 도인들은 경계심을 곤두세웠다.

아무리 수혼진을 펼치고 있었다고 하나 바로 맞은편 골목에 숨어 있던 사람의 기척을 감지해 내지 못했다는 사실은 그들을 당혹스럽게 했다.

그들이 있는 곳까지 걸어온 단여랑을 보는 정풍 진인의 눈가가 미미하게 떨렸다. 그로서는 단여랑을 보는 것이 처음이 아니었다.

"무슨 일이신지?"

"아닌 밤중에 소란이 일기에 찾아왔더니 남의 일이 아니더군요."

단여랑은 포권까지 취해 보이며 더없이 정중한 태도를 보였다.

정풍 진인은 격기를 시도했다.

'기가 느껴지지 않아. 무인이 아니었던가?'

"남의 일이 아니라니 무슨 말씀인지 모르겠구려. 이쪽에 무슨 볼일이라도 있으신지?"

"제 약혼녀를 찾으러 왔습니다. 만나기로 한 장소에서 아무리 기다려 보아도 나타나지를 않아 직접 마중을 나왔는데, 하필이면 이런 곳에 있을 줄 누가 알았겠습니까?"

단여랑은 턱짓으로 바닥에 쓰러진 이옥토를 가리켰다.

"저 소저가 소협의 약혼녀란 말씀이오?"

"그렇습니다."

"그렇다면 소저를 모셔 가시길. 우리가 쫓고 있는 저자 때문에 결례를 범하였으니 대신 사과드리겠소."

이옥토를 데려가라는 말에도 단여랑은 제자리에서 꿈쩍도 하지 않았다.

"…무슨 하고 싶은 말씀이라도?"

정풍 진인은 얼굴에서 미소가 떠나질 않는 단여랑을 바라보며 입을 열었다.

"전 저자에게도 볼일이 있습니다."

단여랑이 팔을 들어 가리킨 곳엔 낯빛이 창백해 보이는 사공필이 있었다.

"아까 보니 제 약혼녀의 목에 단도를 들이대고 죽이려 하더군요."

정풍 진인은 난감했다.

단여랑의 마음은 이해한다. 누구든 자신의 연인이 해를 당하는 모습을 보고 어찌 가만히 있을 수 있으랴. 하지만 정풍 진인은 이런 소소한 일에까지 신경을 쓰고 싶지 않았다.

지난 며칠간 잠도 제대로 이루지 못해 극도로 예민한 상태. 단여랑이 빨리 소녀를 데리고 사라져 주길 바랄 뿐이었다.

"급작스럽게 벌어진 사고일 뿐이니 이해하시길. 소협의 마음을 십분 이해 못하는 것은 아니오나 저자는 우리와 직접적인 연관이 있는 사람이오. 원하신다면 저희가 대신 질타를 가하리다."

"질타를 가한다 하셨습니까?"

반문하는 단여랑의 말투는 정중했지만 그의 얼굴은 그러하지 않았다. 한쪽 입꼬리가 말려 올라간 모습이 꼭 비웃는 듯하여 정풍 진인은 자신도 모르게 인상을 찌푸렸다.

"다른 원하는 것이 있다면 대신 해드리리다. 만약 의심스럽다면 곤륜파의 이름을 걸겠소이다."

정풍 진인은 말을 하면서도 스스로 자부심을 느꼈다. 중원의 모든 무인들에게 곤륜파라는 이름은 대단한 영향력을 행사한다. 하물며 단여랑같이 젊은 무인들에게는 오죽할까.

그러나 단여랑은 얼굴색 하나 변하지 않았다.

"그렇다면 제 약혼녀가 저자에게 위협당하고 있을 때 모른 척하고 진법을 전개한 당신들은 누구에게 질타를 받으실 생각이십니까?"

"……!"

"곤륜파는 자신들과 연관되어 있는 일이라면 앞뒤 구분도 하지 않습니까?"

"소, 소협, 그건……."

"곤륜파의 이름을 거신다 하였으니 두말은 하지 않겠습니다. 저자를 저에게 넘겨주십시오."

정풍 진인의 안색이 딱딱하게 굳었다. 단여랑의 말은 명령

조와 다름없었다.

"오해가 있는 듯하구려. 저자가 소저에게 해를 입히는 걸 설마 저희가 보고만 있겠소이까? 게다가 저자는 소협이 감당할 수 있는 인물이 아니외다."

"저는 제 두 눈으로 직접 목격한 것만 말하고 있을 뿐 오해 따윈 존재할 수 없겠지요. 그리고 연유야 어찌 되었든 저자는 제 약혼녀를 위협했으니 그 벌은 마땅히 본 문(門)의 방식대로 처리할 생각입니다."

"본 문이라 하심은?"

"사천(四川) 성검문이라고 들어보셨는지?"

'성검문?'

정풍 진인은 낯선 문파의 이름에 한쪽 눈썹을 치켜올렸다.

하루에도 수십 개씩 개파되고 멸문되는 것이 무림문파였으니 작은 문파의 이름을 일일이 기억하기도 힘들었다.

정풍 진인이 난처해하고 있을 때 곁에 있던 젊은 도인 하나가 다가와 그의 귀에 뭐라 속삭였다. 그제야 정풍 진인은 가볍게 고개를 끄덕였다.

"속세와 인연을 끊은 지 너무 오래되어서 잠시 착오를……. 한데 소협께서는 성검문의 문도이신지?"

"성검문의 장손 됩니다."

"헛!"

놀란 사람은 다름 아닌 정풍 진인의 곁에 있던 젊은 도인이

었다. 단여랑을 바라보는 젊은 도인의 눈빛이 예사롭지 않았
다.

정풍 진인이 주의를 주자 그때서야 젊은 무인은 재빨리 그
에게 다가왔다.

젊은 도인의 말을 듣는 정풍 진인의 표정이 시시각각으로
변하기 시작했다. 그의 의심스러운 눈이 단여랑을 위에서 아
래로 한차례 훑었다.

"소협께서 성검문의 장손이라 하심은 동시에……."

"단태붕. 북해빙궁의 장남이죠."

"……!"

"……!"

정풍 진인의 눈매가 더욱 가늘어졌다.

그들에 대화를 엿듣고 있던 사공필의 귀가 솔깃해졌고, 쓰
러져 있는 이옥토의 얼굴빛이 벌겋게 물들었다.

하지만 가장 놀란 사람은 단여랑의 신분을 알고 있던 요수
였다.

'무슨 꿍꿍이 속셈을!'

요수는 단여랑을 향해 한차례 눈을 흘겼다.

"으음!"

정풍 진인은 혼란스러웠다.

솔직히 단여랑의 말을 믿을 수 없다.

대단한 신분을 지니고 있으면서 한밤중에 호위무사 하나

를 달랑 데리고 다니는, 그것도 약혼녀를 만나기 위해 나왔다
는 말을 어떻게 믿을 수 있을까.

하지만 경거망동하지는 않았다. 만약 단여랑의 말이 사실
이라면 참으로 곤란한 일이 아닐 수 없다. 북해빙궁이란 세외
세력은 곤륜파조차도 함부로 할 수 없는 존재들이기 때문이
다.

"의심이 되시면 직접 알아보셔도 좋습니다."

정풍 진인의 생각을 읽은 듯 단여랑이 말했다.

"외조부 되시는 성검문주께 인사를 드리러 가던 차에 잠시
시간이 남아 화한에 있던 약혼녀를 만나러 왔습니다. 뭐가 잘
못되기라도 했습니까?"

"소협, 소협을 믿지 못하는 건 아니지만 저자는 우리가 데
려가야 하오."

"이를 어쩝니까? 그렇게 말씀하시니 저도 꼭 저자를 데려
가고 싶군요."

'건방진!'

정풍 진인은 분기를 꾹꾹 억누르며 말을 이어 나갔다.

"저자가 아니면 누군가가 목숨을 잃게 될지도 모르는 일.
우리는 한시가 급하구려."

"사람의 목숨이 걸린 일이라니, 그렇다면 할 수 없군요. 본
궁으로 돌아가 북해빙궁의 궁모(宮母) 될 사람을 그대들이 능
멸하였다는 보고를 올릴 수밖에."

“소협, 왜 이러시오!”

북해빙궁에서 알게 된다면 곤륜파와의 충돌은 면치 못할 일.

정풍 진인은 난감했지만 단여랑은 선택권을 쥐고 있는 듯 여유로웠다.

“그렇다면 이렇게 합시다. 일단 저자를 곤륜으로 데려가 그분의 목숨을 구한 뒤 북해빙궁으로 넘겨드리겠소.”

정풍 진인이 생각 끝에 한 말이었지만 단여랑은 한발도 물러서지 않았다.

“그렇다면 이렇게 하죠. 전후사정 이야기를 들어봐야 할 것도 같고… 이틀의 시간을 주시죠.”

“이틀이라니……?”

“이틀 후 전 저의 일행을 화한에서 만나 사천으로 가기로 했습니다. 일행 중 하나를 그대들과 함께 곤륜파로 보내겠습니다. 일이 끝나면 저자를 북해빙궁으로 데려올 수 있도록.”

“말도 안 되는 소리요! 우리는 지금 한시가 급하오. 일이 끝나면 북해로 보내준다 하였거늘, 정녕 곤륜파를 믿지 못하겠단 말씀이오?”

“보아하니 저자는 도주 중인 듯한데… 제 약혼녀가 아니었으면 그대들이 저자를 잡을 수나 있었겠습니까?”

정풍 진인은 말문이 턱 막혔다.

단여랑의 말은 하나도 틀리지 않았다. 소녀가 내던진 구슬로 인한 붉은 운무가 아니었더라면 사공필을 또다시 놓쳤을 가능성이 많았다.

"그래서 소협이 저자를 이틀간 데리고 있겠단 말씀이오?"

"이틀 후, 이 시간에 여기서 뵙도록 하죠."

정풍 진인은 여전히 의심스러운 눈빛으로 단여랑을 바라봤다.

"후후! 소협의 뜻은 알겠으나 제가 어찌 소협의 말씀만 믿고……!"

말을 하던 정풍 진인의 두 눈이 부릅뜨였다.

곁에 서 있던 젊은 도인들도 주춤했다.

팔짱을 끼고 오만하게 서 있는 단여랑의 전신에서 무언가가 피어오르기 시작했다.

'저, 저것은!'

칠흑 같은 어둠 속에서 피어오르는 연기에서는 서늘함이 뿜어져 나왔다.

'저거였어! 저자를 처음 보았을 때의 느낌! 어쩐지 사공필과 많이 닮은 기운이라고 생각했더니 정말 북해빙궁의 사람이었단 말인가!'

그들이 당혹해하고 있는 사이, 단여랑은 모두가 들을 수 있을 정도로 크고 또박또박한 어조로 입을 열었다.

"이래도 만약 의심스럽다면 도장께서 말씀하신 것처럼 저도 북해빙궁의 이름을 걸겠습니다."

정풍 진인은 어둠 속에 가만히 서서 움직일 줄 몰랐다.

그의 주위에 십여 명의 도인들이 서 있었지만 아무도 없는 공간에 혼자 남겨진 기분이 들었다.

'겨우 다 잡았다고 생각했는데…….'

사공필을 북해빙궁의 장남에게 빼앗겨 말로 형용할 수 없을 정도로 기분이 상해 있었다. 다 잡은 고기를 남에게 넘긴 기분을 그 누가 알 수 있으랴.

동시에 불안한 기분도 들었다.

사공필이 만약 음한곡의 존재에 대해 떠벌리기라도 한다면, 염양제가 음한곡에 있다는 사실을 북해빙궁의 장남에게 말하기라도 한다면…….

하지만 그에게는 선택권이 없었다.

왜, 왜 하필이면 많고 많은 사람 중에 북해빙궁의 장남인가. 왜 그의 약혼녀란 말인가. 괜스레 사공필이 원망스러웠다.

'괜히 분란을 일으킬 수는 없는 법.'

한동안 침중해 있던 정풍 진인이 고개를 돌려 젊은 도인들을 돌아봤다.

"아직은 본 문에 보고를 하지 마라. 이 일이 장문인께 들어간다면 곤륜파의 큰 망신이 아닐 수 없다."

젊은 도인들은 고개를 끄덕였다.

"너는 이 길로 지금 즉시 개방(丐幫) 화한 분타주를 찾아
라. 하나는 성검문주의 생일이 맞는지 확인할 것. 다른 하나
는 북해빙궁의 장남이 중원에 나온 사실이 맞는지 알아봐
라."

지목을 당한 젊은 도인은 깊게 읍을 취한 후 어둠 속으로
사라졌다.

"너희 둘은 지금 저자의 뒤를 쫓아라. 혹여 저들이 이탈을
하게 될 경우 신속하게 보고할 것을 명심해라."

"알겠습니다, 사숙!"

두 명의 젊은 도인은 단여랑이 사라진 골목 쪽으로 조심스
레 발을 옮겼다.

'이틀의 시간밖에 없어.'

개방의 정보라면 중원에서 으뜸으로 손꼽힌다. 그들이라
면 단여랑이 제시한 이틀이라는 시간 안에 정풍 진인이 알고
싶어 하는 정보를 구해줄 것이 분명했다.

'만약 거짓이었다면 곤륜파의 이름을 걸고 용서치 않으
리.'

정풍 진인의 인자하던 모습은 더 이상 어디에도 없었다.

第七章
단여랑과 사공필

1

“시간 잘 확인해. 마혈이 풀릴 시간이 되면 다시 짚어. 곤
륜파 도인들이 추적할 만한 인물이면 상당한 무공을 지니고
있을 거야.”

“왜 사사건건 명령조인지 모르겠군. 난 널 도와주는 사람
이지 수하가 아니다.”

“어떻게 말투까지 막 전주와 한 치도 다름없지? 좋아. 그렇
다면 부탁으로 정정하지.”

“흥!”

요수는 전신이 뻣뻣하게 굳어버린 사공필을 등에 짊어 멨
다. 단여랑은 이옥토를 어깨에 걸쳤다.

"그 계집은 도망가지 않을 텐데 왜 마혈을 풀어주지 않는 게냐?"

"이 계집도 지금 누군가에게 쫓기고 있는 상황이라 불쌍하게 내버려 두기는 싫어서. 게다가 약혼녀라고까지 말했으니 데리고 가야지 않겠어?"

"아혈은?"

"아혈을 풀어주면 종알거릴 것 아냐. 계집들이 시끄럽게 떠드는 건 영 체질에 맞지 않아."

단여랑은 성도를 벗어난 후에도 한참 동안이나 걸었다.

마음 같아서는 근처의 객잔에라도 머물고 싶었지만 뒤를 미행하는 도인 두 명이 마음에 걸렸다.

단여랑의 행동은 그들을 통해 정풍 진인에게 들어갈 것이 뻔했다. 만약 허점이라도 생길 경우, 그 보고가 들어가는 시간은 벌어놔야 도주도 가능했다.

정풍 진인은 아마도 지금 사람을 시켜 단태붕이라 속인 단여랑에 대한 조사를 시작했을 게다.

'개방의 정보력은 중원제일. 이틀이라는 시간 안에 저 녀석을 잘 구슬려야 할 텐데.'

단여랑은 요수의 등에 업혀 있는 사공필을 흘끔 바라봤다.

사공필 대신 그의 시선을 의식한 요수는 힘이 드는지 땀을 뻘뻘 흘렸다.

"왜 이렇게 멀리 가는 게냐?"

"될 수 있으면 도인들이랑 멀리 떨어지고 싶으니까."

"아까는 도사 놈들을 잘도 속이더군."

"반은 맞고 반은 틀리지. 그나저나 목소리 좀 낮춰줬으면 좋겠는데?"

"……?"

단여랑의 말뜻을 알아듣기 힘들었던 요수는 두 귀를 쫑긋 세우고 사방을 관찰하길 잠시, 곧 도인 두 명이 따라붙었다는 사실을 알아챘다.

관도를 벗어난 단여랑 일행은 야트막한 산에 도착하기가 무섭게 머물 장소를 찾았다.

산 초입에는 다행히 작은 사당이 있었고, 일행은 서슴없이 그리로 들어섰다. 인적이 뜸한 모양인지 사당은 약간의 센 바람에 쓰러질 정도로 낡았다.

삐거덕거리는 문을 열고 들어간 단여랑은 천장에서부터 연결된 거미줄을 헤치며 안쪽으로 들어가 이옥토를 뉘었다.

요수도 사공필을 바닥에 내려놓고 자리에 앉았다.

"요기나 해라."

요수는 품에서 건포 몇 개를 꺼내 단여랑에게 건넸다.

사당의 구석구석을 살펴보던 요수가 모기만 한 목소리로 입을 열었다.

"녀석들의 기척이 느껴지지 않은데 나만 그런가?"

"아니, 그들은 우리가 이곳에 들어간 사실만을 주목할 뿐. 다시 나올 때까지 기다리는 거야."

"그렇군."

잠시 동안 쥐 죽은 듯 정적이 흘렀다.

요수는 아무 표정 없이 허공을 응시하며 건포를 씹고 있는 단여랑을 흘끔흘끔 바라봤다. 그러다가 그와 눈이 마주치자 어색한 헛기침을 토해냈다.

"험! 험!"

"왜? 무슨 할 말 있어?"

잠시 머뭇거리던 요수가 천천히 입을 열었다.

"아까 네 몸에서 뿜어져 나오던 하얀 연기… 그것도 속임수인가?"

단여랑은 피식 웃었다.

'이상하군. 무공을 익힌 표시가 하나도 나지 않는데. 벌써부터 내공을 안으로 갈무리하는 경지에 오른 것인가? 아냐, 그럴 리 없어.'

요수는 자신이 두 눈으로 목격한 것을 부정하려 애썼다.

"피곤할 텐데 눈이라도 조금 붙이지. 저 녀석, 마혈이 풀리려면 아직 시간은 있으니까."

단여랑은 말과 즉시 몸을 뉘였다. 채 반 각도 되지 않아서 단여랑의 코 고는 소리가 사당 안에 울려 퍼졌다.

'알 수 없는 놈.'

요수에게는 단여랑이 알 수 없는 존재로 다가왔다.

동이 틀 무렵, 어두컴컴하던 사당 안으로 빛이 새어 들어오기 시작했다.

"이제 그만 풀어줘야 하지 않나?"

잠에서 깨어난 요수는 누운 채 두 눈을 멀뚱멀뚱 뜨고 자신을 바라보는 사공필을 보며 인상을 찌푸렸다.

"그런데 이 자식은 도대체 왜 데리고 온 게냐? 음한곡에 대해서라면 도인들에게 물어본다고 하지 않았나?"

"도인들이 저자를 무슨 이유로 쫓았다고 생각해?"

"이유?"

요수는 왜 곤륜파 도인들이 사공필을 잡으려 했는지 이유를 생각하기 위해 머리를 굴렸다.

"음한곡에 대한 소문이 퍼지고 있다고 들었어. 누군가가 고의로 소문을 퍼뜨리고 다니는 거지. 곤륜파 도인들은 그를 입막음하기 위해 쫓았던 거고."

"음! 결국 저 녀석이 음한곡에 대한 소문을 퍼뜨리고 다닌 장본인이군."

단여랑은 자리에서 일어나 사공필에게 뚜벅뚜벅 다가가 몸을 구부렸다.

타닥! 탁!

그는 빠른 손놀림으로 사공필의 혈도를 풀어줬다.

“카악, 퉤!”

마비에서 풀려난 사공필은 사당 구석에 가래침을 내뱉었다.

“뻐근해서 혼났네.”

굳어졌던 몸을 이리저리 돌리던 사공필의 눈이 단여랑과 마주쳤다. 곧 그의 얼굴에 한가닥 미소가 그려졌다.

“누군지 몰라도 구해줘서 고맙다, 새끼야.”

서슴없는 사공필의 욕설에도 단여랑은 눈썹 하나 까닥하지 않았다.

“엄밀히 말하면 구해준 것이 아니지. 너에게 목적이 있으니까.”

“아! 네 녀석 약혼녀 때문에 그런 거냐? 쪼잔한 새끼. 그건 저 계집이 먼저……. 쩝! 죽일 생각은 없었다. 미안하게 되었군.”

“걱정할 필요는 없어. 그녀는 내 약혼녀가 아니니까.”

침울한 표정을 짓던 사공필의 얼굴에 갑자기 화색이 맴돌기 시작했다.

“그래? 그럼 구해준 것 맞네? 고맙다. 내 성격에 널 기억할 수 있을지는 모르지만 은혜는 나중에 생각나면 갚도록 하지. 그럼 난 이만……!”

자리에서 일어나려던 사공필은 목젖에 닿아 있는 날카로운 검극에 행동을 멈추곤 요수를 노려보았다.

“뭐야? 은혜를 지금 갚으라는 건가? 새끼들……. 자, 뒤져 봐. 돈 같은 게 나오면 다 가져가라고.”

사공필은 두 팔을 벌리곤 가슴을 쭉 앞으로 내밀었다.

“난 분명 말했을 텐데, 너에게 목적이 있다고.”

사공필은 고개를 돌려 단여랑을 바라봤다.

“목적? 무슨 목적?”

“물어볼 것은 두 가지. 첫 번째는 곤륜산 음한곡에 대한 이야기. 두 번째는 네가 익힌 무공. 내 귀가 틀리지 않았다면 분명 빙백신공이라 들었는데 설명 좀 해줄 수 있겠나?”

사공필이 누워 있는 이옥토에게 고개를 돌렸을 때, 단여랑이 마침 그녀의 혈도를 풀어주고 있었다.

“아, 그거? 빙백신공은 무슨 얼어 죽을 놈의 빙백신공? 그건 다 저 계집애가 잘못 알고…….”

그때였다.

“야! 이 개자식아!”

쉭― 뻐걱!

둔탁한 소리와 함께 사공필의 고개가 뒤로 젖혀졌다가 앞으로 다시 되튕겨왔다.

혈도에서 풀려난 이옥토가 빛과 같은 속도로 뛰어올라 사공필의 안면을 발로 찼다. 단여랑과 요수가 말릴 새도 없이 사공필은 다시 한 번 그녀의 발길질에 몸을 내주고 있었다.

“이 변태 같은 자식!”

퍽! 퍽!

이옥토의 사정없는 발길질에 사공필은 복부와 가슴을 가격당하며 바닥에 쓰러졌다.

요수가 재빨리 다가가 이옥토를 잡아챘다.

“이거 놔! 놓으란 말이야!”

이옥토가 요수에게 잡혀 있는 사이, 바닥에 쓰러졌던 사공필이 몸을 일으키기가 무섭게 그녀를 향해 손을 내뻗었다.

“이게 계집이라고 봐주니까……!”

갑자기 사공필의 손이 허공에서 우뚝 멈췄다.

“…….”

이옥토는 두 눈이 시뻘겋게 충혈된 채 사공필을 죽일 듯이 노려보았다.

“뭐, 뭘 봐!”

잠깐 동안 두 눈을 끔벅거리던 사공필이 더듬거리며 입술을 떼어냈다.

“계, 계집, 더럽게 예쁘네.”

그는 넋이 나간 듯 이옥토의 얼굴에서 눈을 떼지 못했다.

네 명이 한자리에 모여 앉았다.

요수는 사당 벽에 기대앉아 얇은 면포로 검신을 닦았고, 단여랑은 팔짱을 낀 채 다리를 쭉 뻗고 앉았다.

“그러니까, 진기가 전혀 모이지 않았다고?”

“그래, 이 소저가 던진 이상한 구슬 때문에 붉은 연기를 흡입한 후로 진기가 감쪽같이 사라졌지.”

사공필은 여전히 이옥토에게서 시선을 떼지 않으며 말했다. 계집이라고 부르던 칭호도 어느새 소저로 바뀌어 있었다.

“네놈 따위가 감히 날 농락해?”

아직도 분기가 풀리지 않는지 씩씩대던 이옥토가 사공필에게 또다시 달려들려 하자 단여랑이 급히 말렸다.

“이봐, 생명의 은인으로서 말하는데 더 이상의 소란은 피우지 않길 바란다.”

“…….”

이옥토는 다시 자리에 주저앉았다.

“그러고 보니 아직까지 이름도 모르네. 이름이 뭐야?”

“이옥토.”

“그래, 이옥토. 너도 진기가 모이지 않아?”

“…홍연주를 흡입하면 만 하루가 지나야 진기가 원래 상태로 돌아와요.”

“휴! 다행이다!”

사공필은 가슴을 쓸어내렸다.

“진기 문제는 곧 해결될 것 같으니 음한곡에 대해서 말해 봐.”

단여랑은 무미건조한 음성으로 사공필에게 말했다.

“음한곡? 크크! 음한곡은 말이지, 사람이 살 곳이 아니야. 너 같은 새끼들은 들어가자마자 얼어 죽을걸?”

“음한곡에 대한 소문이 사실이었군.”

“사실이지. 곤륜파 도사 놈들이 몰래 숨겨놓은 장소인데, 내가 거기에 갇혀 일 년 가까이를 살았어. 내 살다 살다 그렇게 추운 곳은 또 첨이네. 그나마 나니까 그 정도나 버텼지.”

단여랑은 요수를 바라보며 웃었고, 요수는 관심없다는 듯 고개를 돌렸다.

“음한곡이 그렇게 추운가?”

“춥냐고? 추운 정도가 아니라니까. 그 머시냐, 저 멀리 북해빙궁의 웬만한 동굴들은 비교도 안 될걸? 중원에 그런 장소가 있다는 것만으로도 놀라울 따름이지.”

사공필은 단여랑에게 얼굴조차 돌리지 않았다. 단여랑의 비웃는 얼굴을 그가 보았다면 과연 어떠한 표정을 지을까.

“그런 곳에서 일 년을 살았다면 빙공을 익힌 무인이란 소리?”

“흐! 빙공을 익히긴 익혔지. 익혔으니 곤륜파 새끼들이 날 잡아간 거 아니겠어?”

“그들이 널 잡아? 무슨 이유로?”

“이유야 간단해. 어떤 노망난 늙은이 뒤치다꺼리였거든.”

“기연을 얻지는 못했나 보군.”

“기연? 하긴, 음한곡에 가만히 틀어박혀 운공에만 몰두한다면 기연을 얻을 수도 있겠지. 곤륜파 도사 놈들이 음한곡을 숨기려는 이유가 그거 아니겠어? 빙공을 익히겠다는 무인들이 개나 소나 몰려올 것이 두려워서. 크크! 나에겐 혼자만의 운공 시간이 주어지지 않았어. 그 늙은이한테 추궁과혈하기에도 바빴거든. 그 늙은이가 내 진기를 흡수해 가면 난 얼마나 추위에 떨었어야 했는지……."

사공필은 정말로 진저리가 난다는 듯이 몸을 부르르 떨었다.

"다 늙어가지고 무슨 빙공을 익혀보겠다고. 누구도 대적하지 못하는 양기를 지니고 있는데 음기를 받아들이는 게 하루아침에 가능하다고 생각하나 몰라. 성격이 좋으면 말도 안 해. 오지게 더러운 인간 같으니라고."

단여랑은 사공필의 말 중에 이상한 부분이 있다고 생각하며 고개를 갸웃했다. 누구도 대적하지 못하는 양기를 지니고 있는 노인이 음기를 받기 위해 음한곡에 머무르고 있단다.

그 노인이 주화입마에 걸렸다는 것은 안 보아도 알 수 있다. 사공필은 주화입마에 걸린 노인을 돕기 위해 들여보내진 자이고, 정풍 진인이 말한 목숨을 구해야 하는 사람도 그 노인임이 분명했다.

"누구지, 네가 모셨다는 그 노인은?"

"그런데 넌 몇 살인데 나한테 계속 반말이냐?"

"지금 나이가 중요해? 묻는 말에만 대답해."

"쯧! 새끼, 성질하고는. 음한곡에 대한 소문은 내도 내가 그 늙은이에 대해 말하는 것은 네놈이 첨일 게다. 아마 들어 봤을 거야, 염양제라고. 나이 칠십이 다 됐는 데도 머리카락이 새빨간 인간은 처음 봤어. 뭐… 그 늙은이 이름만 들어도 모르는 사람은 없겠지만."

"……!"

단여랑은 깜짝 놀라 엉덩이를 들썩였다.

염양제.

그 이름을 어찌 모를 수가 있을까. 울던 아이도 그의 이름을 들으면 울음을 뚝 그친다는 이야기가 있다.

단여랑이 잘못 알고 있는 것이 아니라면 염양제는 남해태양궁의 전대 궁주다. 북해빙왕까지는 아니더라도 가공할 무위로 남해태양궁을 사대궁으로 확고히 자리매김하며 중원 문파들에게 경각심을 일깨웠던 사람.

"방금… 뭐라고 했어? 다시 말해봐."

질문은 단여랑이 아닌 다른 곳에서 튀어나왔다.

죽일 듯 사공필을 노려보던 이옥토는 이미 자리에서 일어서 있었다.

"염양제라고… 소저?"

"남해태양궁의… 전대 궁주인 염양제?"

사공필은 자신도 모르게 고개를 끄덕였다.

툭!

이옥토가 만지작거리던 붉은 비녀가 바닥에 떨어졌다. 그녀의 낯빛은 창백하리만치 탈색되었다.

사공필이 무슨 일인가 하여 단여랑을 바라봤지만 단여랑도 연유를 알 수 없어 어깨만 으쓱했다.

그렇게 가만히 서 있던 이옥토가 갑자기 사당 문 쪽으로 뛰었다.

"엇! 소저!"

사공필도 자리에서 벌떡 일어섰지만 그보다 더 빠른 사람이 있었다.

"무슨 짓이야?"

단여랑은 이옥토의 어깨를 잡아 몸을 돌려 세웠다.

"지금 곤륜산으로 가야 해요!"

"이봐, 밖에는 곤륜 도인들이 있어. 게다가 넌 쫓기는 몸이잖아!"

"조부를 찾으러 가야 한단 말이에요!"

앙칼진 이옥토의 목소리가 사당에 쩌렁 울렸다.

무거운 침묵이 흘렀다.

요수는 여전히 관심이 없는 듯했지만 세 사람을 달랐다.

이옥토는 그토록 찾아 바라 마지않던 조부의 행방을 알게 되었고, 사공필은 자신이 추궁과혈을 한 늙은이가 이옥토의 조부라는 사실을 알았다.

단여랑도 마찬가지였다.

다른 문파라면 몰라도 사대궁과는 밀접한 연관을 지니고 있기에 모른 척할 수 없는 일이었다.

‘어쩐지 기운이 독특하다 했더니…….’

단여랑은 다비활의의 거처에서 이옥토와의 일을 기억해 냈다.

그녀가 바로 남해태양궁의 하나밖에 없는 금지옥엽이었다니. 혈궁에 이어 남해태양궁까지 중원에 모습을 드러내는 것이던가.

“조부를 찾기 위해 가출을 했다는 말이야?”

단여랑으로서는 이옥토의 행동이 철없어 보이기만 했다.

남해태양궁은 무인들에게 존경의 대상임과 동시에 경외의 대상이기도 했다. 그것은 모든 문파가 마찬가지일 게다.

남해태양궁이라고 하여 어찌 사이가 돈독한 사람들만 있을까. 무림이란 다 그런 것이지 않은가. 적 아니면 동지.

“그래서 혈궁이 네 목숨을 노렸던 모양이군.”

그녀는 섶을 지고 불속에 뛰어드는 행동을 서슴없이 저질렀다.

사대궁은 겉으로는 서로를 존중하지만 내면은 달랐다. 틈이 생기면 지금처럼 공격하는 일을 서슴지 않았다.

단여랑만 해도 그랬다.

비록 지금은 북해에서 빠져나왔지만 엄연한 소궁주. 북해빙궁의 사람이다.

북해빙궁과 남해태양궁은 과연 적인가, 동지인가.

이 부분은 단여랑으로서도 정확하게 알지 못했다.

그녀의 말로 미루어본다면 염양제가 사라진 시기는 일 년 전후. 단여랑은 북해에 있으면서도 그가 사라졌다는 사실을 알지 못했다.

밀당이 유독 촉각을 곤두세우는 부분이 바로 사대궁이다. 그중 하나인 남해태양궁에서 태상궁주가 사라졌다는 사실을 몰랐다.

만약 알았다고 하더라도 어떠한 경로를 통해서라도 단여랑의 귀에는 들어왔을 게다. 하지만 그렇지 않았다는 소리는… 남해태양궁에서 염양제의 행방불명을 쉬쉬하고 있다는 말이 된다.

만약 염양제가 사라졌다는 사실을 알게 된다면 적들에게는 남해태양궁을 칠 수 있는 아주 좋은 기회다. 남해태양궁 역시 큰 타격을 피하지 못할 게 분명하다.

"전 곤륜산으로 가겠어요."

이옥토는 고집을 굽히지 않았다.

"내 생각에는 그냥 집으로 돌아가는 편이 나을 것 같아. 네 신분을 알고 죽이려는 인간들이 한둘이 아니잖아?"

"어떤 새끼들이 감히 이 소저의 목숨을 노려!"

발끈하던 사공필은 이옥토의 싸늘한 눈빛을 받고는 다시

잠잠해졌다.

"조부를 모시고 가지 않는 한 집으로 돌아갈 수 없어요."

"그렇다면 나도 같이 가지."

"……?"

"너 때문이 아니야. 솔직히 말해서 저자가 아니었으면 어젯밤에는 네가 어떻게 되든 말든 그냥 지나쳤을지도 몰라. 내가 곤륜으로 가려는 이유는 음한곡 때문이니까."

"헹!"

단여랑의 말을 듣고 있던 사공필이 크게 비웃었다.

"너 같은 새끼들은 들어가자마자 죽는다니까. 거참, 사람 말 더럽게 못 믿네. 속고만 살았냐?"

"전부터 궁금하던 건데… 당신은 누구죠?"

이옥토는 의아한 표정을 감추지 않았다.

화한에 처음 도착했을 무렵, 단여랑이 혈궁에 대한 이야기를 하라고 했던 이유도 궁금했다. 그때도 물었지만 단여랑은 자신의 신분을 말해주지 않았었다.

"어젯밤 내가 도인과 이야기하는 걸 못 들었나?"

사공필은 귀를 쫑긋 세웠다.

"잠깐만. 그렇다면 네놈이 정말 북해빙궁의 장남이라도 된다는 말이냐?"

"거짓이… 아니었나요?"

이옥토도 믿기 힘들다는 얼굴을 했다.

“반은 거짓이고 반은 진담이었지. 북해빙궁의 장남은 아니야. 전 궁주의 세 번째 부인에게서 태어난 아들이니까.”

“……”

이옥토의 두 눈동자가 급격하게 흔들렸다.

“하하! 웃기고 있네. 네놈이 북해빙궁 소궁주면 난 북해빙궁 장로다. 어디서 말 같지도 않은 소리를……”

허리까지 뒤로 젖히며 웃던 사공필이 요수와 눈이 마주쳤다. 큰 한숨과 함께 고개를 설레설레 젓던 요수의 행동에 사공필의 두 눈이 크게 뜨였다.

“서, 설마 저, 정말이냐?”

“속고만 살았어?”

사공필의 말문이 뚝 닫혔다.

“그랬군요. 정말 북해빙궁 사람이었군요.”

이옥토는 혼잣말을 하듯 나직하게 읊조렸다.

“그런데 왜 단태붕이라고 거짓말을 했어요?”

“나중에 저자를 그 도인에게 데려다 주지 않아도 난 책임을 질 필요가 없으니까.”

단여랑을 제외한 세 사람은 기가 차다는 표정을 지었다.

“내일 날이 밝으면 곤륜으로 가자.”

“전 저자를 꼭 데려가야겠어요.”

이옥토가 손가락으로 사공필을 가리켰다.

그녀가 알고 있기로 조부는 지금 한시라도 빨리 치료를 해야 하는 위급한 상황이다. 치료를 해야 할 사람은 사공필이었으니 반항을 하더라도 끝까지 데리고 갈 생각이었다. 그런데,

"소저의 뜻이라면 그렇게 하리다."

결의를 다지는 사공필의 말에 이옥토는 할 말을 잃었다. 불과 몇 시진 전까지만 해도 곤륜산으로 돌아가지 않겠다고 목숨까지 위협하던 사람이 아니었던가.

"그럼 다 같이 떠나는 걸로 하고, 소개가 늦었군. 나는 단여랑이라고 해. 저쪽은 날 잠시 도와주기로 한 사람, 요수야."

"난 왠지 저 새끼가 마음에 들지 않아."

사공필은 요수를 싫어하는 감정을 숨기지 않았다. 그러나 사공필을 싫어하는 것은 요수 역시 마찬가지였다.

"넌 누구지? 중원에서 빙공을 익힌 무인들은 흔치 않다고 들었는데."

"나? 크크! 본좌의 존성대명은 사공필이라고 한다."

"사… 공필?"

단여랑은 자신의 두 귀를 의심했다. 그는 고개를 돌려 요수를 바라봤고 요수 역시 단여랑과 눈을 마주쳤다.

노대호에게 부탁하여 찾으려 한 사람. 염양제와 마찬가지로 근 일 년여 동안이나 행방불명되었던 중원 최고의 빙공 고수가 그들의 눈앞에 있었다.

"후후! 너무도 감격스러워하지는 마라. 그나저나 아까 네가 말한 빙백신공이라는 것 말인데… 어? 왜들 그래? 니들 뭐 잘못 먹었나?"

사공필은 서로 마주 보며 웃고 있는 단여랑과 요수를 번갈아가며 쳐다보곤 고개를 갸웃거렸다.

2

"그러니까… 나와 실력을 겨루고 싶다, 이 말이냐?"

"길게 할 필요는 없어. 단 일 합이면 족해. 넌 네가 가장 자신있는 걸로. 난 내가 가장 자신있는 걸로."

"크크크! 네가 아직 잘 모르는 모양인데, 내가 젊지만 이래 봬도 중원에서 으뜸가는 빙공 고수야. 어릴 적부터 신동이라는 소리를 많이 듣고 자랐지. 네가 아무리 북해빙궁의 소궁주라 하더라도 나에겐 상대가 되지 않을걸?"

"누군가가 그러더군. 길고 짧은 건 대봐야 안다고."

"꽤나 자신있어 하는 모양인데, 너, 실전 경험은 있나?"

"……."

"난 목숨이 경각에 달할 때까지도 싸워본 놈이야. 알아? 실전을 수차례 겪었다고. 다시 생각해 봐라. 괜한 놈 병신 만들고 싶지 않다. 난 아직 경지에 이르지 못해서 조절을 못하니까."

"조절하라는 말은 하지 않겠어. 그냥 진짜 싸움이라 생각하고 하던 대로 해."

"그런데 넌 몇 살이냐?"

사공필은 단여랑의 용모를 다시금 꼼꼼히 살펴보았다. 아무리 많이 쳐줘도 스물셋은 되어 보이지 않았다.

"그러는 넌 몇 살이야?"

"난 스물넷이다."

사공필은 확실히 어려 보였다. 실제 나이도 어렸지만 생긴 것도 단여랑 또래로 보였다.

스물넷밖에 되지 않았는데 벌써부터 중원 최고로 칭해지는 것은 실로 놀라웠다. 사공필의 실력도 실력이거니와, 어렸을 때부터 실전 경험으로 쌓아온 유명세였다.

"난 열일곱."

"뭣?!"

사공필이 놀라 펄쩍 뛰었다.

"너, 이 새끼… 나보다 일곱 살이나 어리면서 여태까지 반말을 해댔겠다?"

"그 새끼 소리 좀 빼지? 나보다 네 살이나 어린 주제에 나한테 감히 새끼라고 말해?"

보다못한 요수가 중간에 끼어들었다.

"스물여덟밖에 안 되셨어? 많이 늙으셨구먼. 난 한 서른 중반은 되는 줄 알았지 뭐야?"

"이 자식이 뚫린 입이라고 함부로 잘도 지껄이는구나!"

"하! 저 새끼가 진기 없다고 막 사람 잡으려고 하네? 너 이 새끼, 내가 진기만 되돌아와 봐. 그런 말 다시 할 수 있나 보자고."

"시끄러워요. 가만히 좀 있으면 안 돼요?"

"네. 알겠습니다, 소저."

사공필은 요수와의 실랑이를 접고 고개를 다시 원위치시켰다.

단여랑이 따로 말릴 필요가 없었다.

사공필은 유독 이옥토의 말을 잘 들었다. 만약 사공필이 어젯밤 이옥토의 얼굴을 자세히 보았다면 그녀의 목에 칼을 대는 짓은 절대로 하지 않았을 게 분명했다.

"어쨌든 진기가 다시 돌아올 때까지 기다리지."

"그래, 그때까지 잘 생각해 봐라. 나중에 맞고 울지나 말고."

"기대하겠어."

"크크! 살다가 북해빙공을 직접 누르게 되는 날이 올지 누가 알았을까? 크크!"

사공필의 두 눈은 벌써부터 투지로 이글거렸다.

단여랑 일행이 사당에 온 지 만 하루가 지나고 또다시 아침이 찾아왔다.

"그러고 보니 적당한 호칭이 없네. 요수, 도깨비 손이
라……. 이름이 아니라 별칭 같은데, 맞아?"

사공필과 이옥토가 잠들어 있는 틈을 타 단여랑이 요수에
게 말을 건넸다.

"도박에 도가 트기 전엔 속임수를 썼었다. 손이 워낙에 빨
라 이름 대신 요수로 알려져 있지."

"좋아, 그럼 요수라고 부르지. 요수, 잠시간의 동료로서 부
탁 하나만 들어줘."

요수는 단여랑을 흘끔 바라봤다.

그가 단여랑의 나이를 알게 된 것도 사공필이 물었을 때였
다. 요수도 사공필처럼 단여랑이 스물은 넘었을 거라 생각했
다.

열일곱이라는 나이. 요수와는 열 살 이상이나 차이가 나는
데도 단여랑은 서슴없이 반말을 뱉어냈다. 그러나 이상하게
도 단여랑의 반말은 밉지가 않다.

"무슨 부탁이냐?"

"밖에서 우리를 감시하고 있는 두 도인을 잠재워 줘. 아,
죽이라는 소리는 아니야. 사공필과 겨룬 후 곤륜으로 가려면
조금은 시간이 필요할 것 같아서."

"정말 사공필과 겨뤄볼 생각이냐?"

"그러기 위해서 당신과 노 향주를 찾은 거야."

"사공필은 네가 생각하는 것처럼 만만한 자가 아니다. 저

리 멍청해 보여도 무공에 대해 상당한 집착증이 있어. 만에
하나…….”

“왜? 걱정돼?”

“걱정은 누가 걱정을 한단 말이냐!”

“하하! 요수, 당신을 보면 막 전주가 정말 그리워. 매일같
이 보는 얼굴이라 싸울 때마다 지긋지긋했는데 떨어져 있어
보니 그처럼 날 위했던 사람이 없었던 거 같아.”

“난 절대 널 위하고 싶은 마음이 없다.”

요수는 인상을 찌푸렸다. 얼굴에 난 검상은 그의 인상을 한
층 무겁게 만들었다.

사당을 나갈 준비를 하곤 자리에서 일어서려던 요수가 잠
시 멈칫했다.

“이번 부탁만 들어주고 난 다시 노 향주에게로 돌아가겠
다. 어차피 사공필을 찾기 위해서 동행했던 것이니까.”

“아니, 못 가. 가긴 어딜 간다는 거야? 요수가 없으면 나와
노 향주, 아니지. 나와 지혜원주가 연락할 수단이 없잖아.”

“그건 내 알 바 아니다.”

“그럼 노 향주께 일러야겠네. 요수가 책임감없이 그냥 가
버렸다고 말이야.”

“…….”

“당신이 못 가는 이유가 한 가지 더 있는데.”

“……?”

“감각이 되돌아오면 나와 겨루기로 했잖아. 이대로 피해
버릴 거야?”

“그건……”

“기대하겠어.”

단여랑은 요수의 대답도 듣지 않은 채 자리에 벌러덩 누웠
다.

진기가 되돌아온 사공필은 날아다닐 듯 가벼운 몸놀림으
로 사당 주위를 맴돌았다.

도인들을 잠재우러 갔던 요수가 멀리에서 걸어오는 모습
을 본 단여랑은 사공필을 불렀다.

“난 이걸로 하겠다.”

사공필은 양 손가락을 쫙 펴 보였다.

“지법?”

“평소에는 장법을 쓰지만 내 명성을 휘날리게 한 것이 바
로 빙무결(氷武訣)의 심한빙혼지(深寒氷魂指)야.”

사공필의 손가락은 지법을 쓰는 자치고 뭉뚝하고 투박했
다. 그러나 손가락에서 풍겨 나오는 알 수 없는 기운은 방심
을 용납지 않을 것만 같았다.

“북해에도 지법이 있지. 빙백한지라고.”

“네 녀석도 지법을 쓰나?”

“아니, 난 빙백신공으로 하지.”

“하하! 빙백… 뭣?!”

“빙백신공!”

사공필은 두 눈이 튀어나올 만큼 놀랐다. 곁에 있던 이옥토도 너무 놀라 손으로 얼굴을 감쌌다.

“비, 빙백신공이라 함은……?”

그들도 알고 있다. 빙백신공은 일인비전, 비인부전. 오로지 북해빙궁주만이 전수받는 무공이라는 것을.

“네 녀석이 빙백신공을 익혔단 말이더냐?”

사공필은 아직도 믿기지 않는 듯 반문했다.

“차기 궁주… 였나요?”

이옥토의 눈길은 단여랑에게서 떨어질 줄 몰랐다.

“뭐, 그렇다고 하지.”

“맙소사!”

“자, 이러지 말고 빨리 시작하자고.”

“빙백신공을 직접 견식하게 될 줄이야.”

사공필의 두 눈은 흥분으로 가득했다.

단여랑은 편한 자세를 취했다. 반면 사공필은 두 손을 살짝 오므려 가슴께로 올렸다.

두 사람은 서로의 눈을 응시했다.

‘단 일 합!’

선공은 사공필이 하기로 했다.

그는 단여랑을 중심으로 원을 그리며 천천히 움직였다. 단여랑은 가만히 서서 눈동자로만 사공필의 움직임을 좇았다.

피휴후후!

돼지 오줌보에 가득 찬 공기가 빠지는 소리와 함께 사공필의 몸 주위로 하얀 안개가 맺혀졌다.

사공필은 손가락을 꿈틀댔다.

비록 일 년 만에 사용하는 무공이지만 심한빙혼지는 그의 몸 일부처럼 펼치기 가장 쉬우면서도 익숙했다.

굳이 빙무결을 사용하지 않고 지법만으로 따져 본다 해도 사공필의 실력을 따라갈 무인은 별로 없었다.

절벽에 구멍을 뚫어놓고 손가락에서 피가 터져 나올 때까지 반복하던 수련의 기억이 주마등처럼 뇌리에 떠올랐다.

'차기 궁주로 내정되었다면 빙백신공을 전수받은 지 얼마 되지 않았을 터. 벌써 십성을 이뤘을 리는 없고……. 오만함인가, 아니면 다른 무공들은 영 아니올시다인가?'

사공필은 단여랑이 왜 빙백신공을 사용한다고 했는지 정확한 이유를 알지 못했다.

다만 확실한 것은 아무리 빙백신공이라 하여도 십 년을 수련한 심한빙혼지를 당해낼 재간이 없다는 것.

'중원의 빙공을 제대로 보여주마.'

스스스!

사공필의 보법이 갑자기 빨라졌다. 동시에 두 손이 허공에서 어지럽게 움직였다.

'간다, 탓!'

사공필은 단여랑을 향해 맹수와 같이 돌진했다.

타닥! 타다다다!

그의 손가락이 보이지 않는 속도로 움직이며 단여랑의 전신을 공격하기 시작했다.

'지법에도 투로가 있는 법!'

확실히 투로가 있었다.

인간이 피할 수 있는 모든 방위를 차단함은 물론, 처음의 공격 후에 방어하는 방향까지 고려하여 만들어진 지법이다.

절벽에 뚫린 삼백육십 개의 구멍은 사공필의 공격을 더욱 그물처럼 촘촘히 할 수 있게끔 도와주었다.

탁! 타다닥!

열 개의 손가락은 마치 영활한 뱀의 혓바닥처럼 제각기 따로 놀며 단여랑을 조여갔다.

'흥! 어린 새끼가 제법인데?'

단여랑은 사공필의 공격을 두 손으로 간신히 막아내고 있었다. 손을 쉬지 않고 빙글빙글 돌려 공격을 옆으로 흘리는가 싶으면 다른 아홉 개의 손가락이 다른 방향을 공격했다.

'차라리 눈을 감는 게 나을 것이다.'

단여랑에게 해주고 싶은 말이었으나 입 밖으로 꺼내지는 않았다.

어지러운 지법에 현혹되는 것보다 두 눈을 감고 귀를 기울여 어느 부분이 타격당하는지 아는 것이 현명한 방법이었다.

그런데 마침 단여랑이 두 눈을 확 감아버렸다.

'으음!'

단여랑은 신음이 새어 나가는 것을 억지로 참아냈다.

사공필의 손가락 힘은 상상을 불허했다. 전신이 수십 개의 쇠몽둥이에 난자당하는 기분이 들었다.

진기를 사용하지 않았다면 그의 몸은 벌집처럼 피투성이가 되어 있을 게 분명했다.

'지법은 끊임이 없어. 호흡 한 올조차 용납하지 않아. 어디로 방어할지 미리 예상이라도 했다는 소린가? 투로… 투로가 있어!'

단 일 합이라고 했다.

사공필은 심한빙혼지를 벌써 시작했고, 진기가 고갈될 때까지 펼쳐 보이겠다는 듯 멈추지 않았다.

단여랑은 가까스로 막고는 있지만 아직 반격은 하지 않았다.

승패는 단여랑이 반격을 하는 순간 이뤄지리라.

'빙백신공으로 승부한다. 다비활의에게 받은 깨달음이 과연 성공할 수 있을까?'

단여랑은 확신할 수 없었다.

한층 완숙해진 빙백신공을 시험하기에는 처음부터 너무

강한 상대를 만났다.

'양이 음 아래에 있으니 천둥이라. 그 반대에는 연못이 존재하며 천둥이 거두어지고 햇살이 모습을 드러낼 때, 비로소 모든 것은 깊은 휴식을 취하리.'

빙백신공은 벌써부터 꿈틀거리기 시작했다.

'의식하지 말자. 빙백신공은 철저한 음기를 요하는 무공은 아냐. 음은 바탕이 되되 양이 그 위를 덮는다.'

꿈틀거리던 기운들이 온몸 구석구석을 향해 폭주를 시작했다.

'……!'

쾌청하고 맑은 기운.

몸 안에 잠재되어 있던 태음양화와 어우러진 빙백신공의 기운이 너무도 시원했다. 시원함은 도를 넘어 관자놀이가 욱신거릴 정도로 한기를 재생시켰다.

팟!

단여랑은 두 눈을 부릅떴다.

쉬이익!

사공필의 손가락이 단여랑의 면전을 노리며 날아들었다.

"헛! 이 새끼!"

단여랑이 피하지 않자 사공필은 지레 놀라며 급히 손을 거두었다. 그는 앞서 말한 것처럼 자신의 실력을 조절할 줄 모르는 자는 아니었다.

방심은 그 틈에 생기는 법.

단여랑은 양손을 빠르게 앞으로 뻗어 거두어지고 있는 사공필의 손가락을 맞받아쳐 갔다.

"흥! 조무래기 같은 새끼한테 당할 것 같으냐!"

사공필은 거두던 손을 다시 되돌려 단여랑의 손에 부딪쳐 갔다.

'빙백신공이라 하더니!'

사공필은 빙백신공을 본 적이 한 번도 없다. 들어본 적은 많았지만 자세히는 모른다.

어떠한 방식으로 펼치게 되는지, 어떤 초식을 지니고 움직이는지 들어본 적조차 없었다.

'손가락 하나 정도는 부러뜨려 줘야겠군!'

단여랑의 손가락 움직임은 얼핏 보면 지법 같았지만 그냥 앞으로 쭉 내미는 단순한 동작에 불과했다.

그냥 뻗어낸 손가락과 곡선을 그리는 손가락. 하지만 위력은 사공필이 훨씬 위였다.

'너무 간단한 거 아냐?'

사공필의 입가엔 비웃음이 걸렸다.

슈아악……! 퍼걱!

뼈가 부러지는 소리와 함께 뒤로 팅겨져 나간 사람은 단여랑이었다.

"엇!"

이옥토가 놀라 비명을 질렀다.

요수는 즉시 단여랑에게 뛰어가 그를 부축했다.

"이런!"

단여랑의 열 손가락은 모두 얇은 얼음으로 뒤덮여 뻣뻣하게 굳어 있었다. 잘못 만지기라고 하면 그대로 부러져 버릴 것만 같아 요수는 극히 조심스럽게 그를 일으켜 앉혔다.

"괜찮아요?"

이옥토 역시 단여랑에게 뛰어갔다.

"괜찮… 쿨럭!"

단여랑은 웃고 있었지만 표정은 전혀 괜찮아 보이지 않았다. 진기를 너무 소모한 탓에 그의 얼굴은 이미 창백하게 변해 있었다.

반면, 단여랑을 그렇게 만든 장본인인 사공필은 떨떠름한 표정으로 제자리에 가만히 서 있었다.

그는 혹시나 하는 마음에 전력을 기울이지는 않았다. 하지만 손을 부딪치는 과정에서 단여랑의 손가락에 힘이 하나도 없었다는 점이 그의 기분을 껄끄럽게 했다.

"야, 이 새끼야! 너 이러려고 나한테 겨루자고 한 거냐? 사람을 무시해도 분수가 있어야지! 그깟 실력을 가지고 감히 덤벼? 이게 빙백신공이냐?"

심히 불쾌한 마음에 사공필은 온갖 욕설을 내뱉었다.

하지만 그를 올려다보고 있는 단여랑의 얼굴엔 엷은 미소가 피어올랐다.

"빙백신공… 맞아."

"하하! 북해빙궁의 빙백신공도 별거 아니었구먼. 괜히 기대한 내가 바보지."

실망감이 가득한 사공필은 허탈한 얼굴로 몸을 돌렸다.

'북해무공이라기에 얼마나 대단한가 싶었더니, 겨우 이 정도밖에 되지 않는 걸로 무공에 대해 논했단 말이더냐.'

요수도 실망하긴 마찬가지였다.

강호에 초출내기 무인들이 가장 쉽게 범하는 것이 바로 자만심이었다. 우물 안 개구리가 넓은 하늘을 보지 못하는 듯이 무인들은 자신의 무공이 제일인 줄로만 착각한다.

'네 녀석도 결국엔 초짜일뿐.'

"지금 뭐 하는 거야?"

요수는 곁에서 들려오는 이옥토의 음성에 고개를 들었다. 그녀의 눈길이 향한 곳에는 사공필이 두 팔을 그대로 올린 채 엉거주춤한 자세로 돌아다니고 있었다.

"어? 이거 왜 이러지?"

사공필의 당황 어린 중얼거림은 요수와 이옥토의 귀에 들어왔다.

"지금 뭐 하는 거냐고 묻고 있잖아!"

걸음을 멈추고 고개를 돌린 사공필의 얼굴엔 평소 찾아볼 수 없는 당혹함이 서려 있었다.

"소저, 그게… 팔이 아래로 내려가지 않사옵니다."

단여랑은 구름 한 점 없는 창공을 올려다보며 가늘게 한숨을 내쉬었다.

밑으로 축 늘어뜨린 그의 손가락은 얇은 천으로 하나하나 묶여 있었다.

사공필의 심한빙혼지가 그렇게 만들어놓은 것. 얼음이 녹는 데는 그리 오랜 시간이 걸리지 않았지만 충격은 극심했다.

가공할 힘에 못 이겨 타박상을 입은 뼈마디는 움직이는 데 엄청난 고통을 동반했다. 다시 정상적으로 되돌아오려면 오랜 시간이 필요할 듯싶었다.

그토록 보고 싶어 했던 중원의 빙공. 하지만 단여랑은 그리 개운치 못했다.

사공필은 전력을 기울이지 않았다.

단여랑에 대한 무시는 아니다. 그는 자신의 무공에 자부심이 대단한 사람이고, 실력 또한 만만치 않다.

그랬던 사람이 마지막 한 수에 진기를 싹 거두어가 버렸다. 만약 그대로 부딪쳤다면 단여랑의 손가락은 아마 지금쯤 하나도 남아 있지 않았으리라.

왜 사공필은 갑자기 진기를 거둔 것일까.

문제는 단여랑에게 있었다. 사공필이 본실력을 드러내지 않게끔 만든 사람이 단여랑이다.

긴장을 주지 않았다. 만만하게 보았기 때문에 틈이 생긴 것도 사실이다.

물론 실전에서야 단여랑에게 유리한 점이 될 수가 있지만 그건 그가 원하는 것이 아니었다.

북해빙왕은 이름 자체만으로도 오금을 저리게 만든다. 지금의 단여랑에게 그런 힘이 있을까?

정정당당히 본실력으로 겨루어 상대를 굴복하게 만들었어야 했다. 그렇지 않고서야 속임수를 쓰는 삼류무인으로밖에 전락하지 않겠는가.

빙백신공은 나무랄 데 없이 성장하고 있다. 그러나 단여랑에겐 상대를 굴복하게 만드는 능력이 아직은 부족했다.

'소피를 지릴 정도로 상대를 공포로 몰아넣어야 해.'

마주하는 자체만으로 상대로 하여금 투지가 꺾이게 하는 것이 단여랑이 원하는 무공이다.

"손은 좀 괜찮아요?"

뒤에서 들려오는 맑은 음성이 그를 상념에서 깨웠다.

"아깐 조금 놀랐어요. 빙백신공에 대한 말은 많이 들었지만 그런 무공인 줄은 전혀 예상치 못했으니까."

"사공필은?"

"이제 팔목을 겨우 움직일 수 있어요. 충격이 대단하던걸요? 자신을 그렇게까지 만든 사람은 없었다고 아직도 중얼거려요."

“내가 진 싸움이야.”

“네?”

“사공필은 전력을 기울이지 않았어. 하지만 난 아니었지. 만약 사공필이 전력을 다했다면 승패는 분명하게 갈라졌을 거야. 내가 진 쪽으로.”

단여랑은 솔직하게 고백했다.

사공필도 겉으로는 표현하지 않지만 단여랑과 같은 생각을 가진 것은 분명했다.

“일전엔 목숨을 구해주셔서 고마웠어요.”

“어차피 다 지나간 일인데, 뭐.”

단여랑은 별일 아니라는 듯 가볍게 웃어넘겼다.

“북해빙궁의 세 번째 소궁주라고 하셨나요?”

이옥토는 어색한 분위기를 달래기 위해 화제를 바꿨다.

“이야기는 많이 들었어요. 태상궁주의 총애를 받고는 있지만 궁도들에게 미움을 받는다는… 비운의 소궁주가 바로 당신이었군요.”

“그런 이야기까지 알고 있나?”

“사대궁이니까요.”

“…그렇다면 내부의 일도 모두 알고 있다는 말?”

“그건 아니에요. 대략적인 것만 알고 있죠. 만약 사소한 일까지 모두 알고 있다면 저희 조부가 행방불명된 걸 알았을 때 공격해 왔겠죠.”

“그렇군.”

이옥토는 자꾸만 끊어지는 대화에 적응을 할 수가 없었다.

예전에 그녀는 항상 듣는 위치에만 있었다. 뭇 사내들은 그녀의 환심을 사기 위해 없는 말도 지어낼 정도로 대화가 끊기지 않았다.

하지만 단여랑은 달랐다.

그는 꼭 필요한 이야기가 아니면 절대 하지 않았다. 대화를 이어 나가기 위해선 이옥토 자신이 스스로 노력해야만 했다.

‘내가 왜 이런 생각을……!’

이상했다. 단여랑과 만난 지 얼마 되지 않았지만 그는 마치 오래전부터 알고 있었던 사람처럼 편안했다.

“그런데 정말 집으로 돌아갈 생각은 없나? 무슨 피치 못할 사정이라도 있어?”

이옥토는 상념에서 깨어났다.

“아! 그건…….”

말을 해야 할까 잠시 고민하던 이옥토는 단여랑에게 사실을 말하기로 마음먹었다.

“집엔 돌아갈 수가 없어요. 부친은 저를 강제로 혼인시키려 하거든요.”

“열일곱이면 혼인할 나이도 되었는데, 왜?”

“혈궁이 절 죽이려 했다는 걸 알고 있죠? 바로 그 혈궁의 둘째 아들과 혼담이 오고 갔어요.”

"으음!"

"제가 혈궁에 공격당했다는 이야기를 부친은 믿지 못할 거예요. 그렇지만 조부는 아마 믿어주실 거예요."

"그래서 조부를 찾아야만 하는군."

"그쪽은… 음한곡에 왜 가시려는 거죠?"

"그걸 꼭 말로 해야만 알아?"

어차피 단여랑에게서 대답은 기대하지 않았다. 무인이 더 나은 무공을 위해서라는 당연한 질문을 한 자신이 부끄러워지는 이옥토였다.

"그나저나 이상해. 염양제라면 이미 태양신공으로는 따라올 자가 없을 텐데 왜 음기를 연마하려 한 거지?"

그 점에 대해선 이옥토 역시 궁금하긴 마찬가지였다.

조부는 무공에 대단한 집착을 보였다. 태양신공으로 만족하지 못하고 색다른 무공을 탐하고 싶은 이유일 것이라 생각했다.

'가보면 알겠죠.'

이옥토가 낮게 한숨을 내쉬고 있을 때 단여랑이 휙 몸을 돌렸다.

"요수가 올 시간이야. 이제 가자고, 곤륜산으로."

第八章

곤륜오성

1

하늘 높이 떠오른 달은 세상에 고요함과 안락한 휴식의 시간을 내렸다. 그러나 모두에게 다 그런 것만은 아니었다.

달이 기울어갈수록 마음이 타 들어가는 사람이 있었으니, 바로 정풍 진인이었다.

그는 단여랑을 만나기 위해 화한의 한 좁고 어두운 골목에 서서 불안한 듯 서성이고 있었다.

'도대체 왜 오지 않는 것인가!'

겉으로는 침착한 척해야만 했지만 흥분으로 인해 코에서 뿜어져 나오는 콧김은 곁에 있던 도인들마저 불안하게 했다.

단여랑과의 약속 시간은 어느덧 반 시진을 훌쩍 넘어버렸고, 정풍 진인은 자꾸만 불길한 생각이 들었다. 개방에 부탁한 정보도 들어올 때가 되었는데 아직도 소식이 없고…….

그때 골목 어귀에서 검은 그림자 하나가 나타났다. 얼굴에 화색이 맴돌려던 정풍 진인은 곧 그림자의 정체를 알아보곤 다시 인상을 찌푸렸다.

그림자는 단여랑 일행을 미행하라 보낸 두 도인 중 하나였다.

"사숙, 큰일 났습니다!"

"무슨 일이냐?!"

정풍 진인은 심장이 덜컹 내려앉는 듯했다.

"녀석들이 도주했습니다."

"뭐, 뭐라고?!"

불길한 예감은 정확하게도 들어맞았다.

"어디로 갔느냐? 너와 함께 간 옥현(玉賢)은 어디에 있느냐?"

"종적이 탄로나 혼혈을 짚였습니다. 옥현은 지금 그들의 흔적을 쫓고 있는 중입니다."

"사숙, 큰일 났습니다!"

이번엔 다른 쪽에서 도인 하나가 헐레벌떡 달려왔다. 개방에 도움을 청하기 위해 보낸 도인이었다.

"개방에서 보고가 들어왔습니다."

"……."

"사천성 성검문주의 생일은 칠월 초하루라 합니다. 그리고 북해빙궁의 장남 단태붕은……."

"그만! 그만!"

정풍 진인은 뒷말을 듣고 싶지 않았다.

"이, 이런… 이런 일이!"

하늘이 무너져 내리는 것 같았다.

믿지 말았어야 했다. 고작 약관도 넘지 않은 청년이 북해빙궁의 장남이라 자신있게 말했을 때 계속 의심했어야 했다.

하지만 후회는 아무리 빨라도 늦는 법. 정풍 진인이 이옥토에게 한 실수만 아니었어도 사공필을 넘기는 어리석은 짓은 하지 않았을 게다.

"사숙, 그런데……."

처음에 왔던 도인이 미안함 가득한 얼굴로 조심스럽게 입을 열었다.

"녀석들이 가고 있는 방향이 청해성 쪽입니다."

정풍 진인의 귀가 솔깃해졌다.

"곤륜산?"

"아마도 그런 것 같습니다."

그는 더 이상 생각을 길게 할 시간이 없었다.

"지금 즉시 본 문에 보고를 올려라! 우리도 곤륜으로 돌아간다!"

요수 덕분에 그들을 감시하던 두 도인을 쉽게 따돌린 단여
랑 일행은 곤륜으로 향했다.

화한에서 청해성까지의 거리는 얼마 되지 않지만 서남쪽
끝에 위치한 곤륜파로 가기 위해선 보름이 훌쩍 넘는 시간을
예상해야만 했다.

"그거 아냐?"

사공필은 단여랑에게 바짝 붙어 섰다.

비무가 있던 날부터 둘 사이는 급속도로 가까워졌다. 바른
말로 하자면 사공필이 단여랑에게 관심을 보이기 시작했다고
해야 옳았다.

"곤륜파 도인 놈들이 너무 괘씸해서 말이야. 도망치자마자
방방곡곡에 음한곡에 대한 소문을 퍼뜨렸거든."

아주 잘 알고 있다.

노대호를 찾아갈 때만 해도 음한곡에 대한 소문이 파다했
다. 소문의 본거지는 바로 사공필의 세 치 혓바닥이었다.

"아마 지금쯤이면 곤륜산 아래가 시끌벅적할 거다."

사공필의 말은 사실이었다.

단여랑 일행이 청해성에 들어서자마자 민간인들보다 무인
으로 짐작되는 사람들을 더 많이 보였기 때문에.

대부분의 사람들이 음한곡의 존재 여부가 사실인지 알기
위해 곤륜산으로 모여들었을 게다. 좀 더 생각이 깊은 자들은

정풍 진인을 비롯한 도인들이 감숙성에 모습을 드러냈을 때
부터 음한곡에 대한 소문이 사실이라는 걸 알아챘을 것이다.
그렇게 청해성을 찾은 사람들은 음한곡의 기운을 빌어 음기
를 익히고자 하는 무인들일 확률이 높았다.

생각해 볼 점은 있다.

빙공은 중원에서 지탄받는 무공이다. 하지만 그것은 어디
까지 쉽게 익힐 수 없다는 생각에서 나오는 시기심일 수도 있
다.

음한곡이 있다면 빙공은 쉽게 익힐 수 있다. 속성에 포함되
는 빙공을 익힐 기회만 제공된다면 순식간에 고수의 반열로
거듭날 수 있다.

북해빙왕의 가치는 상상 이상이었다.

비록 세외 세력이긴 하지만 빙공 하나로 아무도 건드릴 수
없는 지존의 자리까지 오른 사람이다. 익히기만 하면 무시하
지 못하는 무공이니 그 누가 유혹에 혹하지 않겠는가.

"그런데 넌 원래부터 음기를 타고났냐?"

사공필은 아직도 단여랑에게 당한 일을 믿을 수 없다는 듯
이 지금은 멀쩡한 팔을 휙휙 휘저었다.

"아니, 음한곡과 같은 이치야. 웬만한 사람들은 북해에서
몇 년간 생활하다 보면 자연히 음기를 받아들일 수밖에 없어.
그러는 넌?"

"난 선천진기(先天眞氣)야. 태어날 때부터 음기가 너무 강

해 요망한 자식이라고 부모에게 버려졌지. 음한곡과는 비교할 수 없는 초라한 동굴이 하나 있는데, 그곳에서 살았어. 이끼를 뜯어 먹으면서. 크크크!"

사공필에게는 따로 스승이 없었다. 그는 그를 버린 부모에게 복수를 하겠다는 일념으로 스스로 무공을 익혀 나갔다. 이제는 복수할 부모도 세상에 존재치 않지만 그의 노력은 하늘이 배반하지 않아 지금의 사공필을 만들어냈다.

"빙백신공이라는 거 생각 이상이던데. 뭐, 심한빙혼지에 비할 바는 안 되지만 말이야."

사공필은 진심으로 감탄했다. 단여랑의 무공 실력이 특출해서가 아니었다.

빙백신공이라는 무공은 그의 상상을 뒤엎었다. 겉은 멀쩡하지만 속은 훌륭히도 얼려 버린… 진정한 빙공이라 해도 과언이 아니었다.

내심 그런 무공을 익힌 단여랑이 부럽기도 했다.

"성급했어. 너와 붙은 시기가 너무 빨랐어. 확인해 보지도 못한 빙백신공을 펼쳤으니까."

"뭐냐? 결국 나는 시험용이란 말이냐?"

단여랑은 피식 웃었다.

그때 요수가 갑자기 검을 뽑아 들었다.

"무슨 일이야?"

"누가 따라붙은 것 같다."

요수의 눈이 예리하게 사방을 살폈다.

"크크! 저 새끼, 바보 아냐? 여기는 청해성이야. 청해성은 곤륜파 영역이지. 그들이 눈에 불을 켜고 찾고 있는 사람이 바로 나. 내가 여기 있는데 감시가 붙는 건 당연하지."

"감시?"

"정풍 진인이 가만히 있을 것 같아? 우리가 이리로 움직이고 있다는 사실이 벌써 곤륜파 전체에 퍼졌을 텐데. 그러고 보니 이상하네. 마중이라도 나와야 하는 것 아닌가? 본좌가 스스로 행차하셨는데… 쩝!"

사공필은 가슴을 치며 말했다.

곁에 있던 이옥토는 얼굴이 굳어졌다. 그녀는 혈궁의 일 이후로 항상 신경을 곤두세우고 다녔다. 이옥토의 목숨을 노리고 있는 자들이 지금도 어디에선가 그녀를 지켜보고 있을 것이 뻔했다.

"아니, 소저, 어디가 불편하시기라도 합니까? 얼굴이 영 말이 아닙니다."

"신경 쓰지 말고 꺼져."

"예, 알겠습니다."

사공필은 정말로 그녀의 눈에 띄지 않으려고 뒤로 물러서서 천천히 따라갔다. 그런 사공필의 모습을 보는 요수는 기가 막혔다.

"허! 미친놈."

“어? 너 뭐라고 했어? 방금 나한테 미친놈이라고 한 거 맞지?”

“미친놈한테 미쳤다고 하지 그럼 안 미쳤다고 하나?”

“이 새끼가 정말 보자 보자 하니까…….”

“시끄러워, 좀!”

“예, 소저. 묵념하고 있겠습니다.”

사공필은 요수를 한 번 노려본 뒤 단여랑의 옆에 찰싹 붙었다.

“왜 그렇게 쩔쩔매?”

단여랑도 사공필의 행동을 이해할 수 없었다. 이중인격적인 성격이라고 해도 좋을 만큼 사공필이 다른 사람에게 대함과 이옥토를 대하는 행동이 판이하게 달랐다.

“예쁘잖아.”

“그게 다냐?”

“그게 다라고는 할 수 없지. 내가 지금 죽기보다 더 싫은 음한곡에 무엇 하러 간다고 생각하냐?”

“이옥토 때문에?”

“아니지. 좀 더 엄밀히 말하자면 염양제 늙은이 때문이지. 미리 잘 보여두어야 할 것 아냐. 성격은 더럽지만 그까짓 거 몇 년 죽었다 생각하고 참지, 뭐.”

“만난 지 얼마 되지도 않았는데 어떻게 그렇게 좋아할 수가 있어?”

"하! 이 새끼, 이제 보니 완전 샌님이네. 시간이 중요한 게 아냐, 느낌이 중요한 거지. 처음 딱 보았을 때의 온몸에 자르르 울리던 그 전율이란! 그 사람의 얼굴을 떠올리기만 해도 애잔한……. 쩝, 내가 지금 널 데리고 뭔 소리를 하는 거냐."

사공필은 언제나 자신의 감정에 솔직했다. 단여랑이 가지지 못한 유일한 점을 그는 자신있게 겉으로 드러냈다.

'애잔함이라…….'

단여랑의 뇌리에 문득 한 여인의 얼굴이 스쳐 지나갔다.

말 한번 나눠보지 못했던, 끝까지 위로의 말조차 건네지 못하고 떠나보냈던 여인.

'서하…….'

예서하는 차가웠다. 생김새도, 분위기도, 단여랑에게 했던 행동들도 모두.

하지만 그녀의 눈동자만을 그렇지 않았다. 단여랑을 바라보는 그녀의 눈은 항상 슬픔에 잠겨 있었다. 그것이 북해빙궁을 향한 원망인지는 단여랑도 알 수 없었다.

다만 그 눈동자를 생각할 때마다 가슴 한편이 아려왔다. 이것이 사공필이 말한 애잔함인가?

'아니야. 그럴 리 없지.'

단여랑은 세차게 고개를 저었다.

그에게는 여인에게 애잔함 따위를 느낄 만큼 여유롭지 않았다. 무공만 익히는 데에도 부족한 시간이다. 그가 느낀 애잔함은 어쩌면 동정심일 수도 있다.

예서하는 지금쯤 어디에 있을까.

보리마군의 비석을 세워두었다는 것은 알지만 그 이후의 행방은 묘연하다. 노대호에게 물어보기라도 하면 좋았을 테지만 중원의 모래알처럼 많은 사람 중에서 무슨 수로 그녀를 찾을 수 있단 말인가.

한 군데 알고 있는 곳이 있긴 하다.

밀당은 아마도 그녀의 행방을 알고 있을 것이다. 다른 데서도 아닌 북해빙궁에서 빠져나간 사람이기에 밀당은 항상 그녀를 눈여겨보고 있을 게 분명했다.

'예서하도 음한곡에 대한 소문을 들었을까?'

그녀도 빙공을 익힌 무인이기에 음한곡에 대한 소문을 들었다면 곤륜산으로 올 확률이 컸다.

하지만 단여랑은 생각을 정정해야 했다.

예서하는 듣지도 말하지도 못하는 장애를 지닌 여인이었으니까.

'후우……!'

갑갑한 마음은 탈피할 장소를 찾았고, 이미 곤륜산을 향해 있었다.

*　　　　*　　　　*

장식품이라고는 하나 없는 수수한 대청 한가운데엔 커다란 원탁 하나가 떡하니 자리해 있었다.

다섯 명의 노도인은 원탁에 둘러앉아 한가롭게 오후를 보내며 따뜻한 차를 음미했다.

젊은 시절에는 한시도 입을 쉬지 않고 떠들어댔지만 나이가 드니 그것마저 힘겨운 듯 보였다. 벌써 이곳에 자리한 지 일다경이 훌쩍 넘어버렸지만 오고 간 대화는 전혀 없었다.

나직하게 도경(道經)을 외우는 자도 있었고, 골똘히 생각에 잠긴 노도인도 있었다.

그런 따분한 자리가 지겨웠는지 풍채가 가장 좋은 노도인 하나가 의자에 거의 누운 자세로 입을 열었다.

“거, 늙은이들하고는……. 쯧쯧, 무슨 말이라도 해봐. 입술 떼기도 이제는 귀찮은 게야?”

“귀찮고말고.”

“그래서 늙으면 죽어야 한다는 말이 생긴 게야.”

“그럼 어서 본론으로 넘어가시게.”

“험험!”

노도인들은 그제야 각자 하던 일을 멈추고 서로를 바라봤다.

그들이 이 자리에 모인 이유는 며칠 전부터 곤륜산으로 모여든 무림인들 때문이었다.

처음에는 몇 명 되지 않아 잘 타일러 돌려보냈지만 날이 갈수록 무인들의 숫자는 늘어만 갔다. 이젠 일일이 타이르기엔 무리가 따랐다.

소문이 날개를 달고 퍼져 나갔기에 앞으로 얼마나 더 많은 무인들이 찾아오게 될지는 예상할 수 없었다.

그렇기에 곤륜파는 무인들을 향해 대대적으로 공표를 해야만 하는 입장이 되었다.

곤륜파는 구파일방에도 끼지 않았으며, 정말 특별한 일이 아니면 중원 일에 전혀 개입하지도 않았다. 오로지 도를 중시하고 도만 추구하는 도문의 지주이자 도인들의 성지다.

그런 성지를 외부인들이 함부로 침입하게 두어선 안 되었다.

"도대체 빙공을 익히고자 하는 인간들이 왜 이렇게 많은 게야? 북해빙왕의 신화 때문이던가?"

"하나는 알고 둘은 모르는 사람들이지. 북해빙왕은 북해라는 배경이 있어서이기도 하지만 그보다 자질과 노력이 뒷받침되었기에 탄생된 거지. 음한곡의 기운을 빌어 빙공을 익히겠다니… 무량수불!"

곤륜오성은 한탄했다.

음한곡의 존재는 분명 무인들에게 커다란 유혹감이 아닐 수 없다. 하지만 그들은 모른다. 음한곡에 들어가면 무공의 경지에 도달한 인간들도 한 시진 만에 싸늘한 시체가 된다는 것을.

"더 이상은 그냥 묵과할 수가 없네. 사실을 밝히든지, 아니면 음한곡에 대해 부정을 하는 수밖에."

"장문께서 곧 공표를 한다고 했으니 그 점에 대해선 안심해도 될 걸세."

도인들은 그제야 숨통이 조금 트이는 듯했다. 하나 완전히 안심하기에는 일렀다.

공표 역시 공표일 뿐, 이미 마음의 동요가 일어난 무림인들은 곤륜산을 쉬이 떠나지 않을 게 분명했다.

"놀라운 소식 하나를 알려주지."

흰 수염이 얼굴을 뒤덮어 마치 신선을 연상케 하는 노인이 원탁 앞에 놓여진 서류를 들었다.

"사공필이 청해성으로 들어섰어. 곧장 이곳으로 오고 있는 모양일세."

노인들이 눈동자를 반짝였다.

"그렇게 다시 돌아올 거면서 뭐 하러 밖에 나간 건지. 쯧쯧!"

"물은 이미 엎질러진 것. 다시 퍼 담을 수는 없는 일. 무량수불!"

"사공필 녀석, 오기만 해봐. 용서고 뭐고, 난 그 녀석 볼기짝이라도 내쳐야 속이 후련할 것 같으이."

노인들의 목소리가 한층 고조되었다.

사공필이 그대로 행방불명되었다면 원망과 증오가 남겠지만 다시 돌아온다니 기쁘지 아니할 수 없었다.

무림인들이 음한곡에 대해 알게 된다는 사실이 걱정되었지만 그보다 더 두려운 것은 염양제의 안위였다.

만약 그가 잘못되기라도 한다면 사정이야 어찌 되었든 남해태양궁과의 충돌을 면치 못할 게 확실했다.

"구파일방에서는 아무런 소식이 없던가?"

"구파일방은 잠잠하네. 그들이야 워낙 체면을 중시하기 때문이기도 하지만, 솔직히 각 문마다 자랑스러운 독문무공이 하나씩 있지 않은가. 결국 곤륜산 자락에 모인 무인들은 속된 말로 어중이떠중이들이라고 해야겠지."

소문은 구파일방에도 들어갔을 게다. 하지만 그들이 음한곡의 이야기를 듣고도 움직이지 않는 이유는 곤륜파를 그만큼 존중해 주기 때문이다.

"아직 내 말은 그게 끝이 아니네. 놀라운 소식은 지금부터일세."

사공필이 귀환하고 있다고 말한 노인이 다시금 입을 열었다.

나머지 네 명의 노인이 그를 흘끔 바라봤다. 사공필이 돌아온다는 것보다 더 놀라운 사실이 있었는가.

"녀석이 다른 사람을 끌어들였어."

"다른 사람?"

“그것도 세 명이나 말일세.”

“지금 그들도 같이 움직이고 있다는 소린가? 뭐 하는 자들이지?”

노인은 서류를 한 장 한 장 천천히 넘겼다.

“한 명은 하오문 화한지부 도곤 중 하나. 오 년 전까지만 해도 낙일검(落日劍)이라는 별호로 활동했지. 지금은 요수라는 별칭으로 불린다네.”

“가만, 들어본 적이 있네. 오 년 전, 섬서성(陝西省)에 갔을 때 얼핏 들은 것 같아. 내 기억이 맞다면 강간당하고 자살한 누이의 원수를 갚은 뒤 우연히 유살검(幽殺劍)을 만나 처참하게 당했다고 하더군. 유살검은 본래 살수 출신. 그 살수 문파의 이름이 뭐였더라?”

“월영문.”

“맞아, 월영문이었지.”

“다른 한 명은 여아일세. 염양제의 손녀, 남해태양궁의 금지옥엽 이옥토.”

“으음!”

노인들의 인상이 찌푸려졌다.

남해태양궁조차 염양제의 행방을 모르고 있는데 이옥토가 곤륜산으로 향하고 있다는 사실은 그리 좋은 소식이 아니었다.

“이옥토는 우연히 만난 것 같네. 조부의 행방을 찾으러 가출했다고 하던데……. 아마도 지금은 염양제가 이곳에 있는 걸 알고 오는 것이겠지.”

“보나마나 사공필 녀석이 떠들었을 게야.”

“그리고 또 다른 한 명은…….”

노인들은 마른침을 삼켰다.

한 명 한 명 거론될 때마다 그들은 하나같이 범상치 않은 인물들이었다.

“단여랑이라고… 북해빙궁의 소궁주일세.”

“뭣?!”

“뭐야?”

노인들은 놀람을 금치 못했다.

“북해빙궁의 소궁주가 왜? 북해빙궁에서도 음한곡에 대해 알고 있다는 말인가?”

“정풍 진인에게는 큰아들 단태붕이라고 속였더군. 그가 오고 있는 목적은 아무래도 음한곡 때문일 가능성이 커.”

“…….”

세외 세력이기에 안심하고 있었는데 북해빙궁이 거론될 줄은 꿈에도 상상하지 못했다.

걱정이 앞섰다.

단언하건대 음한곡은 북해 내에서도 찾을 수 없는 장소임이 분명했다.

다른 무인들이라면 몰라도 북해빙궁은 빙공을 익힌 사람

들이니 음한곡에 대해 알게 되면 우르르 몰려오게 될지도 모른다.

"낙일검에, 남해태양궁 여식에, 북해빙궁 소궁주라니…….
허허! 그것참."

"우선은 그들 때문에 사공필이 다시 돌아오려 마음을 바꿨다는 소리인데… 축객령(逐客令)을 내리지는 못하겠지."

"어떻게 처리할 생각인가?"

"낙일검은 전혀 상관이 없는 자, 이옥토는 조부를 찾으러 왔겠지만 음한곡에는 들어갈 수가 없어. 문제는 단여랑이라는 자인데……. 아무래도 우리가 직접 나서는 게 좋을 것 같네."

노인은 다른 노인들에게 동조를 구하지 않았지만 반박의 의견은 나오지 않았다.

북해빙궁이란 세력 자체가 움직인다는 것은 적신호였기 때문에 장문이 앞으로 나서는 것보다 곤륜오성이 직접 해결하는 편이 빨랐다.

"하긴, 곤륜빙궁이 되게 놔두어서는 안 되지."

"하지만 만약 그자가 음한곡에 들어가려 한다면 어찌해야 하는가?"

서류를 훑어보던 노인은 다 식어버린 차를 들이키곤 천천히 말했다.

"잊었나? 축객령이 있는 데도 불구하고 들어서는 자. 들어

올 때는 마음대로 들어올 수는 있어도 나갈 때는 마음대로 나
갈 수 없는 게 바로 우리 곤륜파라는 것을.”
　곤륜오성은 서로를 바라보며 눈을 빛냈다.

2

　“이 많은 사람들을 어떻게 뚫고 들어가죠?”
　이옥토는 곤륜산 아래에 모여든 무수한 인파를 보며 혀를
내둘렀다.
　곤륜산까지는 무사히 도착할 수 있었지만 들어가는 것이
문제였다. 곤륜산 초입에 당당히 버티고 서 있는 회색 도복의
도인들은 들어오는 자들을 철저히 차단했다.
　반항하는 무리들은 없었다.
　곤륜산은 곤륜파의 영역. 도의는 있는 법. 아무리 무공에
눈이 뒤집혔다 하더라도 남의 집에 무단으로 침입하는 행동
은 하지 않았다.
　“사공필, 산으로 올라가려면 이 길밖에 없어?”
　단여랑의 물음에 사공필은 고개만 갸웃거렸다.
　“그거야 나도 모르지. 내가 여기 일 년을 살았다고는 하나
갇혀 지낸 게 전부인데. 물론 다른 길도 있겠지만 여기와 사
정은 그리 다르지 않을 것 같은데. 그나저나 이상하네. 분명
내가 이곳으로 오고 있다는 걸 알고 있을 텐데.”

“조만간 연락이 오겠지. 일단 안으로 들어가자.”

단여랑 일행은 인파를 헤치며 앞으로 걸어나갔다.

음한곡의 대한 소문은 의외로 많은 여파를 불러일으켰다.

개개인이 찾아온 낭인들이 대부분이었지만 같은 무복을 입고 떼 지어 모여 있는 사람들도 많았다. 무기는 각양각색, 종류도 다양했다.

단여랑 일행이 지나갈 때마다 그들을 바라보는 사람들의 눈길이 심상치 않았다. 어린 나이에, 그것도 요수를 제외하고는 무기도 지니지 않았으니 오히려 시선을 끌기에 충분했다.

들어갈 수 있으면 들어가 봐라. 간혹 비릿한 웃음을 던지는 무인들도 있었다.

“어, 왜 이러지? 곤륜산이 가까워질수록 가기 싫은 이 기분은 뭐냐?”

사공필의 발걸음이 점점 느려졌다. 이옥토 때문에 어쩔 수 없이 왔지만 막상 도착하고 나니 두려운 모양이었다.

“잔말 말고 앞장서.”

이옥토의 재촉에 사공필의 발걸음은 다시 빨라졌다.

곤륜산 입구에 서 있는 도인들과의 거리가 이십여 장 정도 남았을 때 일단의 무리가 단여랑 일행의 앞을 가로막았다.

한눈에 보아도 낭인들로 보이는 그들은 자신들의 키보다 훨씬 큰 기형월도를 등 뒤에 메달았다.

“뭐냐, 니들은?”

사공필은 험상궂은 얼굴로 그들의 앞을 막은 세 명의 사내를 노려보았다.

"보아하니 우리와 같은 처지인 것 같은데 안으로 들어가지 않는 게 좋을 거다."

"같은 처지? 하! 웃기고 있네. 어째서 니들과 우리가……."

사공필은 말을 하다 말고 어깨를 확 끌어당기는 손에 뒤로 밀려났다. 그가 있던 자리는 어느새 앞으로 걸어나온 단여랑이 차지하게 되었다.

"이유는?"

단여랑의 반문에 사내들은 눈살을 가늘게 좁혔다.

"곤륜파 장문인의 공표가 떨어졌다. 곤륜산에 한 발이라도 들어서는 자는 침입자로 간주, 공격한다는 말이다."

"그래?"

단여랑의 말투에 사내들은 얼굴을 찌푸렸다. 기껏 생각해서 해준 말이었는데 단여랑의 태도에 기분이 나빠졌다.

"아무리 초출이라고는 하나 설마 곤륜파 무공에 대해 모르는 것은 아니겠지?"

"곤륜파 무공이 그렇게 대단한가?"

"뭐? 하하하!"

"하하하!"

주위에 있던 무인들이 단여랑 일행을 향해 크게 웃었다.

"걱정해 준 것은 고마운데, 우리완 상관없는 이야기군."

"대단한 자신감인데? 저기 서 있는 도인들 보이나? 한번 뚫고 들어가 봐."

사내는 턱짓으로 입구에 서 있는 도인들을 가리켰다.

"그러지."

단여랑은 터벅터벅 걸었다. 이옥토와 요수, 사공필이 그의 뒤를 따랐다.

"나중에 울면서 돌아오지나 말라고. 하하하!"

무인들은 조롱이 가득한 웃음을 흘려냈다.

곤륜파를 찾은 무인들은 많았지만 장문인의 공표가 떨어지고 난 후에 입구에서 얼쩡거리는 자는 없었다. 구파일방에 버금가는 대문파인 곤륜의 무공에 대적하기에는 그들의 실력이 너무도 모자랐다. 그렇다고 명문정파를 상대로 합공을 할 수도 없는 노릇이었다.

단여랑 일행이 입구에 거의 다다랐을 즈음, 뒤쪽에서 누군가의 노한 음성이 쩌렁 울렸다.

"사공필! 네 이놈!"

단여랑 일행은 물론 근처에 자리한 무인들의 고개가 소리가 난 쪽으로 돌아갔다.

멀리에서 흙먼지를 내며 달려오고 있는 사람은 다름 아닌 정풍 진인이었다.

번개 같은 속도로 달려온 정풍 진인은 단여랑 일행 앞에 우뚝 멈췄다. 그는 사공필의 뒷덜미를 빠른 손놀림으로 내려쳤다.

따악!

“악! 이 인간이 미쳤나! 왜 때려!”

뒤통수를 부여잡으며 소리를 지른 사공필은 정풍 진인의 얼굴을 보곤 흠칫했다. 그의 얼굴에는 예전엔 볼 수 없었던 싸늘함만이 자리했다.

“네놈의 죄는 나중에 추궁하겠다. 당신!”

이번엔 정풍 진인의 매서운 눈길이 단여랑에게로 꽂혔다.

“잘도 나를 속였더군.”

“속은 사람이 잘못이지.”

“감히 곤륜파를 상대로 농간을 부리다니!”

“어쨌든 잘된 일 아닌가? 사공필이 제 발로 곤륜산을 찾아오게 했으니까.”

“내 다른 건 몰라도 너만은 절대로 용서치 않겠다!”

“아우, 시끄러워. 화통을 삶아 드셨나? 목소리 하나는 우렁차군.”

단여랑은 손가락으로 귀를 후벼팠다.

“이, 이……!”

정풍 진인의 두 눈이 이글이글 타올랐다. 주위에서 비웃음을 던지던 무인들도 경악했다.

정풍 진인의 손이 허리춤에 달린 검으로 움직이려는 찰나,

“손속을 멈추시오!”

입구에 서 있던 도인들 중 하나가 빠르게 달려왔다.

"정풍 진인, 이러지 마시오."

"곤륜을 능멸한 녀석이오. 미안하지만 참을 수가 없구려."

"위에서 모시라는 명이 떨어졌습니다."

"누구의 명이오?"

정풍 진인은 단여랑에게서 시선을 떼지 않으며 물었다.

"장로님들의 명입니다."

도인의 말에 정풍 진인의 고개가 휙 돌아갔다.

"뭐, 뭐요?"

"장로님들로부터 이분들을 모시라는 명이 방금 떨어졌습니다."

"……."

정말 오랫동안 주위는 기나긴 침묵에 휩싸였다.

'이들이 곤륜오성…….'

단여랑은 정자에 앉아 있는 다섯 명의 노도인을 보는 순간 불길한 예감이 들었다.

그들의 몸집은 각기 달랐지만 감히 범접할 수 없는 기운이 뿜어져 나왔다.

이런 기분을 느낀 적이 있다.

북해빙궁에서 단태붕과 겨루던 날, 결정적인 순간에 나타난 장로 묵야흔과 도감태에게서 느끼던 기운.

다섯 명의 노도인은 편안한 자세였지만 틈이 전혀 보이지 않았다.

'이들과 겨룬다면 일초지적이다!'

거대한 산 다섯 채가 사방을 막고 있는 듯한 착각마저 일었다.

언제나 자신만만하던 사공필조차도 노도인들 앞에선 일언반구도 내뱉지 못했다.

"사공필, 자네는 어딜 쏘다니다가 이제야 나타난 겐가?"

"……."

"돌아왔으니 망정이지 아니었다면 우리는 괜한 목숨을 빼앗을 뻔했다네."

사공필은 마른침을 꿀꺽 삼켰다. 사공필을 죽일 수도 있었다는 노도인들의 말은 허언이 아님을 알고 있었다.

"갑자기 벙어리라도 된 모양인가? 왜 대답하지 않는가?"

"자, 잠시 바람 좀 쐬고 싶었소."

"돌아가게. 그분께서 기다리고 계신다네."

"그… 래서 다시 돌아왔지 않소?"

"길 안내는 하지 않겠네."

알아서 음한곡으로 돌아가라는 소리였다.

사공필은 이옥토를 흘끔 바라보았다.

"소녀 이옥토가 곤륜오성을 뵙습니다."

사공필의 눈빛을 받은 이옥토는 노도인들을 향해 깊숙이

허리를 숙였다.

"소저의 이야기는 많이 들었소. 역시 명불허전, 듣던 대로 아름다운 외모를 지니셨구려."

"과찬이십니다."

"소저, 중원은 소저가 생각하는 것보다 위험한 곳이라오. 어찌 아녀자의 몸으로 홀로 나오셨소?"

이옥토가 왜 나왔는지 알고 있는 노도인들의 태도는 능청스러웠다.

그녀는 숨을 크게 들이쉰 뒤 다시 입을 열었다.

"조부를 만나러 왔습니다. 그를 만나게 해주십시오."

"허허허!"

곤륜오성은 헛웃음을 흘렸다.

"소저, 여기까지 왔으니 조부가 어떠한 상태라는 걸 잘 알고 있을 터이니 긴 말은 하지 않겠소. 그를 만나는 길은 오로지 음한곡으로 들어가는 것뿐인데, 소저는 그곳에 들어가면 한기에 견디지 못할 것이 분명하오."

"그래도……!"

"염양제에게 소저의 시신을 보게 할 수는 없지 않소?"

이옥토는 아랫입술을 잘근 깨물었다.

조부를 만나지 못할 것이라는 생각을 하지 않은 건 아니다. 그의 행방을 듣고 찾아오긴 했지만 딱히 방도가 있는 것도 아니었다.

그녀의 내공으로는 음한곡에 들어갈 수 없다는 것이 곤륜 오성이 할 수 있는 유일한 대답이었다.

"그리 걱정은 마시오. 사공필이라면 소저의 조부를 살려낼 것이 분명하오니."

이옥토의 눈길이 사공필에게로 향했다. 사공필은 그 와중에도 그녀에게 자신을 믿어보라는 듯 가슴을 앞으로 쭉 내밀었다.

그는 이옥토와 단여랑에게 눈인사를 나눈 뒤 음한곡이 있는 방향으로 몸을 날렸다.

남은 사람은 세 명.

"우리가 바라는 손님은 사공필 하나뿐. 그대들은 불청객이나 다름없소. 그렇지 않소?"

곤륜오성은 이번에 요수에게 말을 건넸다.

"낙일검, 그대는 도가의 성지에 와서는 안 되는 자. 그만 내려가시는 게 좋겠소."

명백한 축객령이었다. 곤륜오성이 그를 내몬 까닭은 그가 하오문의 도곤이기 때문이다. 이럴 바에는 차라리 입산을 금했어야 했다.

요수는 말없이 고개를 숙였다. 단여랑을 따라오긴 했지만 곤륜산은 애초부터 그와 맞지 않는 곳이었다.

단여랑은 오고 가는 그들의 대화 속에서 계속 불길한 예감이 들었다.

낙일검에게서 시선을 거둔 곤륜오성의 눈길이 단여랑에게
로 돌아왔다.

"북해빙궁의 소궁주께서는 어인 행차이시오?"

곤륜오성이 단여랑의 정체를 알아보았지만 놀라진 않았
다. 이옥토와 요수의 신분까지도 알고 있는데 단여랑이라고
해서 다를 게 없지 않은가.

북해에서도 가만히 앉아서 세상사를 내다보는 홍자경이
있듯이 곤륜오성도 마찬가지였다. 그들은 단여랑 일행의 면
면을 모두 파악하고 있었다.

"음한곡의 이야기를 듣고 왔습니다. 아시다시피 제가 익히
고 있는 무공과 전혀 연관성이 없지는 않잖습니까?"

"하지만 중요한 것은 음한곡은 곤륜산 안에 있다는 것. 북
해빙궁에서 전혀 개입할 일이 아니지 않소?"

"빙궁은 음한곡에 대해 아는 바가 없습니다. 전 북해빙궁
의 소궁주이기 전에 한 사람의 무인입니다."

"그래서 음한곡에 들어가 보고 싶다는 말이오?"

"그렇습니다."

"우리가 허락해 주리라 생각하고 있소?"

단여랑은 곤륜오성을 한 명 한 명 천천히 둘러보았다. 당당
하지만 오만하지 않게, 겸손하지만 비굴하지 않게.

"쉽게 허락해 주시지 않을 것이라 생각하고 있습니다. 하
지만 어떻게 해서든 허락을 받아낼 각오를 하고 왔습니다."

“소궁주와 우리는 허락을 하고 안 하고의 관계가 아니오. 물이 가득 차면 넘치는 법. 욕심을 버리고 속세로 돌아가시오.”

“거절하겠습니다.”

“……!”

곤륜오성의 눈이 반짝 빛났다.

그들의 따가운 시선을 받은 단여랑은 숨이 가빠왔다. 사공 필하고 겨룰 때도 느껴지지 않던 팽팽한 긴장감이 어느새 온몸을 옥죄어왔다.

그러나 곤륜산에 온 이상 모든 걸 포기하고 돌아가고 싶은 마음은 추호도 없었다.

곤륜오성 중 한 명이 입을 열었다.

“축객령을 거부한 사람이 소궁주가 처음은 아니었소. 한 사람이 더 있었지. 바로 음한곡에 머물고 있는 염양제.”

“…….”

“대신 염양제는 조건을 내걸었소. 음한곡에 대한 이야기를 외부에 절대 발설하지 않기로. 하나 이미 소문은 파다하게 퍼졌소. 조건이 무마되었을 때 방법은 하나밖에 없소. 나갈 때는 마음대로 나갈 수 없다는 것.”

곁에 있던 이옥토의 어깨가 가늘게 떨렸다.

“그렇지만 염양제는 우리의 능력으로도 어찌해 볼 수 있는 자가 아니오. 곤륜 역사상 예외가 되었지. 소궁주, 축객령을 거부하면 어떻게 되는지 알고 있소?"

"침입자로 간주, 척살 대상이 됩니다."

"잘 알고 있구려."

단여랑은 불길함의 정체가 무엇인지 정확하게 알 수 있었다.

곤륜오성은 만만한 자들이 아니다. 그들이 축객령을 내릴 것은 어느 정도 예상하고 있었고, 만약 거부할 시에는 다섯 명의 공격을 받아내야만 했다.

단여랑은 재빨리 곁에 서 있는 요수에게 전음을 보냈다.

"축객령이라니……. 미안하게 되었군. 이옥토를 데리고 먼저 내려가."

"네 녀석, 설마 저들과 붙을 작정인가!"

"지금부터 내가 하는 말 잘 들어. 난 당신이 필요해. 감히 도움을 요청하지. 난 지혜원주와 연락을 해야만 해. 화한으로 돌아가 지혜원주의 연락이 오면 나에게 알려줘."

"……."

"또 하나. 내가 만약 한 달이 지나도 곤륜산에서 내려가지 않을 경우, 곤륜을 벗어나기 전에 남해태양궁에 연락을 취해서 이옥토를 데려가게 해. 노리는 놈들이 많아. 만약 그녀가 잘못되기라도 한다면 중원은 분란에 휩싸일 거야. 내 말 명심해."

요수의 안색이 급변했다. 그러나 그는 곧 미미하게 고개를 끄덕여 수긍을 표했다.

"저희는 이만 물러나겠습니다."

요수는 정중히 포권을 취하며 이옥토를 잡아당겼다. 가려 하지 않던 그녀는 요수의 딱딱하게 굳어진 얼굴을 보곤 못내 발걸음을 돌렸다.

정자에서 그들의 모습이 완전히 사라지고 나서도 반 각 동안 깊은 침묵이 흘렀다.

"그래, 생각은 해보았소?"

단여랑은 살짝 미소를 지었다. 마음을 다잡고 나니 노도인의 말투가 나른하게 들려왔다.

"후배 단여랑이 곤륜오성께 가르침을 받겠습니다."

第九章

음한곡

1

극심한 추위는 온몸을 마비시키는 것은 물론 정신까지 몽
롱하게 만들었다.

똑… 똑!

천장에서 떨어지는 물방울 소리가 귓가를 자극했다.

단여랑은 살며시 눈을 뜨다가 소스라치게 놀랐다.

온통 어둠뿐인 곳은 어디인지 분간할 수 없었다. 그러나 온
몸을 저려오게 하는 추위는 그가 누워 있는 장소가 어디인지
짐작하게 해주었다.

'음한곡……'

물방울 소리만 들려오는 것이 아니었다. 어디선가 끊임없

이 불어닥치는 바람 소리가 소름을 돋게 했다.

태음양화가 아니었다면 벌써 얼어 죽었을지도 몰랐을 법한 추위. 솔직히 태음양화의 기운을 빌어도 음한곡의 추위는 견딜 수 없을 정도였다.

단여랑은 잠시 누운 상태로 마지막 기억을 떠올렸다.

"후배 단여랑이 곤륜오성께 가르침을 받겠습니다."

그가 내뱉은 마지막 말이었다.

그리고 곤륜오성 중 가장 풍채가 좋은 노인이 자리에서 일어섰다. 그것이 그가 기억해 낼 수 있는 전부였다.

무슨 일이 벌어졌는지는 모른다.

눈앞에 불꽃이 번쩍이는 순간 머리에 극심한 통증이 오며 쓰러졌다. 그 와중에도 빙백신공을 시전한답시고 손을 내뻗었지만 결과는 어찌 되었는지 보지 못했다.

'들어오는 것은 쉽지만 나갈 때는 마음대로 나갈 수 없다네.'

쓰러지면서 들었던 말이 아직도 뇌리에 남아 있었다.

곤륜오성은 그의 바람대로 단여랑을 음한곡에 넣어주었다.

얼어 죽든 말든 지금부터는 모두 단여랑의 몫이다. 만약 그가 살아 나간다 하더라도 곤륜오성과의 또 한 번의 충돌은 피하지 못할 게 분명했다.

지금 이대로 나간다면 죽음은 각오해야만 한다. 곤륜산을 벗어나는 유일한 방법은 음한곡에서 어떻게 해서든 기연을 얻어 곤륜오성을 누르는 것뿐.

단여랑은 가늘게 숨을 몰아쉬었다.

손가락과 발가락에 힘을 주어 꿈지럭거렸다. 움직이는 것을 보니 아직은 얼어붙지 않은 듯했다.

딱딱딱!

이빨이 저절로 부딪쳐 댔다. 감각이 없는 것으로 미루어보아 입술은 벌써 퍼렇게 변했을 게다.

'중원에 이런 곳이 있다니.'

설마했는데 음한곡은 소문 그대로였다.

이곳에서 일 년을 버틴 사공필이 대단하게 느껴졌다. 그리고 더는 견딜 수 없어 뛰쳐나간 심정을 십분 이해할 수 있었다.

'버텨야만 해. 이까짓 추위쯤이야!'

단여랑은 간신히 몸을 일으켰다. 정수리 부근을 맞은 모양인지 머리통이 빠개질 듯 아파왔다.

그는 천천히 동굴 안쪽으로 발을 옮겼다.

넘어지고 일어서길 반복하며 더욱 안쪽으로 들어왔을 때, 동굴은 예상과는 달리 점차 환해지고 있었다.

사공필의 짓으로 보이는 천장에 붙은 야명주는 얼음 속에서 빛을 뿌렸다.

휘이이잉―!

안으로 들어갈수록 바람은 거세게 불어왔다.

그리고 단여랑은 놀랄 만한 광경을 목격했다.

동굴 빙벽에 어렴풋이 보이는 투명한 얼음에 싸인 것은 분명 사람이었다.

빛바랜 회색 도복을 입은 시신은 한두 구가 아니었다. 모두들 음한곡을 알아보겠노라 들어왔다가 명을 달리한 곤륜파 도인들이었다.

후들후들 떨리는 손으로 벽을 짚은 단여랑은 계속해서 걸음을 옮겼다.

그리고 마침내 좁고 어두운 길이 끝이 나고 열 평 남짓한 공간이 단여랑을 맞이하고 있었다.

그 가운데는 사공필이 가부좌를 한 채 앉아 있었고, 그의 앞에는 다른 사람도 있었다.

'으음!'

벽을 보고 있는 그 사람의 모습을 본 단여랑은 침음성을 삼켰다.

머리카락이 온통 붉게 물들어 하늘을 향해 곤두선 모습은 흔히 볼 수 있는 것이 아니었다.

그가 바로 이옥토의 조부이자 남해태양궁의 전대 궁주인

염양제라는 것을 알 수 있었다.

가까이 가서 본 사공필의 안색은 얼음장처럼 창백했고, 머리카락과 코에는 고드름이 맺혀 있다. 그는 염양제에게 추궁과 혈을 하는 중이었다.

단여랑은 일부러 아무런 말도 건네지 않고 한쪽 구석에 가서 가부좌를 틀고 앉아 운기조식을 시작했다.

'춥다……'

머릿속은 온통 춥다는 생각뿐이었다.

자꾸만 쏟아지는 잠을 참기 위해 안간힘을 다했지만 문득문득 정신을 잃곤 했다.

사공필에게 물어볼 것이 많다.

이런 곳에서 어떻게 잠을 이뤘으며, 내공의 양이 도대체 얼마나 되는 것인지, 끊임없이 불어닥치는 이 바람의 정체는 과연 무엇인지.

'녀석도 버텼는데 나라고 못할 건 없지.'

단여랑은 오기로라도 버텨야겠다고 생각했다.

"크하하하!"

"……!"

좁은 동굴이 쩌렁쩌렁 울리는 커다란 웃음소리에 단여랑은 번쩍 눈을 떴다. 내력이 담긴 웃음소리는 진기마저 진탕시켰다.

재빨리 운기조식을 갈무리한 단여랑은 웃음소리가 난 곳
으로 고개를 돌렸다.

'헉!'

단여랑은 깜짝 놀랐다.

하늘로 솟은 붉은 머리카락, 빨갛게 충혈된 부리부리한 두
눈, 얼굴을 뒤덮은 주름살의 접힌 부분이 빨간 선으로 이어져
있어 흡사 야차를 연상케 했다.

태산과도 같은 기운. 염양제의 모습을 보는 순간 단여랑은
숨이 턱 막혔다. 말로만 듣던 염양제는 전대 남해태양궁주의
위용을 한껏 뿜어냈다.

"크하하하!"

염양제는 단여랑의 존재를 아직까지 의식하지 못한 채 천
장을 향해 앙천광소를 내뱉었다. 그 옆에는 사공필이 죽은 듯
쓰러져 있었다.

한동안 미친 듯이 웃어대던 염양제가 갑자기 고개를 휙 돌
려 단여랑을 쏘아봤다.

'……!'

광기가 이글거리는 염양제의 눈동자에선 금방이라도 화염
이 쏘아져 나올 것만 같았다.

염양제의 웃음이 뚝 멈췄다. 그리고 그의 전신에선 하얀 김
이 뭉게뭉게 피어오르고 있었다.

"웬 놈이냐?"

마치 범이 으르렁거리는 것 같은 음성이었다.

단여랑은 굳어서 떨어지지 않는 입술을 간신히 벌렸다. 하지만 그의 음성이 채 새어 나오기도 전에 염양제가 고개를 돌려 버렸다.

"크하하하!"

염양제는 뭐가 그리 즐거운지 웃음을 멈추지 않았다.

'주화입마에 걸렸다고 하더니……'

단여랑은 안타까운 눈으로 염양제를 바라보았다.

많은 이들의 추앙을 받던 염양제가 이렇게 미친 모습으로 동굴 속에서 지내고 있다는 걸 사람들이 알게 되면 어떤 표정을 지을까.

그러나 비록 미쳐 있다고는 하지만 그는 여전히 커다란 사람이었다.

한참을 웃어젖히던 염양제가 자리에서 벌떡 일어섰다. 그리곤 공력이 깃든 발로 누워 있는 사공필을 힘차게 걷어찼다.

퍽!

"일어나!"

퍽! 퍽!

무차별적인 공격에도 사공필은 자리에서 꿈쩍도 하지 않았다. 그에게서 아무런 반응이 없자 염양제가 폭주하기 시작했다.

쿵! 쿵! 쿵!

단여랑은 자신이 꿈을 꾸고 있는 것이라 믿고 싶었다.

속옷 한 장 걸치지 않은 염양제는 알몸으로 음한곡 내부를 걷어차기 시작했다. 단지 걷어차는 정도에서만 그치지 않았다.

차고 뛰어올라 공중에서 회전하고 다시 차고…….

보는 사람으로 하여금 정신을 쏙 빼놓는 듯한 현란한 움직임이었다. 그러던 염양제가 발이 땅에 닿자 마보(馬步)를 취하며 두 팔을 앞으로 쭉 뻗었다.

치이이익—!

놀라운 일이 벌어졌다.

염양제의 두 손이 붉게 물든다 싶었는데 그 손 위로 붉은 구슬 모양의 기운이 맺히기 시작했다. 작았던 구슬은 점차 크기를 더해 사람 머리통만큼 커졌다.

"하아아압!"

우렁찬 기합 소리와 함께 염양제의 두 손이 허공을 거세게 때렸다.

쉬이익— 콰앙!

거센 폭발음은 하마터면 고막을 터뜨릴 뻔했다.

단여랑은 두 손으로 급히 귀를 막았고, 번쩍하는 빛에 눈을 질끈 감았다.

살짝 눈을 뜬 단여랑은 자신의 눈에 보이는 광경을 믿을 수가 없었다.

'저럴 수가!'

염양제의 손에 맺혔던 붉은 기운이 동굴 벽을 때리며 커다란 구멍을 형성시켰다. 뜨거운 기운과 부딪친 빙벽에서는 따뜻한 김이 모락모락 피어올랐다.

그리도 단여랑은 볼 수 있었다.

죽은 듯이 엎드려 있던 사공필이 그 구멍이 난 곳으로 엉금엉금 기어가고 있는 모습을.

염양제는 그 자리에 철퍼덕 주저앉아 두 손을 단전 앞으로 모으고는 눈을 반개했다. 언제 그랬냐는 듯 그의 행동은 더없이 진중했다. 방금까지와는 전혀 다른 모습에 단여랑은 놀람을 감추지 못했다.

"거봐. 내가 미친 늙은이라고 했잖아."

사공필은 엎드린 채로 단여랑을 바라보며 조용히 속삭였다.

"왜 죽은 척하고 있었던 거냐?"

"죽은 척하지 않으면 뭔 짓을 할지 모르니까. 어서 이쪽으로 와."

단여랑은 조용히 자리에서 일어서 사공필이 있는 곳으로 다가갔다.

'으음!'

사공필이 있는 곳은 모닥불을 피워놓은 것처럼 따뜻했다.

“한동안은 열기가 가시지 않을 거야.”

“이런 일이 자주 있나?”

“하루에 한 일곱 번 정도는 그래. 꼭 이러고 난 뒤엔 저렇게 가만히 앉아서 오랫동안 운기조식을 하니까 그 틈을 타서 잘 수도 있다고. 염양제, 저 늙은이라서 다행이야. 이 일은 곤륜파 도인 놈들도 몰라.”

모든 의문이 풀리는 순간이었다.

사공필이 일 년 동안 버틸 수 있던 이유는 모두 염양제의 광기 덕분이었다.

아니, 엄밀히 말하자면 광기라고 할 수는 없었다. 주화입마에, 추궁과혈에… 단전에 가득 차 있던 양기를 염양제는 분출해야만 했고, 사공필의 말대로 하루에도 여러 차례 이런 일을 저질렀다.

“항상 저런 모습인가?”

“아니, 꼭 그렇지만도 않아. 원래 성격이 더러워서 미쳐 있는 것 같지만 가끔씩 정상으로 돌아올 때도 있어. 아주 짧은 순간이지만 운기조식을 마치고 나면 그러더군.”

“사방이 온통 막혀 있는 것 같은데 이 바람은 어디서 불어오는 거지?”

단여랑의 질문에 사공필은 가만히 그의 얼굴을 뚫어져라 바라보았다. 그러다가 곧 고개를 저었다.

“말해주지 않을래. 너처럼 호기심 많은 새끼는 본 적이 없

어. 분명 가르쳐 주면 왠지 내가 생각하고 있는 행동을 할 것
같단 말이지.”

“무슨 행동?”

“잔말 말고 눈 좀 붙여두는 게 좋을 거야. 저 늙은이가 또
발악하면 피곤해질 테니까.”

사공필은 그 말을 끝으로 고개를 푹 숙인 채 미동조차 하지
않았다.

단여랑은 졸리지는 않았지만 억지로 잠을 청했다. 추운 곳
에서 쏟아지는 잠을 견디려면 미리 자두어야 할 테니까.

“으음! 극한의 음기……!”

단여랑은 조그맣게 들려오는 소리에 정신을 차렸다.

“네 녀석은 누구더냐?”

잠에선 깬 단여랑의 두 눈이 염양제의 눈과 마주쳤다.

‘다르다!’

염양제의 모습은 전과 같았지만 그의 눈에선 광기가 사라
졌다. 차갑게 가라앉은 두 눈을 마주한 단여랑은 누워 있던
자리에서 벌떡 일어섰다.

“말학 후배 단여랑이 염양제 어르신을 뵙습… 헉!”

단여랑의 신형은 무언가가 세게 빨아들이는 힘에 못 이겨
마치 끌려가듯 쑤욱 미끄러졌다. 그 원인이 염양제라는 사실
을 그는 알 수 있었다.

타닥! 탁! 탁!

단여랑의 몸을 잡아 끈 염양제는 그의 기혈을 사정없이 두드렸다.

"커헉!"

단여랑은 속이 뒤집히는 기분에 정신이 아찔해져 왔다.

"으음! 선천진기는 아니구나. 하지만 이토록 몸 안에 잠재워져 있는 음기들의 정체는 무엇이란 말인가!"

"……?"

단여랑은 알 수 없는 소리를 늘어놓는 염양제의 말에 미간을 좁혔다.

분명 태음양화를 지칭하는 말은 아닐 게다. 태음양화는 음과 양의 기운을 동시에 가지고 있기 때문이다.

"넌 어디에서 온 녀석이냐?"

단여랑은 그제야 입을 열 수 있었다.

"북해빙궁에서 왔습니다."

"북해……. 으음! 그렇다고 해도 이렇게까지 음기가 충만한 것은 아닐진대……."

염양제는 단여랑이 북해빙궁에서 왔다는 말에도 눈썹 한 올 까딱하지 않았다.

"무슨 말씀이신지 전혀 모르겠습니다."

"내가 먼저 묻고 싶다. 네 녀석은 무슨 무공을 익혔느냐?"

"태음양화를……."

단여랑은 염양제가 그의 기운에 대해 궁금해하는 것 같아 태음양화에 대한 이야기를 털어놓았다.

음기를 지닌 단여랑이 일시적인 태음양화의 수련 과정을 거쳐 양기를 받아들였으니 어찌 보면 지금 염양제가 음한곡에 있는 것과 같은 이치다.

이야기를 듣던 염양제는 골똘히 생각에 잠긴 듯하더니 이내 고개를 저었다.

"아니야. 태음양화라는 무공이 아니야. 또 다른 기운이……."

단여랑은 아무런 말도 하지 않았다. 염양제가 단여랑을 바라보는 시선 속에는 의심이 품어져 있었다.

"추궁과혈을 할 수 있느냐?"

염양제의 말에 단여랑은 누워 있는 사공필을 흘끔 바라봤다. 사공필은 보이지도 않게 고개를 가로젓고 있었다.

"묻고 있지 않느냐!"

염양제의 차분하게 가라앉아 있던 눈빛은 다시 탐욕으로 이글거리기 시작했다.

단순한 광기가 아닌, 그것은 무언가를 자신의 것으로 만들고 싶을 때 발하는 눈빛이 확실했다. 더 나은 무공에 대한 욕구.

염양제는 단여랑이 지닌 기운을 알 수 없었다.

음기인 것은 확실하나 사공필과는 사뭇 달랐다.

굳이 비유를 하자면 사공필이 지닌 음기는 무수한 점들로 이루어졌다고 볼 수 있었다. 점들과 점들 사이에는 아주 조그마한 여백이 나 있고, 그것은 선천진기라 하여도 완벽한 음기는 아니었다.

하지만 단여랑의 음기는 염양제가 살아생전 접할 수 없었던 기운임이 확실했다. 무수한 점들은 처음부터 하나였던 듯 여백이란 존재치 않았다. 여인으로 태어나도 단여랑과 같은 음기를 지닌 자는 본 적이 없었다.

만약 사공필 대신 단여랑이 자신에게 기를 불어넣어 준다면…….

음한곡에 들어온 단여랑은 염양제에게 있어 음기를 채워 줄 노리개, 그 이상도 이하도 아니었다.

퉁!

염양제는 앉은 상태에서 허공으로 튀어 올랐다.

그의 무위는 놀라움을 넘어섰다. 손에서 산을 갈라 버릴 정도의 위력이 담긴 장력이 나갈 정도이니 더 말해 무엇 하랴.

허공으로 솟아오른 염양제는 공중에서 뱅그르르 돌아 빙벽을 마주하고 앉았다.

츄우우욱!

"어엇!"

단여랑의 몸은 염양제를 향해 자석처럼 끌려갔다. 단여랑 자신이 원하지 않는 움직임이었다. 이어 항거할 수 없는 힘이 그의 두 손바닥을 염양제의 등에 달라붙게 만들었다.

"어서!"

염양제는 꽥 소리를 내질렀다.

'이를 어쩌지?'

단여랑은 고민하지 않을 수 없었다.

추궁과혈을 하는 일이 그리 어려운 것은 아니었다. 하지만 일전에 이옥토를 살리고자 했을 때 그녀의 양기가 태음양화를 밀어냈다는 점.

염포독의 독성을 몰아내기 위해서 어쩔 수 없이 빙백신공의 기운을 빌었지만 지금은 사용할 수가 없다.

그렇지만 태음양화의 진기를 주입시키면 한기는 곧 염양제의 열기에 동화되고 말리라.

단여랑의 손바닥은 염양제의 등 뒤에서 떨어지지 않았다.

'이왕 이렇게 된 것!'

쉬시시식!

단여랑의 손에서 하얀 연기가 피어났다.

태음양화도 빙백신공도 아닌, 단여랑이 북해의 해성폭에서 시전하던 극음빙한공.

그의 손을 따라 진기를 받아들인 염양제의 몸이 부르르 떨렸다.

하지만 그것도 잠깐, 단여랑이 채 진기를 거두기도 전,

퍼엉―!

소음과 함께 단여랑의 신형이 뒤로 붕 날아가 빙벽에 부딪쳤다.

"크윽!"

단여랑은 신음을 내뱉으며 염양제를 쳐다보았다.

"네 이놈! 죽고 싶은 모양인 게로구나!"

염양제의 붉은 검미의 끝이 하늘을 향해 치켜졌다.

"어린 녀석 주제에 감히 나를 상대로 놀아나려 하다니, 후후!"

단여랑이 주입시킨 기운은 염양제가 느꼈던 기운이 아니었기에 그는 분노를 주체할 수 없었다.

'이런! 또 변하고 있다!'

단여랑은 흥분한 염양제의 얼굴에서 좀 전에 보았던 광기를 다시 엿볼 수 있었다. 얼굴에 자리한 주름살에 있는 붉은 선들이 점점 선명해져 갔다. 그의 검은 눈동자의 색이 바래지고, 혈관들이 터질 듯 부풀어 올랐다.

"크하하하!"

염양제는 고개를 천장으로 젖히며 크게 웃었다.

주먹을 쥔 그의 손에는 또다시 붉은 구슬이 맺히기 시작했다.

'위험하다!'

단여랑은 머릿속에 경종이 울렸다. 염양제의 손끝이 향한 곳은 바로 그가 앉아 있는 곳이었다.

그때 염양제가 손을 떨쳐 냈다.

화아악!

화염은 단여랑을 향해 날아들었다. 그때 지켜만 보고 있던 사공필이 소리쳤다.

"엎드려!"

2

"제정신이냐? 피할 생각은 하지 않아?"

사공필은 안도의 한숨을 쉬었다.

뻥 뚫려 버린 빙벽은 녹아내렸고, 다시 얇은 얼음들로 뒤덮이기 시작했다.

화기를 분출한 염양제는 으레 그렇듯 가부좌를 틀고는 운기조식에 들어갔다.

"사공필, 너에게 묻고 싶은 게 있어."

"뭔데?"

"나에게서 빙백신공 이외의 다른 기운이 느껴지나?"

사공필은 고개를 갸웃거렸다.

"그게 웬 귀신 시조 가락 읊는 소리냐?"

"말해봐. 다른 기운은 느껴지지 않아?"

사공필은 가느다란 눈으로 단여랑을 천천히 살폈다.

"전혀."

단여랑은 염양제가 미쳤을 때와 아닐 때를 구별할 수 있었
다. 광소를 터뜨릴 때는 미쳐 있을 때고, 운기조식이 끝날 때
는 정상인으로 되돌아왔다. 하지만 어느 것이 진짜 염양제의
모습인지는 그도 알 수 없었다.

염양제는 단여랑에게 또 다른 기운이 있다는 말을 했다. 잠
재되어 있는 음기라 하였으니 분명 빙백신공의 기운은 아니
리라.

사공필도 알아보지 못하고, 단여랑 자신조차도 알아내지
못한 기운의 정체. 그저 염양제가 잘못 느꼈던 것이었나.

"앞으로 고생 좀 할 것 같다."

사공필은 안됐다는 듯 단여랑의 어깨를 툭툭 두들겼다.

사공필은 이틀에 한 번씩 음한곡 입구로 가서 식량을 가져
왔다. 식량이라고 해봤자 솔잎이 가득 든 벽곡단(僻穀丹) 몇
알갱이였지만 그나마도 있어 다행일까 싶었다.

"죽은 듯이 사는 거야. 지금도 마찬가지지만 처음에는 얼
마나 괴롭힘을 당했는지, 저 늙은이에게 걸리는 날이면 그날
은 아주 제대로 죽는 날이었지. 지금은 요령이 생겨 그나마
덜 당하지만. 너도 오래 살고 싶으면 알아서 조심해."

"사공필, 난 염양제를 만나기 위해 온 것이 아니야. 음한곡
에서 수련을 하기 위해 들어왔을 뿐. 하나 겨우 이 정도의 추
위라면 버티지 못할 수준은 아닌 것 같아."

"네 퍼렇게 죽은 입술을 보고 나서나 말해. 생각을 해봐. 난 여기서 일 년을 버텼어. 염양제는 음기와는 전혀 무관한 사람인 데도 나보다 더 오래 살았어. 하지만 음한곡은……."

사공필의 음성이 가늘게 떨렸다.

"음한곡은… 음한곡일 뿐이야."

공포인지 안타까움인지 모를 미묘한 감정들이 그의 얼굴에 드러났다.

퍼벅퍽!

단여랑은 좌정한 채로 인상을 찌푸렸다.

사공필을 향한 염양제의 발길질이 다시 시작되었다. 저럴 때만큼은 남해태양궁주의 위엄이라고는 하나도 찾아볼 수 없었다. 무자비한 발길질은 동네 파락호의 행위로밖에 보이지 않았다.

더욱 놀라운 것은 공력이 담긴 발길질에도 사공필은 꿈쩍도 안 한다는 것.

그러던 것이 하루 이틀 지나갈 무렵이었다.

사공필에게 겨누어졌던 화살이 단여랑에게로 옮겨져 왔다.

어느 순간부터 염양제는 단여랑을 공격하기 시작했고, 단여랑은 사공필과는 다르게 가만히 누워 맞고 있지만은 않았다.

퍼엉! 펑! 펑!

한번에 열기를 쏟아 붓던 염양제는 단여랑이 요리조리 피하자 그것을 여러 번으로 나눠가며 동굴 곳곳에 분화구를 만들어댔다.

동굴에 한바탕 소란이 일고 나서야 염양제는 얌전해졌다.

염양제야 실컷 공격을 퍼붓고 돌아서면 그만이었지만 단여랑은 한 번씩 격전을 치를 때마다 생과 사를 오가야만 했다.

"그냥 죽은 듯이 가만있으라니까. 그 편이 가장 속 편해. 처음에야 죽을 듯 아프지만 맞다 보면 즐기게 될지도 몰라. 크크!"

사공필은 근래에 들어서야 살맛이 나는 모양이었다.

"예전엔 남해태양궁주였을지 몰라도 지금은 그저 평범한 늙은이일 뿐이야. 다만 다른 늙은이들보다 좀 힘이 세다는 것을 제외하고 말이지."

"보리라는 자가 있었어. 그도 평범한 늙은이였을 뿐이지만……. 염양제를 보면 그를 보는 것 같아. 다른 점이 있다면 염양제는 자아를 상실했다는 것이고, 보리는 자신을 철저하게 속였던 사람이라는 것."

"혹시 보리마군을 이야기하는 게냐?"

"알고 있어?"

"보리마군을 모르는 사람도 있냐? 코흘리개 때부터 그의 명성은 익히 들어 알고 있지. 그가 북해에 있었던 모양이군."

“타계하셨다.”

“…그렇군.”

“나 때문이야.”

“뭐?”

단여랑은 말을 않았다.

졸지에 숙연해진 분위기에 사공필은 손을 휘휘 내저었다.

“아직도 이해할 수 없는 게… 그의 별호 뒤에 어째서 마군이라는 말이 붙어 있는지 모르겠어. 벽파일월편법이 속공이라서 그런 거라면 빙공이나 화공도 마공에 속하는 것 아니겠어? 그것도 아니면 세력과 비세력 차이겠지. 보리마군은 비세력, 북해빙궁이나 남해태양궁은 세력.”

“넌 빙공이 마공이라 생각하고 있나?”

“아니, 절대. 그런 생각은 해본 적 없다. 물론 내 성격은 마에 가깝지만 내 빙공은 아니야. 절대!”

사공필은 단여랑과 똑같은 생각을 가지고 있었다.

음양 중 한쪽에만 치우쳐 성정이 삐뚤어져 버린다는 것은 잘못된 생각이다. 비록 성격은 삐뚤어질지언정 무공만은 정공에 못지않을 만큼 체계적이며 탄탄한 기본을 지닌다.

빙공이나 화공이 나쁘다 말할 자격은 그 누구에게도 없다.

“진정한 무공이야말로 빙공이지.”

“크크! 새끼, 드디어 마음이 통하네.”

단여랑과 사공필은 서로를 마주 보며 기분 좋게 웃었다.

"크하하하!"

하루에도 몇 차례나 반복되는 염양제의 발작. 항상 긴장하고 있어야 하기에 심신은 점차 지쳐만 갔다.

'더는 당하고 있을 수 없어!'

단여랑은 자리를 박차고 허공으로 솟아올랐다.

"어엇! 저 미친……!"

죽은 듯 누워 있던 사공필은 단여랑의 의외의 행동에 깜짝 놀랐다가 혹여나 염양제와 눈이라도 마주칠까 봐 재빨리 고개를 숙였다.

콰아앙!

붉은 장력은 어김없이 빙벽을 때렸다.

'최선의 방어는 공격!'

단여랑은 더 이상 피하지 않았다. 공중에서 한 바퀴 몸을 비튼 그는 떨어지는 속도 그대로 염양제를 향해 발을 날렸다.

파바박!

허공에서 엇갈려 공격한 발차기는 염양제의 손가락 하나에 모두 무마되었다.

"노옴!"

염양제의 손에서 또다시 장력이 터져 나간 것은 정말 눈 깜짝할 순간이었다.

콰앙!

단여랑은 숨 쉴 틈이 없었다. 땅에 착지하기가 무섭게 장력을 피해 다시 공중으로 뛰어올라야만 했다.

하지만 열 평 남짓한 공간은 제대로 피하는 것을 용납하지 않았다.

쾅!

‘헉!’

단여랑은 허벅지에 극심한 통증을 느꼈다. 불에 달군 인두로 지지는 기분이 이러할까. 염양제의 손에서 나간 장력이 조금 스쳤을 뿐인 데도 마비가 된 것처럼 다리가 자르르 울렸다.

염양제에게 빙백신공을 시전할 생각이었다.

그러려면 가까이 다가가야 하는데 그럴 만한 기회가 없었다. 고수와 하수의 차이가 극명하게 드러나듯 염양제와 단여랑의 실력은 하늘과 땅만큼이나 차이가 났다.

‘도저히 접근할 방법이 없어.’

허벅지가 욱신욱신 쑤셔왔다.

단여랑은 다리를 질질 끌며 빙벽에 등을 바싹 밀착시켜 천천히 움직였고, 염양제의 두 눈은 여전히 광기로 물들었다.

“크큭! 크하하하!”

염양제의 손에서 피어난 붉은 기운이 전과는 비교할 수 없는 크기로 커져 가고 있었다.

“서, 설마……!”

사공필은 어느새 벌떡 일어서 있었다. 단여랑의 움직임이

심상치 않다 여겼는데 더 이상 모른 척하고 계속 누워 있을
수만은 없었던 탓이다.

이지를 완전히 상실해 버린 염양제는 희번덕이는 눈으로
단여랑을 쏘아보았다. 그에게서는 뾰족한 송곳으로 살을 난
자시키는 듯한 살기가 스멀스멀 피어올랐다.

'어쩌면 기회는 지금일지도 몰라.'

단여랑은 점점 커져 가는 붉은 기운을 뚫어지게 바라보며
태음양화를 시전했다.

"크하하하!"

슈와아악!

'제발! 제발 성공해라!'

눈앞에 빛이 번쩍하는 순간,

콰아아앙!

"단여랑!"

사공필이 외치는 절규의 음성이 들려왔다.

단여랑은 전신이 불에 덴 듯한 충격을 입었다. 몸이 걸레
조각처럼 너덜너덜거리는 기분이 들었다. 내장들은 모두 터
져 질질 흐르고 있는 것 같았다.

얼굴에서 흘러나오는 피 냄새가 참 비릿하다고 생각했다.
혈향을 맡을 수 있는 걸 보니 죽지는 않은 것 같았다. 단여랑
은 정신의 끈을 놓지 않기 위해 죽을힘을 다했다.

단여랑은 웃기 위해 노력했다. 얼굴은 아마도 참혹하겠지

만 자신이 웃고 있다는 사실만큼만 염양제에게 전달되기를
간절히 바랐다.

그의 바람을 염양제가 알아주기라도 하였던 걸까.

"크으으으!"

맹수의 으르렁거림이 그의 입에서 흘러나왔다. 염양제는
한 손을 그대로 단여랑이 있는 곳을 향해 뻗었다.

'됐어!'

단여랑의 눈이 반짝였다. 동시에,

슈아악!

그의 몸이 염양제의 힘에 의해 빠른 속도로 끌려가기 시작
했다.

단여랑은 잘 떠지지 않는 눈꺼풀을 억지로 들어 염양제를
직시했다. 염양제의 다른 손이 그의 얼굴을 터뜨리기 위해 높
이 들어올려졌다.

"머, 멈춰! 이 늙은이!"

사공필이 달려드려 했지만 때는 이미 늦었다.

휘익ㅡ!

염양제의 손이 위력적인 파공성과 함께 허공을 갈랐다.

'지금이다!'

휙!

단여랑은 젖 먹은 힘을 다해 팔을 들어올렸다. 그리고 염양
제보다 더욱 빠르게, 또 가볍게 손가락을 앞으로 쑥 내밀었다.

툭……!

움찔!

염양제의 행동이 뚝 멈춰졌다. 그의 손아귀에 빨려 들어가
던 단여랑은 뒤로 다시 튕겨져 나왔다.

그제야 단여랑은 끝까지 붙잡고 있던 의식을 놓았다.

추웠다.

너무 추워서 잠을 잘 수가 없었다.

두꺼운 이불이라도 있었으면, 아니, 따뜻한 털옷이라도 있
었으면 좋았을 것을…….

몇 시진을 잤는지 모르겠다. 그저 너무 추워 잠에서 깨어났
을 뿐이다.

단여랑은 의식이 돌아오는 순간 진기를 휘둘렀다. 그래도
추위가 온전히 가시지는 않았지만 버틸 만은 했다. 그리고 눈
을 떴다.

"헉!"

단여랑은 눈을 뜨자마자 보이는 섬뜩한 광경에 헛바람을
집어삼켰다. 그의 면전 앞에 얼굴을 바싹 들이밀고 있는 사공
필의 안색이 퍼렇게 죽어가고 있었다. 눈은 퀭하니 풀려 있어
정신이라도 나간 사람 같았다.

"너, 이, 이 새끼, 빠, 빨리 염양제를 워, 원래대로 해, 해놔
아……."

입술이 얼어붙은 모양인지 사공필의 발음은 명확하지 못했다.

고개를 휙 돌린 단여랑은 두 다리로 굳건하게 땅을 짚고 한 팔은 복부 쪽에, 다른 팔은 허공에 들려져서 꼼짝도 않고 있는 염양제를 볼 수 있었다.

'빙백신공이… 성공했어!'

단여랑은 고조되는 기분을 가눌 길이 없었다.

"빠, 빨리… 너, 너 때문에 나가… 지도 모, 못하고… 으으!"

잠든 단여랑이 너무 추웠던 이유. 염양제의 발작이 없었기 때문이다. 그것으로 인하여 사공필은 혼자서 벌벌 떨고 있었어야만 했다.

"밖에 잠시 다녀와. 여긴 내가 알아서 할게."

사공필은 힘겹게 자리에서 일어나 동굴 밖을 향해 휘적휘적 걸어나갔다.

홀로 남은 단여랑은 염양제를 흘끔 바라보았다. 그의 얼굴에도 역시 핏기는 없었다. 전과 다른 점이 있다면 위를 향했던 붉은 머리카락이 축 처져 있었다는 것과 반쯤 감겨 있는 눈이 무언가를 골똘히 생각하고 있다는 것.

"자네가 나를 이렇게 만들어놓았나?"

"……!"

단여랑은 염양제의 입에서 튀어나오는 목소리 때문에 또

다시 놀랐다. 묵직하면서도 위엄이 가득한 음성은 그가 알고 있던 염양제의 목소리가 아니었다.

도대체 무엇이 그의 본모습인가.

"독특한 무공이군. 이런 무공에 당해본 적은 없어. 듣기는 들었지. 내 생각이 맞다면 이것은 빙백신공인데, 내 말이 틀렸나?"

단여랑은 위 아래로 고개를 움직였다.

"으음! 그 말은 즉 자네가 차기 북해빙궁의 궁주라는 소리인가?"

"아직 정식으로 계승받지는 않았습니다."

"그랬군. 어쩐지 기운이 남다르다 생각했지. 사공필처럼 빙공을 익힌 자가 아니라면 이곳엔 들어올 수가 없으니까."

염양제의 음성은 극히 낮았지만 차분했다. 더 이상의 광기는 보이지 않았다. 아마도 이것이 그의 본모습이 아닐지.

"우선은 자네에게 고맙다는 이야기부터 해야겠군."

"그게 무슨 말씀이십니까?"

"내가 몸을 움직이지 못하고 있을 때 무슨 생각을 했는지 아는가?"

염양제의 뜬금없는 질문에 단여랑은 적잖이 당황했다.

"이런 생각을 했지. 살아 평생 빙백신공에 당할 확률이 과연 얼마나 될까 하는 생각. 나는 당해보았으니 운이 좋다고 해야 할까, 나쁘다고 해야 할까. 어쨌든 색다른 경험을 맛보게 해주었으니 고맙다고 말해야겠지.”

“송구합니다. 어르신을 능멸하려는 생각은 추호도 없었습니다.”

단여랑은 진심으로 머리 숙여 사과했다.

염양제 때문에 죽을 뻔했기에 빙백신공을 썼다는 말은 죽어도 할 수 없었다. 염양제가 만약 자신이 광기에 물들었을 때의 행동을 알게 되는 날에는 얼마나 충격을 받을런지.

하지만 이유야 어찌 되었든 한 문파의 수장이었던 사람을, 배분으로 따져도 훨씬 높은 곳에 있는 사람을 무공으로 욕보였다는 것은 그 문파 전체를 치욕스럽게 만든 결과이기도 했다.

“허허허! 미안해할 필요는 없네. 난 정말 놀라워서 하는 말이니까.”

인자하게 웃는 염양제를 한동안 바라보던 단여랑은 자신의 실수를 자각하고 자리에서 벌떡 일어섰다.

“아! 송구합니다. 어서 풀어드리겠……!”

“괜찮네.”

“……!”

단여랑은 빙백신공으로 인해 딱딱하게 굳어진 염양제의 몸뚱이를 풀어주기 위해 한 발 앞으로 다가섰다. 그런데 방금 전까지 굳어 있던 염양제의 몸이 스르르 녹아내리듯이 풀어졌다.

단여랑이 채 손을 쓰기도 전이었다.

"사실은 좀 전부터 굳어져 버린 몸뚱이를 풀리게 하는 방법을 찾아냈지만 자네가 일어날 때까지 참고 있기로 했지. 이상하게도 추위가 전혀 느껴지지 않았으니까."

"……!"

"자네는 당해보지 않아서 잘 모르겠구먼. 허허허!"

"추위가 전혀 느껴지지 않으셨습니까?"

"말이라고 하는가? 뇌와 얼굴을 제외한 부분을 빼놓고는 추위를 느끼는 감각조차 얼어버렸으니 당연한 것 아닌가."

염양제는 편안하게 자리에 앉았다. 단여랑도 그의 앞에 자리를 잡았다.

"그런데 자네는 지금 여기서 무얼 하고 있는 겐가?"

"……?"

어떠한 의미로 던진 질문일까.

"북해빙궁의 차기 궁주라는 사람이 이곳에서 무엇을 하고 있는 것인가?"

"……."

"빙옥조가 시작되었다는 소리는 들어보지 못했는데… 그냥 뛰쳐나온 모양인가 보구먼."

"부끄럽습니다."

"나야 이미 궁주 자리에서 물러났으니 상관이 없다손 치더라도 자네는 곧 궁주 자리를 물려받아야 하지 않나? 그래, 뛰어나온 이유가 뭔가?"

단여랑은 깊이 생각해야만 했다.

염양제 같은 사람에게는 거짓이 통할 리가 없다. 하지만 사실대로 큰어머니들에게 복수를 위한 준비를 하기 위해 나왔다고 말한다면 패륜아밖에 되지 않겠는가.

"말하지 못할 사정이라도 있는 모양이군. 하지만 제삼자의 입장에서 자네를 말한다면… 너무 무책임한 청년이라고밖에 표현할 수 없네."

염양제의 말은 정곡을 찔렀다. 정말 자신이 그토록 무책임한 일을 저지른 것인가.

"한 가지 이야기를 해주고 싶네."

"경청하겠습니다."

"나는 남해태양궁에서 태어났네. 그리고 운명대로 궁주가 되었지. 솔직히 궁주 따위는 하고 싶지 않았네. 그저 강호를 유람하며 자유롭게 사는 것이 소망이었어."

"……."

"그러나 그럴 순 없었지. 남해태양궁 사람들이 나에게 기대하는 마음을 외면할 수가 없었네. 그 기대가 때로는 부담으로 다가오기도 했고, 그들을 위해 왜 내가 희생을 해야 하는지도 몰랐었어. 그거 아는가?"

"……?"

"내가 그 사람들을 위해 사는 것 같아 보여도 실상은 전혀 그렇지가 않아. 그들은 나를 위해서라면 목숨이라도 바칠 각오가 되어 있었다네."

"……!"

"내가 하고 싶은 말은 그거네. 자네는 몇만의 무리를 책임져야 하는 수장의 운명을 타고났지만, 반대로 자네를 위해 죽을 수 있는 사람들이 그 몇만이라는 것을."

무릎을 짚은 단여랑의 어깨가 부들부들 떨려왔다.

"그래서 무책임한 사람이라고 한 것이네. 아닐 수도 있겠지만 내가 보기엔 자네는 부담이 두려워 북해를 빠져나온 걸로 보여. 음한곡을 찾아온 것을 보면 스스로가 수장이 될 수 있는 능력이 있는지 의심하는 것이고."

맞는 말이었다.

단여랑 스스로도 알지 못했던 그 알 수 없는 감정들이 염양제의 입을 통해서 흘러나오고 있었다.

"하지만 이거 하나만은 명심하게. 영웅은 태어날 때부터 영웅인 법. 지도자의 운명을 거머쥐었으면 순순히 받아들이게나."

"……."

단여랑은 격정이 치밀었다.

북해빙궁의 여덟 명의 장로, 지혜원, 삼전, 삼당, 삼각 무인들, 열두 개의 도주들과 도민들, 일호를 둘러싸고 있는 수많은 부족들.

그들에게는 그들을 하나로 엮여 있다는 사실을 일깨워 줄 지도자가 필요하다.

홍자경의 말이 맞았다.

단여랑은 두려웠다. 수많은 사람들을 책임져야 한다는 책임감이 부담으로 다가왔다. 지도자로서의 자질을 의심했다.

자신의 능력을 의심해서는 무엇 하랴. 부족한 부분이 있으면 채울 줄도 알아야 하며, 넘치는 부분이 있다면 담아낼 줄도 알아야 했다.

염양제를 만나 이렇게 속 시원한 말을 듣게 될 줄은 몰랐다. 그 역시 한 세력의 수장이었기에 가능한 말이었다.

단여랑은 정신을 바짝 차리고 다시 염양제를 바라봤다.

한없이 깊은 두 눈, 세월의 흔적을 나타내는 주름살들. 그렇지만 그는 누구보다 보람된 삶을 살았다.

"조언… 감사히 받아들이겠습니다."

"조언이랄 게 뭐가 있나. 자네 덕분에 나도 잊고 있었던 것을 되찾았으니."

염양제는 확실히 달라졌다.

말하는 모습에서는 주화입마에 걸렸던 사람 같지가 않았다.

"잊고 있었다는 것이……?"

"음한곡에 들어온 이후 내 상태가 어땠는지 나도 잘 알지 못하네. 겉으로는 무슨 짓을 하는지도 모른 채 속으로 심마와

싸웠어야 했네. 영원히 풀릴 것 같지 않던 난제……. 주화입마는 끝났네.”

“경하드립니다.”

“날 기다리는 사람이 많을 텐데 그걸 이제야 깨달았으니…자네에게 고맙다는 말을 하고 싶네.”

“돌아가실 생각이십니까?”

“허허! 손녀가 너무 보고 싶어서.”

염양제는 인자하게 웃었다.

“더는 추워서 견딜 수가 없으니 이제 그만 일어나야겠지.”

단여랑은 염양제를 따라 자리에서 일어섰다.

“참, 자네에게 보답을 하고 싶은데…….”

“……?”

“자신의 무공을 위해서 음한곡까지 찾아왔으니 뭔가는 건지고 가야 하지 않겠는가?”

단여랑은 허탈하게 웃었다.

음한곡을 찾아왔지만 그에게는 별로 도움이 되지는 않았다. 염양제의 말처럼 건질 것은 더 이상 없는 것 같았다.

“이게 과연 옳은 것인지 판단이 잘 서지는 않지만, 아니, 어쩌면 내가 자네를 죽음의 길로 몰아넣는 것일지도…….”

“무슨 말씀이십니까?”

“음한곡은 이게 다가 아닐세.”

“……?”

“어딘가에서 계속해서 한기가 불어온다고 느끼지 않았는
가?”

그 부분은 단여랑도 궁금해하던 것이었다. 사공필에게 물
었지만 그는 단여랑이 무모한 짓을 저지를 것이라면 아예 가
르쳐 주지도 않았다.

염양제는 고개를 돌려 그의 뒤에 있는 빙벽 쪽을 지그시 바
라보았다.

“저 벽 뒤에는 무저지갱(無底地坑)이 있어.”

“무… 저지갱.”

“끝이 보이지 않는 낭떠러지. 곤륜산 음한곡의 비밀은 그
것이네. 이곳과는 비교도 할 수 없는……. 아무리 자네라고
해도 들어가자마자 얼어 죽을 것은 뻔하네. 그러나…….”

“…….”

“빙백신공을 이용해 보도록 하게. 이번에는 남을 얼리라는
말이 아니야. 자네 자신을 얼려보도록 해. 할 수 있다면 말일
세. 한 가지 더 조언을 하자면, 빙백신공에 당했을 때 확실히
알 수 있었네. 그것은 바로 몸은 죽어도 마음은 살아 있다는
것.”

그랬다.

보리마군에게 일격을 당했을 때도 몸은 꿈쩍도 할 수 없었
지만 마음만은 그대로였다.

“지금의 빙백신공은 단순히 마혈을 짚는 것과 무엇이 다른

가. 지존의 자리에 군림하려면 겉에서부터 뿜어져 나오는 기운부터 달라야겠지.”

“감사합니다.”

단여랑은 가슴이 쿵쾅쿵쾅 뛰었다.

“무운을… 빌겠네.”

염양제는 그 말을 끝으로 몸을 돌려 음한곡을 걸어나갔다.

남해태양궁의 전대 궁주와 북해빙궁의 차기 궁주와의 첫 만남은 그렇게 끝이 났다.

第十章
재생

1

넓은 대청. 여덟 명의 사람이 한자리에 모였다.

그들은 서로를 바라보는 눈이 예사롭지 않았다.

원래는 하나였던 사람들. 지금은 세 파로 나뉜 모습이 한눈에 확연하게 보였다.

북해빙궁 장로회는 이미 깨진 것이나 마찬가지였다.

예전과는 달리 모이기만 하면 의견 충돌이 분분히 일어났다. 누가 잘났고 누가 못났고를 떠나서 자신들이 지지하는 각파에 조금이라도 해가 가해질까 철저하게 방어하며 상대를 공격했다.

어쩌다가 상황이 이렇게까지 되어버린 것일까.

‘후우!’

일장로 묵야혼은 터져 나오는 한숨을 참을 수가 없었다. 그의 곁에 앉아 있는 사장로 도감태의 사정도 별반 다르지 않았다.

나머지 여섯 장로는 두 부류로 나뉘었다.

능가연의 성검문을 지지하는 자들, 야현의 월영문을 지지하는 자들.

단여랑이 북해에서 실종되고 난 후 묵야혼과 도감태는 다른 여섯 장로의 끊임없는 권유를 받았고, 거절했다.

단여랑만 있었어도 묵야혼과 도감태가 공중에 붕 떠버리는 사태는 벌어지지 않았을 게다.

‘왜 그렇게 어리석은 짓을……’

그러나 단여랑은 잘못하지 않았다.

만약 그가 실종되지 않았더라면 태상궁주의 목숨이 위태로웠을 거라는 것을 짐작하고 있다. 빙백신공이라는 무공 하나 때문에.

장로들의 파벌 싸움은 일반 궁도들에게도 영향을 끼쳤다. 삼전은 이미 나뉘었으며, 삼각도 나뉘려고 하는 형국이다. 그나마 삼당이 버텨주고 있으니 빙궁의 기반을 유지하는 데는 아직까지 별다른 하자가 없었다.

문제는 다가오고 있는 빙옥조였다.

“빙옥조의 날짜를 잡아주시구려.”

오장로 매원지는 묵야흔을 쳐다보지도 않고 말했다.

그녀의 질문은 도감태가 받았다.

"아직은 태상궁주의 명이 떨어지지 않았으니……."

"언제까지 태상궁주의 명을 기다려야 한단 말이오? 그를 기다린 게 벌써 오 년이 넘었소. 그동안 빙궁이 어떻게 돌아갔는지 그 꼴을 보고도 그의 명이 떨어지기를 바라고 있단 말이오?"

"어허! 말씀이 과하시오. 장로 된 신분으로 어찌 그런 망발을 지껄이신단 말이오!"

"그동안 많이 참았소이다. 빙궁이 흔들리고 있는 이유는 아직도 궁주가 없기 때문이오. 지도자가 없는 나라가 잘 돌아간다는 말은 내 아직까지 들은 적이 없소."

한곳에서 의견을 제시하면 다른 곳에서 반발이 일었다.

묵야흔은 묵묵히 그들의 의견을 들었다.

현재 그는 일장로였고, 태상궁주가 자리를 비운 지금 그가 모든 일을 처리해야만 하는 상황이었다.

장로들의 목소리가 점점 커져 가자 묵야흔이 입을 열었다.

"우선 이번 빙옥조의 총책임자는 지혜원주로 하겠소. 의견 있으시오?"

장로들은 서로의 눈치를 보았다.

지혜원주는 개별적으로 움직이는 사람 같지만 실상은 그의 아래에 있는 열 명의 지혜원 사람들의 의견이 일치해야만 돌아간다.

그 열 명 중에는 단태붕 파와 단우인 파, 그리고 단여랑을 지지하는 사람들이 골고루 섞여 있으니 지혜원에서 빙옥조를 총관리한다는 것은 모두에게 공평한 처사였다.

"이의 없소."

"우리도 이의 없소."

"그럼 지혜원주로 결정하겠소. 빙옥조의 시작은 삼월 초하루로 정하겠소. 의견 있으시오?"

장로들은 천천히 고개를 저었다.

빙옥조의 날짜가 정해진 것만으로도 그들의 눈에는 벌써부터 생기가 돌기 시작했다.

"기간은… 원래 삼 년이나 이번에는 무기한으로 하겠소. 먼저 찾는 사람이 빙옥조의 심판 아래 북해빙궁의 궁주가 되는 것이오."

"좋은 의견이시오."

이번에는 찬성의 목소리가 들려왔다.

"매번 그랬듯이 방식에도 제재를 가하지 않겠소. 서로 죽고 죽이는 혈전이 벌어진다 해도 묵과할 작정이오. 대신 삼전은 각기 다른 전을 공격할 수 있지만 빙옥조에 참가하는 소궁주는 건드릴 수 없소. 소궁주의 죽음은 오로지 그들끼리만 할 수 있소."

빙옥조에는 삼전의 무인들도 같이 참가하게 된다.

그들은 자신들이 맡은 소궁주를 보좌하며, 그들이 빙옥조를 찾기 위한 도움을 준다. 대신 삼전 무인들은 다른 파의 소궁주를 죽여선 안 된다.

그것은 명백한 하극상이고, 처참하게 처벌받아야 마땅한 일이다.

“참가자를 공표할 차례인 것 같소.”

삼장로 임자헌(林慈獻)이 비웃음을 던지며 묵야흔에게 물었다.

묵야흔이 가장 꺼리던 부분이다.

빙옥조에는 당연히 단태붕과 단우인, 단여랑이 참가해야 한다. 하지만 지금은 두 사람밖에 없다.

장로들이 비웃음을 던진 것도 그 때문이다. 그들은 일부러 묵야흔과 도감태를 자극했다.

묵야흔은 망설이며 입을 열었다.

“참가자는 단태붕과 그 소속인 귀령전, 단우인과 빙령전이 함께 움직일 것이오. 그리고…….”

묵야흔은 마른침을 꿀꺽 삼켰다. 유령전 역시 그와 마찬가지로 공중에 뜨고 말았다.

장로들은 어서 더 말해보라는 듯 눈빛을 보내왔다. 묵야흔은 더는 말을 미룰 수가 없게 되었다.

그는 허탈한 심정으로 뒷말을 이었다.

“단태붕과 단우인, 그렇게 두 사람…….”

“한 명 더 있소!”

“……!”

여덟 명의 눈이 동시에 소리가 난 방향으로 돌아갔다.

웬만해선 북해도에 오르지 않던 지혜원주 홍자경이 문가에 서서 그들을 바라보고 있었다.

여덟 명의 장로는 자리에서 일어나 공손히 지혜원주를 맞았다.

“한 명 더 참가시키겠소.”

홍자경의 말에 장로들의 미간이 꿈틀거렸다.

“지혜원주께서 무슨 말씀이신지 모르겠군요. 분명 빙옥조 참가자는 단태붕과 단우인, 이렇게 두 사람뿐일진대…….”

“여랑이가 있지 않소.”

“그는 실종되지 않았습니까? 생사도 모르는 사람을 어떻게 빙옥조에 참가시킨다는 말씀이신지…….”

“단여랑은 아직 살아 있소.”

“……!”

“그, 그게 사실입니까?”

“지금 나조차도 믿지 못하겠다는 소리요?”

홍자경이 인상을 잔뜩 찌푸리자 장로들은 당혹한 기색을 내비쳤다.

묵야흔과 도감태의 얼굴에 화색이 돌았다. 그들은 홍자경이 들고 온 소식에 마냥 기쁘기만 했다.

“일장로, 다시 발표하지.”

묵야혼은 크게 고개를 끄덕이며 다시 입을 열었다. 그는 목소리에 힘을 주며 한 자 한 자 또박또박 말했다.

"삼월 초하루부터 무기한으로 시작되는 빙옥조의 참가자는 단태붕, 단우인, 그리고… 단여랑 세 사람으로 하겠소!"

*　　　*　　　*

정풍 진인은 커다란 바구니를 메고 산길을 걸었다.

곤륜산에서도 금지로 명명된 곳. 산세가 워낙 가파라 처음엔 애도 많이 먹었지만 지금은 눈을 감고도 다닐 수 있을 정도로 익숙한 길이었다.

울창한 나무들이 빼곡이 자라난 숲을 지나 비로소 그가 목표한 곳에 다다를 수 있었다.

음한곡이 자리한 절벽 위에는 작은 모옥 한 채가 지어졌다.

정풍 진인은 서슴없이 그곳 모옥 안으로 발걸음을 옮겼다.

삐걱!

낡은 나무 문을 열고 들어간 정풍 진인은 안에서 풍겨오는 악취에 인상을 찌푸렸다. 먹다 남은 음식들하며 어지러이 널브러진 술병들……. 사람이 사는 곳은 맞을진대 어찌 이리도 지저분하단 말인가.

정풍 진인은 바닥에 바구니를 내려놓고 작은 침상에 누워 있는 사람을 무섭게 노려보았다.

“일어나라! 해가 중천인데 아직도 잠을 자냐!”

사공필과의 일이 있던 그날 이후로 정풍 진인은 더 이상 인자한 도인이 아니었다. 짜증도 쉽게 내고 성질도 잘 부리는 사람으로 변했다.

“……”

침상에 누운 사람은 미동조차 않았다.

“일어나래도!”

정풍 진인은 이불을 확 걷어냈다.

“으음……!”

이불을 뒤집어쓰고 단잠을 자던 사공필은 밝은 빛에 눈살을 찌푸렸다.

“뭐야, 잘 자고 있었는데…….”

“어찌 사람이 이리도 게을러!”

“에이씨! 좀 내버려 두란 말이야!”

사공필은 침상에서 짜증스럽게 몸을 일으켰다.

“벽곡단 가져왔다. 알아서 먹든지 말든지 네 마음대로 해라.”

정풍 진인은 이런 잡일까지 해야 하는 자신에 대해 화가 난 상태였다. 그러나 금지 구역에는 평제자가 들어갈 수 없는 곳이기에 그가 아니면 아무도 할 수 없었다.

“가져왔으면 그냥 놓고 가면 될 것이지. 후아암!”

사공필은 늘어지게 기지개를 켰다.

그가 곤륜산에 머문 지도 삼 년이 다 되어갔다.

염양제가 빙공을 포기한 채 다시 남해태양궁으로 돌아갈 때만 해도 곤륜파 도인들의 마음은 가벼웠다.

하지만 문제는 더 이상 쓸모가 없어진 사공필이었다.

곤륜파가 일이 끝나면 사공필에게 원하는 것은 무엇이든지 들어준다는 조건을 내세운 게 잘못이었다.

물론 사공필이 원하는 것은 간단했다.

음한곡 절벽 위에 모옥 한 채를 짓고 그곳에서 머무는 것과 식사는 곤륜파가 해결해 줘야 한다는 조건을 내걸었다.

곤륜파로서는 이미 한 약조를 어길 수가 없는 노릇이었지만 신성한 성지에 외인이 산다는 것은 옥의 티나 다름없었다.

그는 아무런 일도 하지 않았다. 특별히 무공을 수련하는 것 같지도 않았다.

곤륜산에 빈대 붙어 살면서 밥이나 축내는 식충이에 불과했다.

결국 정풍 진인이 십 일에 한 번씩 사공필을 위해 벽곡단을 날라주어야만 했다.

"넌 도대체 언제까지 이곳에 머물 작정인 게냐!"

"말했잖아. 내가 가고 싶을 때 갈 거라고."

"도문에 얹혀사는 주제에 양심이 있으면 가서 일손이라도 거들어라. 어찌 된 것이 매일 잠만 퍼질러 자고……."

"아, 정말 시끄러워 죽겠네! 잔소리 좀 그만 하고 좀 가라니까!"

사공필은 이불을 다시 뒤집어쓰곤 등을 돌려 버렸다.

정풍 진인의 말아 쥔 두 주먹이 부들부들 떨렸다. 그는 한참이나 사공필을 노려보다가 찬바람이 쌩― 불 정도로 모옥을 나갔다.

"에이씨! 잠은 다 깨워놓고!"

사공필은 침상에서 벌떡 일어섰다.

조그마한 탁자 위에 올려진 물을 벌컥벌컥 들이킨 그는 모옥 문을 밀치고 밖으로 나갔다.

"아, 햇살 좋다."

계절은 완연한 봄으로 접어들었다.

곤륜산에도 이름을 알 수 없는 수많은 꽃들이 피어나기 시작했다.

"내 님은 먼 곳에 있고……."

사공필은 남쪽 하늘을 바라보며 처연한 표정을 지었다.

염양제가 곤륜산을 떠나가고 얼마 후 사공필은 직접 남해태양궁을 찾아갔었다.

목적은 단 하나, 이옥토를 만나기 위함이었다.

그러나 그는 이옥토를 만날 수 없었다. 그녀는 남해태양궁으로 돌아가는 즉시 폐관 수련에 들어갔다. 혈궁의 둘째 아들과의 혼인을 거부한 탓에 강제적으로 폐관 수련을 하게 된 것이지만 이옥토에게는 오히려 그 편이 더 나았다.

"늙은이라도 만나게 해줄 것이지. 나쁜 것들!"

사공필은 염양제도 만나지 못했다. 남해태양궁은 일 년 동안 행방불명되었던 염양제의 안위를 생각하여 낯선 자의 출입을 모두 차단하고 경계를 강화했다.

"소저, 내 언젠간 반드시 그대를 만나러 가겠소. 기다리시오."

마당 한구석에 앉아 구름 한 점 없는 하늘을 올려다보며 중얼거리던 사공필은 누군가가 다가오는 인기척에 고개를 돌렸다.

"또 왔냐?"

앞마당으로 들어선 이는 낯선 자가 아니었다.

낯선 자의 정체는 틈만 나면 사공필과 으르렁거리던 요수였다.

"너 요즘 자주 온다?"

요수는 말없이 마당에 자리한 커다란 바위 위로 다가가 걸터앉았다.

"무슨 바람이 불어서 한 달에 한 번씩 나타나는 거냐?"

"아직인가?"

"이 새끼… 사람이 반가워하면 인사라도 해야 하는 거 아냐? 보자마자 하는 말이 어찌 그렇게 한 글자도 틀리지 않고 매번 똑같냐?"

요수는 허리춤에 걸쳐 있던 호리병을 꺼내 마개를 열고 입에 갖다 댔다.

"아침 댓바람부터 술은……."

"지금 일어난 모양이군. 하늘을 봐라. 해가 중천에 걸렸다."

"내가 아침이라면 아침인 게야! 쩝!"

사공필은 요수를 물끄러미 바라보다가 입가에 미소를 지었다.

"그런데 이제 도곤 생활은 접은 거냐?"

"알 필요 없다."

"도곤 생활을 접어서 곤륜산에 드나들 수 있는 거 아냐? 듣기로는 다시 검을 잡았다고 하던대 검은 어디다 두었냐?"

"해검지(解劍池)에 두고 왔다. 무식한 놈."

"누가 누구보고 무식한 놈이래?"

사공필은 입술을 씰룩이며 고개를 돌렸다.

한번 보고 말 인연인 줄로만 알았던 것을… 그들의 인연은 삼 년이 지난 후에도 끊이지 않았다.

만날 때마다 티격태격 잦은 싸움은 끊이지 않았지만 둘은 서로를 인정해 주었다.

사공필은 낙일검이라 불리던 요수를, 요수는 중원제일의 빙공 고수인 사공필을. 같은 무인이기 때문에 통하는 점도 많았지만 겉으로 내색하지는 않았다.

둘은 서로를 언젠가는 한 번쯤 붙어볼 만한 상대라고 생각하고 있었다.

사공필이 곤륜산에 둥지를 틀고, 요수는 한 달에 한 번씩 곤륜산에 오르고.

둘의 목적은 하나였다.

바로 음한곡에 들어가서 나오지 않는 단여랑 때문이었다.

사실 그가 죽었는지 살았는지 생존 여부도 알 수 없었다.

그러나 염양제는 기다리라고만 했다. 그가 살아 나올 때는 살아 평생 볼 수 없는 무인을 만나게 될 것이라는 말을 덧붙이며.

"궁금하지 않냐?"

"뭐가?"

"녀석이 살아 있는지, 만약 살았다면 어떻게 변했는지."

요수는 코웃음을 쳤다.

"나보다 네놈이 더 궁금해하는 것 같군."

"맞아. 궁금해 죽겠어."

사공필은 사 년 전의 일을 떠올렸다.

처음 곤륜파 도인들에게 강제로 끌려와 음한곡에 밀어 넣어졌을 때 염양제의 상태는 위중했다.

그것은 단지 음한곡의 기운 때문이 아니었다.

염양제 정도 되는 무인이라면 자신이 지니고 있는 양기로 얼마든지 추위를 버틸 수 있었다. 그러나 염양제의 모습은 폐인이나 다름없었다. 미쳐 있었고, 항상 광기로 흥분하고 발작을 해댔다.

처음엔 원인을 알 수 없었다.

사공필이 음한곡의 비밀을 정확하게 알게 되기 전까지는.

"음한곡 뒤에 자리한 무저지갱이 있는데, 들어가면 반 각도 안 돼서 얼어 죽어. 그 추위는 상상도 할 수 없어. 어쩌다가 곤륜산에 그런 곳이 있는지 모르겠어. 음기를 뿜어내는 이끼가 있다는 소리는 예전에 들어보았지만 그건 전설일 뿐이고. 단여랑은 아마 그곳에 들어갔을 거야. 워낙에 무모한 녀석이니까. 그래서 말해주지 않으려고 했는데……."

사공필은 입맛을 다셨다.

그도 빙공 하나로 살아온 무인. 그는 얼어 죽는 것이 두려워 무저지갱을 피했지만 단여랑은 들어갔다. 겉으로 내색하지 않아도 자존심이 상했을 게다.

"난 말이야. 예전에 단여랑 녀석과 겨뤘을 때 전력을 다하지 않았어. 하지만 지금은 자꾸만 불길한 예감이 드네. 이런 적은 없었는데……. 녀석이 살아 나온다면 왠지 덤벼들지도 못할 것 같아."

요수도 마찬가지였다.

처음 본 단여랑은 애송이에 불과했다. 뭣 모르고 직위만 믿고 설치는 강호의 초출내기 정도로만 생각했다.

만약 요수 자신이 사공필처럼 빙공을 익힌 무인이라면 무공 하나만을 위해 목숨을 장담할 수 없는 무저지갱에 들어갈 생각이나 했을까.

무공에 대해 뭘 아느냐고 비웃었던 생각을 정정해야만 했다. 단여랑은 북해빙궁의 소궁주라는 직책을 맡기 이전에 순수하게 무공을 갈구하는 무인임을 증명했다.

"살아온 세월이 허무해진다. 난 내가 빙공으로는 최고라고 생각했는데 북해빙궁에 대적할 바가 아니야. 솔직히 북해빙궁엔 얼마나 많은 빙공 고수들이 득실거리겠어? 생각만 해도 치가 떨리네."

요수는 사공필의 말을 들으며 바위에서 일어섰다.

더 이상 시간을 지체할 수 없을 것 같았다.

"사공필, 부탁 하나만 하자."

"응?"

사공필은 두 눈을 동그랗게 떴다. 요수가 자신에게 부탁이라는 말을 한 것은 이번이 처음이었다.

"음한곡에 들어가 단여랑을 데리고 나와."

"뭐? 너 지금 그걸 말이라고 하냐?"

"부탁한다. 지난번에는 돌아갔지만 오늘은 그냥 돌아갈 수가 없다. 그에게 꼭 전해야 하는 말이 있다."

너무나 진지한 요수의 모습에 사공필은 거부할 수 없었다.

귀가 멀었다.

앞이 보이지 않는다.

심장도 뛰지 않았고 피도 흐르지 않는다. 전신의 감각이란 감각이 죄다 죽었다. 음식을 먹은 것이 언제였던가. 잠을 잔 기억도 아주 오래전이다.

보리마군에게 당했을 때는 그나마 이런 상황에까지 치달리진 않았다.

단여랑은 철저히 죽었다. 몸은 이미 그의 몸이 아니었다.

무저지갱의 한기는 상상을 불허했다.

생명이 살아 숨 쉬는 걸 거부하는 곳이다. 따뜻한 바람이 스며드는 걸 용납지 않는 곳이다.

그나마 몸이 죽었으니 추위는 느껴지지 않았다.

그의 몸을 둘러싼 얼음들은 그를 벽의 일부로 만들어 버렸다. 음한곡에 처음 들어왔을 때 보았던 도인들의 시신처럼.

빙우(氷偶).

얼음 인형이 되었다. 혼이라도 빠져나가면 귀신이라도 되련만. 생각은 수도 없이 하지만 죽는 것조차 마음대로 할 수 없었다.

태음양화는 무저지갱 안에서 무용지물이 되었다. 지금은 오로지 빙백신공과의 처절한 혈투뿐이다.

바깥 세상과는 완전히 차단되었다. 시간은 얼마나 지나간 것일까. 설마 영원히 죽지도 못하고 이렇게 살아야만 하는 것일까.

빙백신공에 당했을 때 풀려나는 방법은 안다. 하지만 아직은 아니라는 생각이 횟수를 거듭하면서 이제는 시간의 개념까지 잃었다.

대신 단여랑에게는 생각할 시간이 많이 주어졌다.

어린 시절, 원한을 가득 안고 빙궁에 들어갔던 일에서부터 천설봉의 절벽에서 뛰어내린 일까지의 기억이 하나하나 생생하게 다가왔다.

그뿐이 아니다. 단여랑은 자아와 많은 대화를 나누었다. 더 이상은 자기 자신을 속이지 않도록.

빙궁을 원하는가?

원한다.

복수를 하려는가?

하련다.

어떠한 사람이 되려는가?

북해빙왕을 능가하는 무인으로 거듭나련다.

자기 자신을 알아갈수록 새로운 느낌들이 새록새록 생겨났다.

원한은 잠시 잊어야 할 때다. 아니, 능가연과 야현에게 보복하는 방법은 단여랑이 떳떳하게 궁주의 자리에 올라서는 것이다. 아무도 무시하지 못하는 무인으로 태어나는 것이다.

오만의 무리를 거느린다. 단여랑은 그들의 희망이자 삶의 목표다. 죽으라면 서슴없이 죽을 수 있는 자들이다. 그러므로 그는 자신을 위해 살아갈 사람들을 책임져야 한다.

부담감은 그런 이유 때문에 단여랑을 짓누르고 압박해 왔
다.

결론을 내리기까지 참으로 오랜 시간이 흘렀다.

무공의 진전 따위가 얼마나 진행되었는지는 이제 중요치
않다. 자신의 마음을 알았으니 이제는 행동에 임할 때가 도래
했다.

나가자. 나가서 다시 태어나자.

단여랑은 천천히 의념 속으로 빨려 들어갔다.

2

"도저히 들어갈 엄두가 나지 않는데?"

"잔말 말고 어서 들어가."

"이 새끼가……. 얌마! 여기가 무슨 뒷간처럼 맘대로 들어
갔다 나왔다 할 수 있는 곳인 줄 알아? 그렇게 쉽게 말하지
마!"

사공필은 음한곡 입구에서 한참이나 망설였다.

그로서는 삼 년 만에 들어서는 곳. 쉬이 들어갈 수가 없었
다.

"이곳에서 뼈를 묻을 테냐, 아니면 들어가서 단여랑을 데
리고 나올 테냐?"

"이 새끼가 보자 보자 하니까 내가 보자기로 보여? 가만히

있으니까 내가 아주 가마니로 보이나 보구나? 나, 이래 봬도 중원 최고의 빙공 고수야. 어디서 같잖지도 않은 무공으로 감히!”

“이 소저에게 네가 지금 하고 있는 행동을 모두 말해야겠군.”

사공필의 안색이 급변했다.

“이… 이 새끼가 어디서 감히 협박을! 그래, 알았다! 들어가면 되잖아, 들어가면!”

거의 울상이 되다시피 한 사공필은 떨어지지 않으려는 발을 억지로 떼내며 음한곡으로 다가섰다.

음한곡에 한 발을 들이민 사공필은 숨을 크게 들이마셨다. 벌써부터 뿜어져 나오는 한기가 벌써부터 뼈를 시리게 했다.

“너, 나중에 두고 보자.”

사공필은 요수를 한 번 쏘아본 뒤 음한곡으로 몸을 완전히 디밀었다. 그러나 그가 채 두 걸음을 걷기도 전에 음한곡 깊숙한 곳에서 굉음이 터져 나왔다.

꽝―!

“헉!”

사공필은 그대로 밖으로 팅겨져 나왔다.

절벽 아래로 떨어지려 하는 것을 요수가 간신히 잡아챘다.

“뭐, 뭐야!”

그들의 놀람은 그것으로 끝이 아니었다.

우르르!

지축이 심하게 흔들리기 시작했다. 발끝에 겨우 와 닿는 느낌이 점점 강도를 더해갔다.

"위험해! 어서 위로 올라가!"

사공필과 요수는 사색이 되어 절벽 위를 향해 몸을 날렸다.

콰광!

굉음은 또다시 터져 나왔다.

"……."

사공필과 요수는 할 말을 잃었다.

굉음이 일고 난 뒤 한참이 지났을 무렵, 절벽 아래서 사람의 머리통이 불쑥 튀어 올라왔다.

그 머리통의 주인은 그들도 익히 알고 있는 사람이었다.

"단… 여랑……!"

투웅—! 촤르르!

절벽 위로 몸을 날린 단여랑이 바닥으로 착지하며 흙먼지를 일으켰다.

뿌연 흙먼지가 가실 즈음, 단여랑이 요수와 사공필을 발견하곤 손을 들었다.

"오랜만이네?"

"……."

요수는 머리카락이 쭈뼛쭈뼛 곤두서는 듯한 느낌을 받았

다. 사공필 역시 소름이 돋는지 두 손으로 팔을 지그시 눌렀다.

"왜 그래? 반갑지 않아?"

단여랑이 한 발을 앞으로 디뎠다.

"……?"

사공필과 요수는 한 발을 뒤로 물렀다. 단여랑이 다시 한 발을 내딛으면 그들은 단여랑과의 거리를 벌리기 위해 또 몸을 물렀다.

"이상하네. 왜들 그래? 못 볼 걸 보기라도 한 거야?"

사공필과 요수의 눈은 경악으로 물들었다.

말이 나오지 않았다. 얼굴은 분명 단여랑이 확실했다. 큰 키에 단단한 근육도 삼 년 전 모습 그대로였다.

"너, 넌 누구냐?"

"…사공필, 머리가 어떻게 된 거 아니야? 나 단여랑이야."

"믿을 수가 없군."

"요수까지? 왜들 그래, 정말?"

요수는 단여랑에게서 눈을 떼지 않으며 말했다.

"네 머리카락에 대해서 설명이 필요할 것 같은데……."

"내 머리카락에 뭔가 문제가 있나? 보기엔 그대로인 것 같은데?"

단여랑은 개울물에 비쳐진 자신의 모습을 한참이나 들여

다보았다.

머리카락은 삼 년이 지나도록 조금도 자라지 않았다. 온몸이 두꺼운 얼음으로 감싸져 있었으니 무리도 아니었다.

"정말 믿을 수가 없군."

"그러게. 다시 정상으로 되돌아왔네. 꼭 은 숟가락 같더니만."

요수와 사공필은 단여랑의 뒤통수를 바라보며 중얼거렸다.

"도대체 무슨 이야기들을 하고 있는 거야?"

단여랑이 휙― 등을 돌렸다.

"으음!"

"음!"

요수와 사공필은 또 한 번 침음성을 내뱉었다. 좀 전에는 단여랑의 머리카락에 정신이 팔려 알아차리지 못했다.

"단여랑, 너……!"

사공필은 눈물이 쏟아져 나올 것만 같았다.

단여랑은 달라져 있었다. 외모가 달라진 것은 아니었다. 그의 몸에서 은은하게 뿜어져 나오는 기운이었다.

그가 평생을 원하던 경지. 일부러 진기를 끌어올리지 않아도 자연스럽게 퍼져 나가는 음한지기(陰寒之氣).

"점점 더 알 수 없는 녀석이 되어가는군."

요수는 으슬으슬 한기를 느끼며 몸을 부르르 떨었다.

"내가 많이 달라졌나?"

"정말 몰라서 하는 소리냐?!"

사공필은 버럭 소리를 내질렀다.

"머리카락에 대한 이야기는 뭐야?"

요수와 사공필은 서로를 바라봤다.

같은 시간, 둘 다 똑같은 것을 목격했기에 헛것은 분명 아니었다. 그러나 단여랑에게 설명을 해주기엔 아무런 증거도 없었다.

"아무래도 우리가 잘못 본 모양인 것 같군."

단여랑은 두 사람을 향해 빙그레 미소만 지었다.

그의 눈동자는 삼 년 전보다 깊고 맑았으며 소름 끼치도록 차가웠다.

자신의 몸 상태는 자기 자신이 가장 잘 안다고 한다.

외향의 변화는 남이 더 빨리 알아차리고, 내부의 변화는 본인 스스로가 더 빨리 알아차린다.

무저지갱이 도움이 되었는가. 빙백신공을 온전히 자신의 것으로 만들었는가.

다만 한 가지 분명한 점은 두꺼운 얼음을 깨기 위해 급작스럽게 휘두른 진기로 하여금 얼음은 물론 음한곡이 폭파되었다는 것.

처음 무저지갱에 들어섰을 때가 생각난다.

가히 말로 형용할 수 없을 정도의 추위. 뇌가 얼어붙는 기분을 처음으로 느꼈다. 재빨리 손을 쓰지 않으면 생각할 여유도 없이 얼어 죽을 것이라는 예감이 들었고, 단여랑은 자신 스스로에게 빙백신공을 시전했다.

추위는 순식간에 사라졌다. 아니다. 단여랑이 추위를 느낄 수 없게 된 것이다. 염양제의 말이 옳았다. 장기들의 기능은 단숨에 마비되었지만 마음은 계속 살아 숨 쉬었다.

음한곡을 빠져나온 지금, 아직은 정상적으로 움직여지지 않는 장기들과 몸의 근육.

그러나 몸속을 활개치고 다니는 빙백신공의 기운은 단여랑이 새로이 태어났다는 사실을 실감케 했다.

"삼 년… 벌써 삼 년이라는 시간이 지났군."

시간은 정말 빠르게 흘러갔다. 하지만 그 삼 년의 세월이 아깝지 않았다.

"정말 무저지갱에서 아무런 일도 없었단 말이냐?"

사공필은 궁금한지 계속 같은 질문을 반복했다.

"정말 아무런 일도 없었어."

가만히 얼음의 일부분이 되어 흐르는 시간에 같이 동화된 것밖에는 아무 일도 없었다고 해야 맞다. 빙백신공을 익히지 않는 이상 무저지갱에서 살아남을 사람은 단연코 없다.

"그런데 사람이 어떻게 이렇게 변할 수 있지? 나도 그냥 눈 딱 감고 무저지갱에 들어가 봐?"

“죽어 있을 수 있다면 그렇게 해봐. 그리고 음한곡은 더는 존재치 않아.”

“음한곡이 없어졌다니 곤륜파 노인네들이 쌍수를 들고 환영하겠군. 우리 같은 빙공 무인들은 희망을 잃었지만.”

사공필은 안타까운 마음을 감추지 않았다.

빙굴의 존재함은 빙공을 익히는 무인들에게는 희소식이며, 동시에 많은 인재를 양성할 수 있는 공간이기도 했다.

단여랑은 요수에게 고개를 돌렸다.

“요수, 나에게 하고 싶은 말이 아주 많을 텐데?”

그의 질문에 요수는 잠시간 생각을 정리했다.

“우선 혈궁에 대한 이야기다.”

“잠깐, 그전에 이옥토는 어떻게 되었는지 알고 싶어.”

“그녀의 혼인은 무마되었다. 염양제가 말린 모양인 듯하나 아직 혈궁의 일은 밝히지 않은 것 같다.”

“잘되었군. 음한곡에 들어간 삼 년 동안 대전이 벌어지기라도 했다면 큰일이니까.”

“네가 지혜원주에게 보냈던 탄저잠은 혈궁의 물건이 확실하다. 하지만 그것뿐, 그들은 지난 삼 년간 아직까지 이렇다 할 두각을 보이진 않았다.”

“그렇다면 이옥토를 공격한 자들이 혈궁은 확실하다는 말이네?”

“그 점이 미심쩍어서 노 향주가 조금 더 조사하다가 발견한 것이 있다."

단여랑과 요수의 분위기가 심상치 않음을 느낀 사공필 역시 그들의 대화에 귀를 기울였다.

"화한에 흑사를 무기로 하는 살수 집단이 있는데 아무래도 그들이 혈궁과 연관이 된 듯하다. 네가 화한에 찾아온 그날도 흑사방 살수가 움직였다는 제보가 들어왔다."

"잠깐, 잠깐만!"

사공필이 그들의 대화에 끼어들었다.

"화한의 살수라고 했어? 화한에서 움직이는 살수들은 흑사방밖에 없다는 소리야?"

"왜? 알고 있나?"

사공필은 이제야 생각이 난다는 듯 자신의 이마를 툭 쳤다.

"너희를 만나던 그날 저녁에 살수 한 마리를 봤었지. 내 단잠을 방해하기에 좀 괴롭혀 놨는데 새끼가 좀 음침해 보이는 목갑을 가지고 있더라고."

"맞다. 흑사방 살수들은 목갑 속에 흑사를 넣어가지고 다니지."

"역시 안 열어보길 잘했네. 열어봤으면 골로 갈 뻔했잖아? 아무튼 그 목갑을 멀리 날려 버렸는데 그 새끼가 누군가를 노리고 있는… 아! 그래! 골목 아래로 단여랑, 너와 면사로 얼굴을 가린……!"

"이옥토."

"이럴 수가! 나는 이 소저의 목숨을 구한 은인이잖아! 역시 우리의 만남은 운명이었던 게야!"

"그 살수 녀석을 죽였나?"

요수의 진지한 물음에 사공필은 환한 얼굴을 뚝 멈췄다.

"내가 성격은 좀 더럽지만 아무나 죽이는 살인마는 아니야."

"그럼 어떻게 처리했어?"

"그냥 얼렸어. 내 무공이 얼리는 무공인데 그럼 뭘로 처리를 해?"

사공필의 말에 단여랑과 요수는 할 말을 잃었다.

화한에는 빙공 고수가 없다. 흑사방은 사공필이 화한에 들어선 것도 모른다. 사공필이 빙공을 사용했다면 그들이 생각할 것은 하나밖에 없다.

"북해빙궁의 짓이라 생각하겠군."

"참 장한 일을 하셨네."

"뭐야, 늬들. 그 안타깝다는 표정은?"

단여랑은 사공필의 말을 무시하며 계속 요수에게 말을 건넸다.

"혈궁이 삼 년 동안 움직이지 않은 이유는 북해빙궁이 중원에 모습을 드러냈다고 생각했기 때문이겠군. 그들에게는 재정비할 시간이 필요했을 테니까."

“맞다. 게다가 남해태양궁과의 혼사가 실패로 돌아갔기에 접촉할 기회가 없어졌다고 봐야겠지.”

혈궁에 대한 이야기가 끝난 후 단여랑은 잠시 생각에 잠겼다.

그런 그의 모습을 요수는 말없이 지켜봤다.

애송이라고 무시하던 단여랑은 어느새 스무 살이 되었고, 요수조차도 상대할 수 없을 정도의 무공 실력을 겸비했다. 이제는 그가 무인이라는 사실을 인정하지 않을 수 없었다.

단여랑을 처음 만났을 때만 해도 금방 끝날 인연이라고 생각했는데……. 그러던 것이 삼 년이라는 시간이 지나도 끝날 기미를 보이지 않고 있다. 도곤으로서의 직감으로 보자면 앞으로도 오래도록 인연의 끈이 끊어질 것 같지 않았다.

“곤륜산을 내려가면 노 향주에게 고맙다는 인사부터 하러 가야겠어. 그리고 염치없지만 한 가지를 더 부탁하고 싶은데…….”

“뭐냐?”

“위험한 일이라는 건 알아. 하지만 중원무림도 무관하지 않아서 하는 부탁이야.”

“말해봐라.”

“혈궁의 움직임에 대해 끊임없이 지켜봐 주었으면 좋겠어.”

“네 녀석, 사대궁의 일엔 관심없는 것이 아니었나?”

“관심없었지. 하지만 지금은 아냐. 감히 북해빙궁을 넘보게 할 수야 없지 않겠어?”

“…….”

‘궁주가 되기 싫다고 하더니.’

단여랑은 분위기와 외모만 달라진 것이 아니었다.

그는 무저지갱에서 삼 년간 무슨 생각을 하고 있었던 것일까.

단여랑이 마음을 바꾼 것은 요수에게 환영할 만한 일이었다.

그가 가지고 온 정보도 북해빙궁의 일과 무관하지 않았으니까.

“그런데 요수는 이곳에 무슨 일이야? 설마 내가 나오는 것을 미리 예견이라도 했던 건가? 우연도 이런 우연은 없잖아.”

“사실은… 너에게 전해줄 말이 있어서 왔다.”

“뭔데?”

“북해빙궁의 유령전이 지금 이곳으로 오고 있다.”

“그건 무슨 소리지?”

단여랑은 웃음을 그쳤다.

짧은 순간이었지만 많은 생각들이 머릿속을 휙휙 지나갔다.

유령전이 무슨 이유로 단여랑이 있는 곳에 오는 것인가.

내분으로 인해 북해빙궁이 완전히 균열된 것일 수도, 능가연과 야현에게 위치를 발각된 것일 수도, 어쩌면 이건 정말만약의 일이지만 태상궁주의 신변에 무슨 일이라도 생겨 자신을 데리러 오는 것일 수도.

하지만 이어지는 요수의 말에 단여랑은 정신이 번쩍 들었다.

"빙옥조가 시작되었다."

"……!"

"난 이 길로 곧장 산서(山西)로 가련다. 네 녀석이 얼마나 변했는지 궁금해서 삼 년이나 지키고 있었는데 오히려 자극만 더 받아서 가네. 내 빙공에도 과도기가 필요해."

부평초처럼 떠돌아다니길 좋아한다는 사공필이 단여랑이 나오는 날을 손꼽아 기다리며 곤륜산에 둥지를 틀고 있었다는 말은 의외였다.

"왜지? 나랑 다니다 보면 언젠가는 이옥토를 만나게 될지도 모를 텐데."

"그녀의 앞에 나타나려면 적어도 한 분야에서는 최고가 되어야 하지 않겠어? 너를 기다리는 동안 허비한 내 삼 년을 값어치있게 다시 만들어야지."

사공필은 무공을 대하는 무인으로서 진지했고, 사랑 앞에 당당히 나서려는 마음이 순수했다. 첫눈에 반한 그의 사랑은 삼 년이 지난 지금도 변하지 않았다.

"하지만… 이 소저가 중원에 나왔다는 소식이 알려지면 우리는 곧 다시 보게 될지도."

"네가 그럼 그렇지. 요수는 화한으로 돌아갈 건가?"

"일단은."

"그런데 여긴 어떻게 올라왔지? 도곤이라서 축객령을 받은 기억이 있는데?"

"다시 검을 들었다."

단여랑은 놀란 얼굴로 요수를 바라봤다.

"그럼 이제 다시 낙일검으로 불러야 하는 건가?"

"그냥 부르던 대로 불러라."

"오랜만에 잡아본 검병의 감촉을 잊을 수가 없었나 보군."

요수가 다시 검을 잡았다는 사실이 의외였지만 그의 선택. 후회가 없길 바랄 뿐이었다.

"그렇다면 더 더욱 기대해야겠어. 삼 년 전에 했던 요수와 나의 약속은 아직도 유효하니까."

단여랑은 흐뭇하게 웃었다.

세 사람은 곤륜산을 내려가기 시작했다.

내려온 지 얼마 되지 않았을 무렵, 단여랑이 발걸음을 멈췄다.

"먼저 내려들 가줬으면 좋겠는데."

"무슨 볼일이 남았나?"

"인사하고 갈 사람들이 있어서. 더는 묻지 말고 그냥 그렇게만 알아둬. 잘 가고… 인연이 되면 언젠가는 만나겠지."

요수와 사공필은 단여랑에게 고개를 끄덕인 뒤 몸을 돌렸다.

단여랑은 근처 바위에 걸터앉았다.

오랫동안 작동하지 않았던 심폐 기능이 활기를 되찾기 시작하는 데는 오랜 시간이 걸렸다. 겉으로 표는 내지 않았지만 사공필과 요수하고 대화를 할 때에도 숨 쉬는 것이 벅찼다.

다리는 후들거렸고 처음 걸음마를 배우는 아기처럼 부자연스러웠다.

지금은 모든 것이 만족스럽다.

몸도 마음도 가벼웠다.

무저지갱은 그에게 새로운 삶을 안겨줌과 동시에 여유로운 마음까지 선물했다.

'빙백신공은 더 이상 죽어 있는 무공이 아니야.'

무공에 대해 달리 눈을 뜨게 된 것이 첫 번째 여유.

'나를 기다리는 오만의 무리라……'

책임에 대해 관대한 마음을 가지게 된 것이 두 번째 여유였다.

휘이잉―!

봄바람이 코끝을 간질였다.

바람에 나부끼는 검은 머리카락이 햇빛을 받아 반짝였다.

북해가 그립다. 다시 돌아가 해성폭에서 헤엄치고 싶은 마음이 간절했다. 이곳으로 향하고 있다는 유령전 무인들, 그들을 볼 생각만 해도 벌써부터 설레였다.

'빙옥조의 시작은 지금부터.'

단여랑의 두 눈은 투지로 가득했다.

부시럭!

그때 숲 한쪽에서 단여랑이 기다리던 사람들이 모습을 드러냈다.

회색빛 도복이 멋들어지게 어울리는 다섯 명의 노인. 단여랑은 변해 있었지만 그들은 삼 년 전 모습 그대로였다.

단여랑은 자리에서 일어나 노인들을 향해 포권을 취해 보였다.

"후배 단여랑이 곤륜오성을 뵙습니다."

"허허허! 청출어람이라……. 염양제에게 무슨 가르침을 받았기에 이리도 성장했단 말이오!"

곤륜오성은 놀람을 감추지 않았다. 그들도 직접 두 눈으로 단여랑의 변화를 알아차릴 수 있었다. 삼 년 전과는 비교도 할 수 없는 기도와 자신감.

"염양제의 말이 틀리지 않았소. 일평생 보기 힘든 무인을 만나게 될 거라 하더니……. 몸 자체에서 뿜어내는 음한지기라!"

감탄이 절로 터져 나왔다.

"음한곡은 더 이상 존재하지 않습니다. 어찌 된 연유인지는 몰라도 제가 나올 때 스스로 무너져 내리더군요. 앞으로 음한곡 때문에 곤륜이 시끄러워질 일은 없을 것 같습니다."

"고맙다는 말을 전해야겠구려. 그래, 그곳에서 깨달음을 얻으셨소?"

"생각할 시간이 많았습니다. 아직 선배님들의 발꿈치도 따라가지 못하지만 예전보다 안계가 한층 넓어졌습니다."

"축하할 일이오. 그 깨달음을 평생 마음에 담아두시길 바라는 바요."

"음한곡에 들어갈 수 있도록 해주신 일, 고개 숙여 진심으로 감사드립니다."

곤륜오성은 단여랑의 태도에 서로 눈빛을 교환했다.

어수룩해 보이기만 하던 북해빙궁 소궁주의 모습은 삼 년 전의 일로만 묻어두어야 할 것 같았다.

"감사는 무슨, 아직 우리와 해야 할 일이 남아 있지 않소."

"축객령을 거부하였을 경우, 들어올 때는 쉽게 들어올 수 있으나 나갈 때는 마음대로 나갈 수 없다."

"허허! 정확히 기억하고 있구먼."

"그때는 실력이 미천하였고, 경황이 없어 감히 선배님들을 알아보지 못했습니다."

"지금은 어떻소? 자신이 있소?"

"물론 그때보다는."

단여랑은 살짝 고개를 숙여 보였다.

빙백신공과의 삼 년의 시간은 결코 무의미한 것이 아니라는 걸 증명할 시간이 왔다.

단여랑이 고개를 숙인 사이, 곤륜오성은 단여랑 주위의 다섯 방위를 점하며 그의 퇴로를 철저히 차단했다.

"소궁주, 손속이 맵더라도 이해하시길. 나갈 때는 마음대로 나갈 수 없다는 것. 곤륜오성은 헛된 소리를 하지 않음이오."

"물론입니다."

단여랑은 천천히 진기를 끌어올리며 고개를 들었다.

그리고 그때, 곤륜오성은 볼 수 있었다.

단여랑의 칠흑처럼 검은 머리카락이 태양 빛을 받아 반짝이며 그 본래의 색을 잃어가는 신비한 모습을. 그가 음한곡에서 빠져나왔을 때의 그 모습을…….

사공필과 요수가 잘못 본 것이 아니었다. 단여랑의 머리카락은 수정처럼 빛나는 은색으로 탈바꿈되고 있었다.

그는 자신에게 그런 변화가 있다는 것도 모른 채 점점 경악

으로 물들어가는 곤륜오성의 얼굴을 직시하며 또박또박 말했
다.

　"후배 단여랑이 곤륜오성께 다시 한 번 가르침을 받겠습니
다."

『북해빙궁』 3권에 계속…

지금 유전자가 말하는 사랑과 성의 관한 솔직 대담한 진실이 펼쳐집니다!

남편의 후광을 등에 업는 것은 까마귀와 인간뿐…

모두에게 바보 취급받던 독신 암컷이 단번에 인생대역전을 해서
서열 1위인 수컷의 아내 자리를 차지하게 될 수도 있다는 말입니다.
모든 여성이 이상형의 남자와 결혼할 수 있는 것은 아닙니다.
적당한 선에서 타협하여 적당한 사람과 결혼하지요.
하지만 솔직히 말해서 당연히 멋진 남자가 더 좋지 않겠습니까?
따라서 여성은 생각합니다.
'그럼 어떻게 하지? 유전자만이라면 가질 수 있어!'
그리하여 장기계획형이나 단기승부형과 같은 여러 가지 방법의
외도가 생겨나는 것입니다.
물론 모든 여성이 이를 실행에 옮기지는 않습니다.

하지만 기회가 있다면 어떨까요?
다른 조건과 이미 타협을 봤다면?
남편이 사소한 일은 눈치 못 채는 둔한 남자라면?
뭔가 유전자의 음모가 느껴지지 않습니까?

실패를 모르는 남자 선택법!
「내 남자친구는 왼손잡이」 법칙

어째서 여성은 왼손잡이 남성에게 마음이 끌리는 걸까요?

여기서 기억해야 할 것은 몸의 좌우와 뇌의 좌우는 원칙적으로 반대 관계라는 점입니다.
따라서 왼손잡이 남성은 우뇌가 발달했습니다.
발달했다는 사실이 왼손잡이를 통해 반영된 것입니다.

그리고 두 번째로 생각해야 할 것은 우뇌는 남성 호르몬의 일종인 테스토스테론에 의해 발달한다는 점입니다.
요약하자면 왼손잡이 남성은 우뇌가 발달했는데, 그것은 테스토스테론 수치가 높기 때문입니다.
그것은 다름 아닌 생식 능력이 높다는 것을 의미하지요.

「내 남자 친구는 왼손잡이」에 감춰진 의미는… 내 남자 친구는 생식 능력이 높아… 인 것입니다.

입소문을 통해 아는 분은 다 알고 계십니다!
올 한해 공인중개사 최고의 화제작!

1~2권 합본 | 이용훈 지음
3~4권 합본 | 이용훈 지음
5~6권 합본 | 이용훈 지음
용어해설 | 이용훈 지음

수험생 기본 필독서
만화 공인중개사

제목 : 만화공인중개사 쓰신 분에게 감사드립니다.

학원을 두 달 다녔어요. 근데 과연 그 숫자 외우기 그런 게 몇 문제나 나올까 생각을 했어요.
아니라는 생각이 드네요. 학원강의를 뒤로하고 서점을 갔어요. 내 머리에가장이해될수있는
책이 없나 하구요. 거기서 만화를 발견했어요. 무조건 세 번 봤어요. 3개월 걸렸어요. 문제집을 보라고
했는데 그건 시행을 못했어요. 근데 합격을 했네요.
어떻게 감사의 말을 해야 될지…….
도서관에서 만화책 들고 다니니까 사람들이 비웃더라구요. 만화책으로 공인중개사를 공부한다고
미친 사람처럼 보더라구요. 근데 그거 다 감수하고 했던 내가 자랑스럽습니다.
어떻게 감사의 말을 해야 할지… 정말 감사합니다.
부디 행복하세요. 제 나이 41살에 좋은 스승을 만난 것 같습니다.
엎드려 감사드립니다.

－본사 홈페이지에 독자분이 올린 메일 中 에서 발췌－